AF139459

The Strange Ones

Raven Vanis

novum ⬛ pro

Dieses Buch ist auch als
e-book
erhältlich.

www.novumverlag.com

Bibliografische Information
der Deutschen Nationalbibliothek:

Die Deutsche Nationalbibliothek
verzeichnet diese Publikation in
der Deutschen Nationalbibliografie.
Detaillierte bibliografische Daten
sind im Internet über
http://www.d-nb.de abrufbar.

© 2016 novum Verlag

ISBN 978-3-99048-541-5
Lektorat: Dr. phil. Ursula Schneider
Umschlagfoto:
Rfischia | Dreamstime.com
Umschlaggestaltung, Layout & Satz:
novum Verlag
Innenabbildung: Raven Vanis

Gedruckt in der Europäischen Union
auf umweltfreundlichem, chlor- und
säurefrei gebleichtem Papier.

www.novumverlag.com

Für V
als Dank für alles,
was du für mich getan hast

Cinaria

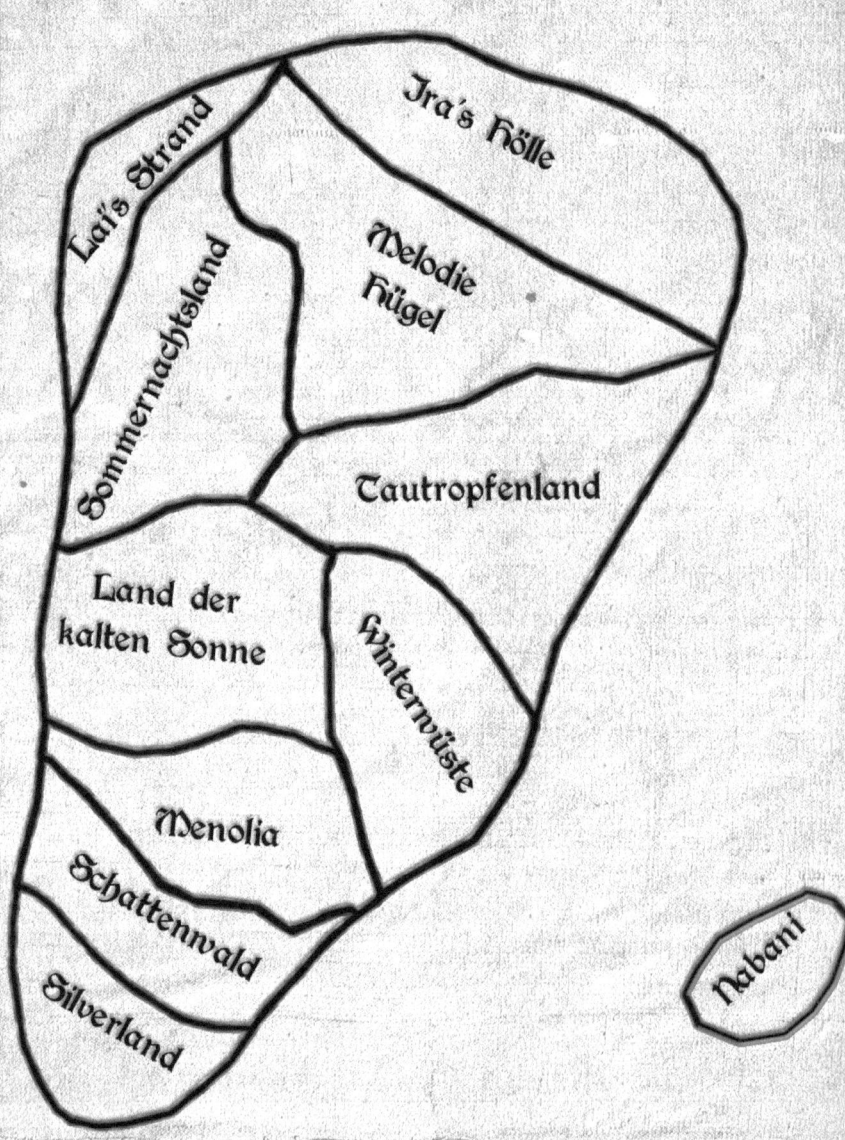

Prolog

Sakuya Liev

Jeder in Cinaria kennt meinen Namen – er wird gefeiert, geehrt und respektiert. Ich bin die erste Leiterin der First Organisation, die den Frieden über unseren schönen Kontinent gebracht hat. Und nun bin ich bewegungsunfähig ans Bett gefesselt und warte auf den Tod. Die Zeit ist längst reif, um meine Geschichte niederzuschreiben. Dieser Idiot von Schreiberling ... ja, du sollst Idiot schreiben. Warum? Ich bin alt, ich darf schimpfen. Und jetzt lenk mich nicht ab! Also dieser Idiot soll nach meinem Tod dem neuen Leiter dienen. Ob das allerdings was wird, weiß ich nicht. Meine über alles geliebte Tochter Natsumi wird von nun an die Führung übernehmen, sie ist ein guter Mensch und wird den Frieden wahren. Doch nun zu meiner Geschichte, bevor ich jämmerlich abkratze:

Alles begann vor 50 Jahren mit der Eifersucht eines sehr labilen Mannes. Sein Name war Cedric Gunister – in der Öffentlichkeit nannte man ihn aber schlichtweg Gun. Er war ein verwöhntes Muttersöhnchen, von Geld und Langeweile umgeben. Aufgrund der Stellung seiner Mutter, welche im früheren Rat tätig war, genoss er Narrenfreiheit. Niemand zügelte oder bestrafte ihn. So wurde er in dem Glauben groß, dass ihm alles erlaubt sei. Im Alter von 25 Jahren verliebte sich Gun in ein Mädchen von der Straße, sie hatte weder Eltern noch ein Dach über dem Kopf. Trotzdem faszinierte sie ihn mit ihrer Schönheit, ihrem Auftreten und ihrem Lächeln. Jeden Tag ging er zu ihr und brachte ihr Essen, Sachen zum Wechseln und bot ihr jedes Mal an, dass sie zu ihm ziehen könne. Dort hätte sie Geld und Macht, niemand würde sie schlecht behandeln. Das Mädchen, Finnja Hime, lehnte sein Angebot jedoch jedes Mal ab mit der

Begründung, dass sie hier alles hätte, was sie bräuchte. Eines Tages fasste Gun den Entschluss, sie einfach mitzunehmen, dann würde sie verstehen, wie schön das Leben sein könne. Doch an ihrem üblichen Platz fand er sie nicht vor. Er suchte sie in der Nähe und wollte schon zurück nach Hause gehen. Da hörte er zwei Stimmen, eine davon gehörte definitiv Finnja, doch die zweite konnte er nicht zuordnen. Es war eindeutig, dass beide Stimmen aus der schmalen Gasse zwischen Obst- und Fleischhändler kamen, und so spähte er um die Ecke. Ihm blieb beinahe das Herz stehen, als er Finnja in den Armen eines anderen Mannes sah – dieser sah genauso verwahrlost aus wie sie, ein Niemand von der Straße. Er presste sie mit seinem Körper gegen die Wand und küsste sie hart, woraufhin sie die Arme um ihn legte. Das war also der Grund, warum sie nicht mit Gun gehen wollte. Blanke Wut packte ihn, er stürmte in die Gasse, riss die beiden auseinander und schlug dem Straßenjungen ins Gesicht. Finnja schrie auf und wollte ihrem Geliebten helfen, doch Gun hielt sie am Arm fest. „Caleb! Geht's dir gut?", fragte sie panisch. Dieser rappelte sich auf und ging auf Gun zu, funkelte ihn böse an und sagte: „Lass die Finger von meiner Verlobten! Geh und such dir ein reiches Mädchen, du hast einen so guten Menschen wie Finnja nicht verdient!" Bei dem Wort *Verlobte* drehte sich Guns Magen um. Was bildete sich dieser Straßenjunge überhaupt ein? Als er noch immer nicht von Finnja ablassen wollte, schlug Caleb auf ihn ein. Gun musste feststellen, dass sein Gegner äußerst stark war, und so zog er sich zurück. Kein weiteres Mal würde er sich so demütigen lassen, dafür würde er schon sorgen. Gun heuerte ein paar Schlägertypen an, doch auch diese kamen mit blutigen Nasen und eingezogenem Schwanz zurück. „Die haben uns fertiggemacht! Du hast uns belogen, er war nicht allein und seine Freunde waren genauso stark wie er!", jammerte einer von ihnen.

Am nächsten Tag traf Gun sich mit seinem besten Freund, einem dubiosen Wissenschaftler.

„Du hättest die erbärmlichen Angsthasen sehen sollen! Wie können stinkende Penner nur so stark sein?", fragte er ihn.

„Sie mussten womöglich schon ihr ganzes Leben kämpfen, um nicht zu krepieren, da ist das nur logisch. Lass es doch einfach gut sein, das Mädchen will dich sowieso nicht."

„Sie weiß nur nicht, dass sie mich will! Ich kann ihr alles geben, angefangen von Geld bis hin zu einer hohen Stellung bei meiner Mutter."

„Man kann sich Glück und Liebe nicht kaufen."

„Natürlich kann man das! Denk doch mal nach, Oliver."

„Das tue ich die ganze Zeit und du störst mich dabei! Ich habe wichtige Experimente am Laufen, da brauche ich dein Geschwafel nicht", sagte Oliver und rückte sich seine Brille zurecht.

„Könntest du nicht ein Mittel erfinden, das einen Menschen stark macht? Ich meine, so richtig stark."

„Ein Mittel vielleicht nicht, aber mir kommt da so eine Idee. Wenn du mir alles zur Verfügung stellst, was ich brauche, erschaffe ich dir eine starke Armee." Olivers fast schwarze Augen funkelten vor Aufregung.

„Ich besorg dir alles, was du willst! Du musst mir nur eine Liste geben."

„Du brauchst keine Liste, es sind nur zwei Dinge. Zuerst brauche ich die Überreste der Tariana und dann sind nur noch Versuchskaninchen nötig."

„Tariana? Wer soll das sein?", fragte Gun.

„Sie sind unsere Vorfahren, du weißt schon, die Verrückten, die ums Feuer tanzten und angeblich magische Kräfte hatten. Du findest alles in den Gräbern in Silverland."

„Silverland? Du weißt schon, dass wir hier in Ira sind, oder? Silverland ist genau am anderen Ende des Kontinents! Wie stellst du dir das vor?"

„Du hast doch genug Geld, um Leute dafür zu bezahlen, ohne diese Überreste geht gar nichts. Willst du sie nun oder nicht?"

Ohne Zeit zu verschwenden, engagierte Gun ein Team von Spezialisten, welche innerhalb zwei Monaten wieder zurück waren. Sie brachten die Überreste in Olivers Labor und wurden davor großzügig belohnt. Gerade, als sie sich mit dem Geld verdrücken wollten, sagte Oliver: „Entschuldigt bitte, meine Herren. Gun hat mir die Erlaubnis gegeben, mir meine Versuchskaninchen selbst auszusuchen. Sie sind alle in einem sehr guten körperlichen Zustand, daher wäre es mir eine Freude, mit euch zu experimentieren."

Bevor sich die Männer aus dem Staub machen konnten, wurden sie von Olivers Assistenten gepackt und betäubt.

„Das wird das interessanteste Experiment meines Lebens!", rief Oliver freudig.

Einige Tage später kam Gun ins Labor, um das Ergebnis des Experiments zu sehen. Oliver begrüßte ihn hocherfreut.

„Mein Freund, wie schön, dass du da bist! Ich habe nur ein Versuchskaninchen verloren, die restlichen sind mir ausgezeichnet gelungen. Meine Herren, seid so freundlich und zeigt Gun unseren Erfolg."

Vier Männer traten vor und einer nach dem anderen zeigte ihm die neue Kraft.

Der Erste konnte sich in einen Tiger verwandeln, der Zweite konnte Feuer speien, der Dritte verwandelte sich in einen Steinmenschen und anstatt des Vierten sah er einen Minotaurus.

„Das ist unglaublich! Und sie sind wirklich stark? Wieso kann jeder was anderes?", fragte Gun und konnte sein Glück kaum fassen. Bald würde er Finnja zu sich holen, für immer.

„Sie sind erstaunlich stark und haben sowohl einen stabileren Körper als auch eine höhere Schmerzgrenze als normale Menschen. Ich habe leider keinen Einfluss auf die Fähigkeiten, jeder Körper geht anders mit den gedopten Überresten um."

„Und was ist mit dem Fünften passiert?"

„Zuerst lief alles glatt, er hatte eine mentale Fähigkeit – so eine Art Analytik. Doch sein Körper machte die Veränderung nicht mit und er starb."

„Man muss auch Opfer bringen. Oliver, du bist ein Genie! Die sind so was von strange … wie nennen wir sie?"

„Strange, sagst du … wie wär's mit Strange Ones?"

„Perfekt! Wie viele kannst du noch machen? Ich hol mir nicht nur Finnja, bald wird uns der ganze Kontinent gehören."

„Ich wusste, dass du das sagst, ich habe noch genug Überreste, um wie versprochen eine ganze Armee von Strange Ones zu erschaffen. Beschaff mir einfach weitere Objekte und ich werde sie dir zu Soldaten machen! Soldaten, die keiner besiegen kann!"

Einige Jahre später befand sich Cinaria, unser schöner Kontinent, in einem fürchterlichen Krieg und ich wurde als Krankenschwester direkt nach Ira geschickt, um zu helfen. Leider konnte ich dieser Tätigkeit nicht lange nachgehen, denn bereits am dritten Tag wurde ich überfallen, von hinten betäubt und weggebracht. Ich erinnere mich nur noch an einzelne Bilder, ein Mann mit Brille und einem Furcht einflößenden Grinsen, grelles Licht und Schmerzen im Bereich des Herzens. Als ich wieder erwachte, fühlte sich mein Körper anders an. Ich konnte meinen Herzschlag hören, meine Sinne waren dreimal stärker ausgeprägt als sonst und meine Haut fühlte sich wie Stahl an. Der Mann mit Brille kam auf mich zu, er trug ein Klemmbrett mit sich herum. Freundlich lächelte er mich an und fragte: „Wie geht es dir? Fühlst du dich irgendwie anders?"

„Mir geht es gut, aber ich fühle mich wirklich etwas seltsam. Was ist passiert? Und warum bin ich hier?"

„Inwiefern fühlst du dich seltsam?"

„Ich habe gefragt, wo ich bin."

„Und ich habe gefragt, inwiefern du dich seltsam fühlst. Du beantwortest meine Fragen und dann ich deine, abgemacht?"

„Zuerst meine Fragen!"

„Nein. Abwechselnd ist das letzte Angebot, was ich dir machen kann."

„Gut, meine Haut fühlt sich wie Stahl an und ich bin so ausgeruht, als hätte ich drei Jahre durchgeschlafen."

„Okay, das ist normal. Sonst noch irgendetwas? Kribbeln im Körper?"

„Ich bin mit Fragen dran! Wo bin ich?"

„In meinem Labor, du wurdest auserwählt, um Soldatin der neuen Welt zu werden. Du kannst dich glücklich schätzen."

„Wie bitte? Neue Welt? Was ist mit mir passiert?"

„Na, na, deine Antwort bitte, Fräulein Liev."

„Abgesehen davon, dass es mich gewaltig stört, dass Sie mich hier festhalten und meinen Namen kennen, fühle ich sonst nichts. Kein Kribbeln, gar nichts!"

„Du bist ab heute ein Strange One, auf gut Deutsch: Du hast übermenschliche Fähigkeiten bekommen. Welche, wird sich noch herausstellen."

„Wollen Sie mich verarschen?", schrie ich.

„Nein, das ist durchaus eine ernste Angelegenheit. Du gehörst nun zu Guns Armee und bald wird uns der ganze Kontinent gehören. Also überleg dir gut, auf welcher Seite du stehen willst", drohte die Brillenschlange.

Und da wurde mir alles klar, warum ich hier war und was meine Aufgabe war. Ich sollte Menschen töten, unschuldige Menschen – nur weil einem Wahnsinnigen langweilig war. Das kam gar nicht infrage! Doch ich konnte mich in diesem Moment noch nicht wehren, zuerst musste ich die Lage checken und mir etwas einfallen lassen. Fast einen Monat spielte ich die brave Untergebene, beendete das Training als Beste und konnte auch mit meiner neuen Fähigkeit am besten umgehen. Ich konnte die magischen Kräfte anderer in mich aufnehmen und sie in alles umwandeln, was man sich nur vorstellen konnte. Damit konnte ich meine Heilung verbessern, mich unendlich stark machen und keiner konnte mir etwas anhaben. Bald war ich Guns rechte Hand, er vertraute mir blind und ich hatte die Möglichkeit, ihn zu studieren, um eine Schwachstelle in seinem System zu finden.

Eines Nachts, als ich in Guns Büro herumschnüffelte, öffnete sich schlagartig die Tür und Marco krachte herein. Marco war der Zweitbeste des Trainings und ein viel zu sorgloser Mensch.

„Was macht die rechte Hand des Tyrannen hier?", fragte er grinsend.

„Das Gleiche könnte ich dich fragen", antwortete ich und versuchte, mich normal zu benehmen.

„Ich schätze mal, ich will das Gleiche wie du. Wie kommt es, dass du Guns Büro durchsuchst? Du als seine Vertraute?"

„Wer sagt, dass ich es durchsuche?"

„Ich fühle die Anwesenheit der Strange Ones, ihre Bewegungen und ihren Gemütszustand. Mehr brauche ich nicht zu sagen, oder?"

„Vielleicht hast du dich getäuscht", zischte ich ihn an, doch er lachte nur.

„Komm mit, ich zeig dir was", sagte er und verließ den Raum. Zwar war ich total wütend, dass er mich beim Schnüffeln entdeckt hatte, trotzdem folgte ich ihm. Er führte mich aus dem Hauptgebäude, über den großen Trainingsplatz bis hin zu einem Werkzeugschuppen.

„Willst du mich jetzt töten und vergraben? Dann sag ich es dir gleich, gegen mich hast du keine Chance", sagte ich kalt.

„Das weiß ich doch. Halt einfach die Klappe und komm mit."

Er öffnete die Tür zum Werkzeugschuppen, schob eine Truhe zur Seite und öffnete eine Falltür. Danach bedeutete er mir, ihm nach unten zu folgen – natürlich hatte ich ein ungutes Gefühl, doch ich war viel stärker als er, also konnte mir im Prinzip nichts passieren. Ich folgte ihm durch einen feuchten Flur und landete mitten in einem riesigen Raum voller Stühle. Gut die Hälfte der Elite und auch andere Soldaten sprachen wirr durcheinander, bis sie mich sahen. Alle verstummten und sahen mich hasserfüllt an. „Was tut sie hier?" „Spinnst du, Marco?" „Die verpfeift uns sicher!" Konnten ernsthaft alle Soldaten in diesem Raum gegen Gun sein? Wollten auch sie ihn stürzen?

„Jetzt haltet mal alle die Klappe! Unsere geschätzte Sakuya hat soeben im Büro des Königs geschnüffelt. Sie ist auf unserer Seite, also keine Panik. Oder?", fragte er, drehte sich zu mir um und wartet auf eine Antwort.

„Genau."

„Und warum hast du dann so eine hohe Stellung? Bist du nicht seine Vertraute?", rief ein anderes Mädchen.

„Genau das bin ich. Schon mal was von Tarnen und Täuschen gehört? Je mehr er mir vertraut, umso weniger rechnet er mit einem Hinterhalt."

Im Raum wurde es wieder still, alle starrten mich fassungslos an.

„Also ich trau ihr nicht!", rief ein Soldat.

„Dann hast du eben Pech. Sie ist die Einzige, die überhaupt zu Gun durchkommt, das müssen wir ausnutzen. Wir haben nur noch einen Tag Zeit für die restliche Planung", sprach Marco und alle beruhigten sich. Wahrscheinlich trauten sie mir trotzdem nicht, aber zumindest hielten sie die Klappe. Marco weihte mich in ihren Plan ein, den ich natürlich noch verbessern konnte.

„Okay", begann er, „dann gehen wir alles noch einmal durch. Nachts sind wenige Soldaten im Gebäude, da Sakuya ja immer in Guns Nähe ist, das müssen wir ausnutzen. Gruppe 1 bewacht das Labor von Oliver, Gruppe 2 und 3 die Kasernen. Gruppe 1 der Elitesoldaten beseitigt die Wachen am Eingang und in den ersten zwei Stockwerken von Guns Haus, die zweite Gruppe kommt übers Dach und eliminiert die obersten Wachen. Guns Schlafzimmer liegt im dritten Stockwerk. Sobald Gruppe 1 der Elitesoldaten mit ihrer Arbeit fertig ist, stürmen Sakuya und ich die dritte Etage, und während ich mich mit den Wachen beschäftige, bringt Sakuya ihn um. Alles verstanden?"

„Aber wie wissen wir, dass Gun schläft?", fragte ein Elitesoldat.

„Zwar geht er bereits um 22 Uhr ins Bett, doch er schläft erst so um 1 Uhr richtig fest", antwortete ich ihm.

„Und was machen wir, wenn er tot ist? Wer übernimmt die Führung von Ira? Er hat den Rat samt seiner Mutter ausgelöscht …"

„Wir machen das! Wir haben ein paar schlaue Köpfe hier und sollten nach so einer Aktion immer zusammenarbeiten", meinte Marco und ich sah ihn skeptisch an.

„Stimmt, wir sind doch jetzt auch schon so etwas wie eine Geheimorganisation. Wie wär's, wenn wir uns First Organisation nennen? Wir helfen den Menschen, wo wir nur können mit unseren Kräften!", rief ein weiterer Soldat und ich musste lächeln, denn ich wollte das Gleiche sagen. Wir sollten mit solch besonderen Fähigkeiten nicht gegen die Menschen kämpfen, wir sollten sie unterstützen!

Leise und heimlich begann die Operation. Nach unserer Ausbildung waren wir die perfekten Killer – schnell und lautlos. Die einzelnen Gruppen erfüllten ihre Aufgabe mit Bravour, Marco und ich versteckten uns in meinem Zimmer. Es lag nur drei Türen weiter von Gun, sodass ich ihm immer zu Hilfe eilen konnte. Dass das auch einen Nachteil haben könnte, war wohl nie ein Gedanke von ihm. „Du bist sicher, dass du 20 Elitesoldaten allein ausschalten kannst?", fragte ich etwas besorgt. Ich wusste, dass er stark war, aber trotzdem machte ich mir Sorgen um ihn.

„Du solltest dir eher Sorgen um dich machen, ich bin der Einzige, der dir traut. Sollte die Operation scheitern, töten sie dich. Aus welchem Grund auch immer, also bemüh dich."

Ich konnte nicht anders als zu lachen, als würde mir etwas passieren!

„Jetzt ist es genau 1:30 Uhr, wir sollten dann mal beginnen. Die ersten Wachen übernehme ich", sagte ich und verließ das Zimmer. Die gewohnten Wachen begrüßten mich mit etwas überraschtem Gesicht, und ohne ihnen Zeit zum Überlegen zu geben, schaltete ich sie der Reihe nach aus. Bald würden die restlichen Wachen der Etage kommen, also gab ich Marco das Klopfzeichen und sperrte die Tür zu Guns Schlafzimmer auf. Nur Oliver und ich hatten einen Ersatzschlüssel, ein weiterer Fehler von Gun. Leise schloss ich die Tür von innen wieder ab und ging auf sein viel zu großes Bett zu. Im Schlaf sagte er immer wieder einen Namen. Finnja – das Mädchen, von dem er mir immer erzählte, das Mädchen, das sich selbst das Leben nahm. Ich kannte die Geschichte nur zu gut: Er hatte Finnjas Verlobten töten lassen und sie gefangen genommen. Sie erhängte sich in ihrem Zimmer mit den Kordeln des Vorhanges.

„Gun", sagte ich mit lauter Stimme. Er sollte wach sein, ich musste ihm noch etwas sagen. Verschlafen öffnete er die Augen und sah mich verwirrt an.

„Sakuya? Was ist los?"

„Warum tötest du Menschen?"

„Was?"

„Warum tötest du Menschen?"

„Sie stellen sich mir in den Weg."

„Das ist alles?"

„Ja natürlich! Mit meinen Strange Ones gehört mir bald ganz Cinaria!"

„Denkst du wirklich, dass du uns im Griff hast? Denkst du wirklich, nur weil du uns Fähigkeiten verliehen hast, bleiben wir auf deiner Seite? Da täuschst du dich aber gewaltig. Wir sollten den Menschen helfen! Durch die Fähigkeiten haben wir so viele Möglichkeiten, Gutes zu tun."

„Aber das tue ich doch! Indem ich die schlechten Menschen töte", verteidigte er sich.

„Nur weil jemand nicht deine Meinung teilt, ist er noch lange kein schlechter Mensch. Aber du bist ein schlechter Mensch. Es ist Zeit, deine Tyrannei zu beenden."

Vom Flur drangen Kampfgeräusche zu uns, Marco schien doch einige Schwierigkeiten zu haben. Ich packte Gun am Hals und zerrte ihn aus dem Bett, dabei verstärkte ich meinen Griff, sodass er zu röcheln begann. Doch so einen Tod wollte ich nicht für ihn – also schleifte ich ihn zum Fenster, blieb stehen und fragte ihn nach seinen letzten Worten.

„Das alles habe ich nur für sie getan. Nur für Finnja."

Eine Träne kullerte über seine Wange, doch da nahm ich auch schon alle Kraft zusammen und warf ihn durch die Scheibe. Einen Moment später hörte ich den Aufprall und das Jubeln der Soldaten – wir waren am Ziel! Anschließend half ich Marco, die anderen Wachen abzuwehren. Oliver fand man tot in seinem Labor auf. Niemand wusste, ob er sich selbst erschossen hatte oder nicht. Wir verloren bei dieser Operation zwei Soldaten, es ging alles glatt.

Dann begann eine neue Ära, ich wurde zum Leiter der First Organisation gewählt und verkörperte damit gemeinsam mit Marco, meinem nun verstorbenen Ehemann, die Exekutive von ganz Cinaria. Auch unsere Kinder hatten übermenschliche Fähigkeiten, was vielleicht nicht so schlecht war. Nie wieder würde ein Strange One gegen einen Menschen kämpfen, und wer sich nicht daran halten konnte, wurde von uns eliminiert!

Unser Plan hätte gar nicht schiefgehen können. Gerne hätte ich einen ausführlichen Bericht über die Kämpfe geschrieben. Kämpfe um Leben und Tod, doch so war es nicht – manch andere Soldaten ergaben sich gleich und schlossen sich uns an. Im Endeffekt wusste jeder, dass es nicht so weitergehen konnte. Und das war's eigentlich. Nichts Besonderes, hm? Es sollte auch nichts Besonderes werden, es sollte bloß die Menschheit vor einem liebeskranken Mann retten.

Kapitel 1

Tazer

Wütend schlägt Kai das Geschichtsbuch zu und starrt mich finster an. „Das kann doch echt nicht dein Ernst sein?! Hast du gar nichts aus der Geschichte gelernt? Wenn du dich wirklich mit der stärksten Exekutive des gesamten Kontinents anlegen willst, bricht der Krieg doch erneut aus! Schnallst du das nicht?" Aufgebracht fährt er sich durch die dunkeln Haare und gibt einen extra langen Seufzer von sich. Zwar ist Kai nicht mein leiblicher Bruder, doch wir beide wurden von demselben Mann großgezogen und deswegen fühlt es sich so an, als wäre er mein kleiner Bruder. Diese wütende Geste machte er schon immer. Anstatt ihm jedoch eine Antwort zu geben, packe ich weiter meinen Rucksack für die lange Reise. „Es ist beschlossene Sache, egal, aus wie vielen Geschichtsbüchern du mir noch vorliest. Du selbst weißt, dass die First Organisation nicht mehr das ist, was sie in diesen Büchern einmal war. Seit Kajetan die Führung vor 20 Jahren übernommen hat, werden immer mehr unschuldige Strange Ones eingesperrt oder sogar öffentlich hingerichtet. Die F. O. mag einmal gut gewesen sein, doch das ist lange her. Willst du oder kannst du nicht verstehen, dass ich etwas unternehmen muss?" Mit schief gelegtem Kopf mustere ich meinen Rucksack und hoffe gleichzeitig, dass mein Vorrat bis in die nächste Stadt reicht. Kai ist aufgestanden und geht unruhig auf und ab. Der Holzboden unter seinen Füßen knarrt an derselben Stelle, an der er schon immer geknarrt hat. Welch heimisches Geräusch! „Natürlich versteh ich dich, aber du bist jetzt nur aufgebracht, weil sie den alten Strong abgeholt haben. Mir tut das genauso weh wie dir und trotzdem renne ich nicht einfach los und versuche, den Frieden zu vernichten!" Nein, er versteht mich nicht. Nicht nur der Schmerz, meinen Ziehvater verloren zu haben, treibt mich dazu, es ist derselbe Schmerz, der mich auch heimsuchte, als sie meine Mutter vor 14 Jahren holten. Damals war ich gerade mal 6 Jahre und konnte rein gar nichts gegen die Haifische, also Kajetans Laufburschen, ausrichten. Doch zum Glück nahm unser Nachbar, der sich einfach nur Mr. Strong nannte, uns auf und begann, mich zu trainieren. „Auch anderen geht es so wie uns. Sieh dich doch mal in unserem Dorf um, von außen sieht alles normal aus, doch wenn man genauer hinsieht, kann man den Schmerz in den Augen der Leute erkennen. Und ich möchte, dass dieser Schmerz aufhört! Die F. O. ist bei den Leuten schon lange nicht mehr so beliebt, wie sie es früher war. Ich verhindere eher einen Krieg, als dass ich einen anzettle. Hör zu, Kai, ich will mich nicht mit dir streiten. Auch wenn du für mich wie ein Bruder bist, kannst du mich nicht von meiner Entscheidung abbringen. Irgendjemand muss endlich etwas tun – und das werde ich sein." „Du hast ja irgendwie recht", stimmt er mir zu und folgt mir von der Küche zur Haustür. „Aber du solltest größere Städte, wie Nif zum Beispiel, meiden. Sie suchen dich bestimmt schon – immerhin hast du einen von Kajetans Leuten auf dem Gewissen." Ein mulmiges Gefühl breitet sich in meinem Magen aus wie immer, wenn ich daran denke. „Fast. Ich hab ihn fast getötet." Das alles ist nur passiert, weil ich ausgerastet bin, als sie Strong abholten. Ich hab die Kontrolle über mich verloren und bin auf einen von Kajetans Leuten losgegangen. Im Prinzip ist es also egal, ob ich mich mit der F. O. anlege oder nicht, sie suchen mich sowieso. „Am besten gehst du zuerst nach Siu. Es ist ein kleines Dorf an der Grenze zum Land der kalten Sonne. Die Leute dort halten nicht viel von der F. O. und halten sich aus so ziemlich allem raus", schlägt Kai mir vor. Dankbar nicke ich ihm zu und verlasse, ohne mich zu verabschieden, das Haus. „Hast du überhaupt eine Karte eingepackt?", ruft Kai mir nach. „Nö. Ich find schon hin", antworte ich und mache mich auf den Weg nach Ira, dem nördlichsten Ort des Kontinents und zugleich Hauptquartier der F. O.

Nach ein paar Stunden bin ich bereits am Schattenwald angekommen. Silverland, das südlichste Land, ist nicht sehr groß und mein Dorf liegt nah an der Grenze. Um den Schattenwald zu durchqueren, würde ich aber bestimmt zwei bis drei Tage brauchen. Gut, dass ich so viel zum Essen eingepackt habe. Der Schattenwald ist ein unbewohntes, düsteres Stück Land. Die großen Wendelbäume, deren Wurzeln so hoch wie Häuser und ineinander verschlungen sind, lassen so gut wie kein Tageslicht durch. Meine Gedanken driften zum alten Strong ab. Es gibt einfach keinen plausiblen Grund, warum die F. O. ihn abgeholt hat – immerhin werden nur Strange Ones von ihnen „verhaftet", was Strong ja nicht ist. Er ist ein einfacher, alter Knacker mit einer harten Schale und einem weichen Kern. Meine Mutter dagegen ist ein Strange One – oder war ein Strange One? Ich habe keine Ahnung, ob sie überhaupt noch am Leben ist oder im Gefängnis vor sich hinvegetiert. Aber falls sie noch lebt, werde ich sie schon da rausholen. Eigentlich ist das System der First Organisation nicht schwer zu verstehen; die Strange Ones werden in Gefahrenstufen eingeteilt. Je stärker ihre Fähigkeiten sind, umso höher ist auch die Stufe. Strange Ones ab der Gefahrenstufe 6 sind generell eine Bedrohung und werden bei dem kleinsten Vergehen weggesperrt. Das Seltsame an der ganzen Sache ist jedoch, dass meine Mutter zur Gefahrenstufe 3 gehört. Sie ist ein Wandler und kann sich, wie das Wort schon sagt, in einen Fuchs verwandeln. Es gibt weitaus gefährlichere Wandler als sie und doch wurde sie eingesperrt – was das wohl für einen Sinn hat? Immer wenn ich in den Spiegel sehe, meine ich, die grauen Augen meiner Mutter zu erkennen. So ziemlich das Einzige, was wir gemeinsam haben. Mein dunkelbraunes Haar muss ich von meinem Vater geerbt haben; ihn habe ich nie kennengelernt und kann mich deshalb auch nicht an ihn erinnern, aber Mama hat nie ein schlechtes Wort über ihn verloren. Außerdem muss ich bei dem Wort *Vater* an Strong denken, denn für mich ist er das. Während des Trainings war er zwar immer hart und wirkte unbarmherzig, aber sobald es Abend war, Kai und ich uns auf das Essen stürzten, war er wieder der gutherzige, verständnisvolle Mann. Gerade diese Erinnerungen treiben mich an – lange genug habe ich zugesehen, es wird Zeit, dass wir uns wehren! Ein Wimmern lässt mich aufhorchen und vertreibt all meine Gedanken. Sofort bleibe ich stehen und horche in mich hinein; eine Technik, die mir Strong beigebracht hat: Mithilfe des Instinktes kann ich die Anwesenheit anderer Lebewesen spüren. Nördlich von mir befindet sich definitiv jemand, ein Kind würde ich sagen. Im Laufschritt eile ich zu dem Fremden und entdecke einen Jungen mit blonden Locken, der unter einer Wurzel kauert. Seine Knie sind aufgeschürft und bluten ziemlich stark. Als er mich sieht, weiten sich seine Augen und er versucht, sich noch enger zusammenzurollen. Langsam gehe ich auf die Knie, suche im Rucksack nach meinem Erste-Hilfe-Koffer und frage den Jungen: „Welche blöde Aktion hat dich denn in den Schattenwald getrieben?" Misstrauisch blickt er mich an, antwortet jedoch nicht. Also beginne ich, seine Knie zu verarzten. Der Junge tritt mich gegen die Brust und brüllt: „Hau bloß ab, du beschissener Haifisch! Ich brauch deine Hilfe nicht! Ihr wollt mich doch sowieso nur einsperren!" Verwirrt lege ich den Kopf schief und schaue ihn lange an. „Erstens bin ich kein Haifisch. Zweitens brauchst du sehr wohl meine Hilfe. Und drittens, warum will dich Kajetan einsperren? Wie alt bist du? Zehn?"

„Wieso sollte ich dir glauben?!"

„Weil ich dich sonst sicher nicht verarzten würde."

„Das heißt noch lange nichts! Gehört alles zu deiner Taktik!"

„Ich bin viel zu faul, um mir eine Taktik zu überlegen. Ich denke nicht viel nach, bevor ich handle."

„Ist aber nicht immer klug."

„Liegt im Auge des Betrachters. Aber versuch mal Folgendes: Stell dir selbst eine Frage und antworte, ohne nachzudenken – die Antwort entspricht der Wahrheit. So kann man sich nicht selbst belügen", erkläre ich ihm.

„Das mag ja sein, aber etwas zu denken oder gleich zu handeln, sind zwei verschiedene Paar Schuhe. Aber ich denke, ich weiß, worauf du hinauswillst." Der Junge macht eine kurze Pause und atmet tief durch. „Na gut, ich glaub dir. Aber nur, weil Haifische viel zu dämlich sind, um so etwas zu sagen; dass Dummheit nicht wehtut, macht mich echt traurig."

Lauthals pruste ich los und beginne, seine Wunden zu versorgen.
„Starke Worte für ein Kind. Wie heißt du eigentlich?", sage ich anerkennend.

„Ich bin kein Kind mehr! Okay, ich sehe aus wie ein Kind, aber ich hab bestimmt einen höheren IQ als die meisten Leute in Nif. Mein Name ist Thomas und ich bin elf Jahre. Nicht zehn!"

Sein Gesicht läuft puterrot an, während er sich beschwert. Wohl auch ein Strange One; für mich aber interessant, dass er eine mentale Fähigkeit besitzt, denn die sind verdammt selten. Die meisten sind Wandler, dann kommen die physischen Fähigkeiten und gerade mal 2 % der gesamten Strange Ones besitzen mentale Kräfte. Obwohl diese Art von Kraft gefährlicher werden kann als jede Muskelkraft, werden sie doch immer wieder unterschätzt. Ich begutachte zufrieden mein Werk an Thomas' Knien und frage: „Also, was machst du hier?" Mühsam richtet sich Thomas auf, woraufhin auch ich aufstehe und ihm hoch helfe.

„Nachforschungen", murmelt er.

„Nachforschungen? Wonach?"

„Der F. O.! Ich suche den Stützpunkt im Schattenwald, dort gibt es angeblich viele Bücher und Dokumente …"

Misstrauisch hebe ich die Augenbrauen und starre ihn lange an. Meint er das ernst? Was findet man schon in Büchern darüber?

„Und was machst du hier, wenn du kein Haifisch bist?", fragt Thomas energisch. Warum um alles in der Welt ist er denn so zornig?

„Ich bin auf dem Weg nach Ira. Es wird Zeit, dass jemand diesem Kajetan gewaltig den Arsch aufreißt!"

Thomas krümmt sich vor lauter Lachen und grunzt dabei jedes zweite Mal, aber diese Reaktion habe ich bereits erwartet. Alles andere als behutsam packe ich mein Verbandszeug wieder in den Rucksack, schenke Thomas ein Lächeln zum Abschied und mache mich auf den Weg.

„Das kann doch nicht dein Ernst sein?! Du willst nicht ernsthaft allein nach Ira gehen, oder?!", brüllt er mir hinterher. Seine Schritte klingen dumpf auf Waldboden, als er mir hastig nacheilt. Wie kann ein Zwerg wie er so einen gewaltigen Lärm veranstalten? Ich antworte ihm, dass ich genau das vorhabe, woraufhin ihm der Atem stockt. Schweigend geht er mir eine Zeit lang hinterher. Ich verlangsame meine Schritte, damit er mit seinen verletzten Beinen mithalten kann. Für seine Größe, die Verletzungen und sein Alter hält er wirklich gut Schritt mit mir, bleibt erst stehen, als ich mir einen Schlafplatz suche. Zwar ist es noch zu früh, um sich schlafen zu legen, aber der Kleine braucht eine Pause und ich bin mir zu 100 % sicher, dass er mir selbst auf allen vieren gefolgt wäre. Etwas abseits von mir lässt er sich auf den harten Boden fallen und atmet schwer. Die Verbände an seinen Knien haben bereits rote Flecken, weil er es einfach nicht lassen konnte, mir zu folgen. Ich werfe ihm meine dunkelblaue Wolldecke zu und beginne, kleine Äste für ein Feuer zu suchen. Thomas bedankt sich natürlich nicht, sondern folgt jeder meiner Bewegungen mit Argusaugen. Keine Ahnung, was in ihm vorgeht, aber es bringt mich zum Schmunzeln. Er sagt immer noch nichts, als ich die Äste auf den Boden lege, sie zu einem Berg auftürme und meine Hand darüber halte. Das so vertraute Kribbeln in meiner Haut kündigt meine Fähigkeit bereits an. Thomas fallen fast die Augen aus den Höhlen, als sich zwischen meinen Fingern kleine, schwarze Blitze bilden und wild umhertanzen. Schließlich schicke ich einen dieser Blitze auf den Holzhaufen, welcher kurz raucht und dann zu brennen beginnt. Ich lege den Kopf schief und sehe ihn mit einem fetten Grinsen an. „Das ist … der Wahnsinn! Ich hab schon viele Strange Ones getroffen, aber noch keinen mit so einer Fähigkeit! Wie viel Volt hat einer deiner Blitze? Wie groß ist die Reichweite? Bist du auch so eine Art Blitzableiter?", die Fragen sprudeln nur so aus ihm heraus. Wer hätte gedacht, dass er auch weniger grantig klingen könnte? „Ich kann dir auf alle Fragen nur eine Antwort geben: keinen Schimmer! Ich hab dir schon gesagt, dass ich nicht viel von solchen Gedanken halte." Er brummt irgendetwas vor sich hin und hört sich dabei wie ein Bärenjunges an. „Auch wenn du starke Fähigkeiten hast", beginnt er, „heißt das noch lange nichts! Du willst wirklich allein nach Ira spazieren? Einfach so? Ich will dir ja echt nicht zu nahetreten, aber bist du dumm?"

„Schon klar, dass es nicht einfach wird. Aber ich schaffe das schon!", antworte ich.

„Du rennst in dein Verderben!", brüllt der Schreihals wieder.

„Aber ich kann nicht länger mit ansehen, wie immer mehr unschuldige Strange Ones eingesperrt oder getötet werden! So kann das nicht weitergehen!", ich werde nur selten laut, doch in diesem Moment ist meine Stimme sogar lauter als seine. „Tut mir leid, dass ich dich anbrülle! Ich weiß, du kannst nichts dafür!", schreie ich weiter, bis wir uns vor lauter Lachen nicht mehr einkriegen. „Wieso recherchierst du über die F. O.?", frage ich, nachdem wir es uns neben dem Feuer gemütlich gemacht haben. Thomas beißt von dem Apfel ab, den ich ihm gegeben habe, und antwortet: „Meine Schwester Rebecca wurde vor zwei Jahren von der F. O. abgeholt und seitdem suche ich nach Informationen. Mir wäre schon geholfen, wenn ich wenigstens die Baupläne vom Hauptquartier hätte, dann könnte ich vielleicht etwas unternehmen." Seine Augen verdunkeln sich zu zwei schwarzen Seen, während er spricht. Ich kann seinen Zorn nur zu gut verstehen. Trotzdem schmunzle ich: „Ah, so ist das! Ich renn also in mein Verderben, aber du kommst bestimmt ohne Probleme hinein, oder wie?" Thomas beißt sich auf die Lippe, zieht die Augenbrauen zusammen und starrt mich finster an. Innerlich bereite ich mich schon auf seinen nächsten cholerischen Anfall vor. Zu meiner Überraschung lacht er nur kurz auf und schüttelt den Kopf. „Dann tun wir uns eben zusammen", murmelt er nachdenklich. „Auf keinen Fall. Versteh mich nicht falsch, du bist ein intelligentes Kerlchen, aber Intelligenz hilft dir bei diesen Idioten, deren Gehirn so groß wie eine Erbse ist, nicht weiter. Manchen muss man Vernunft einprügeln und ich glaube kaum, dass du das in deinem Alter schaffst", erkläre ich sachlich, um ihn nicht zu verletzen. Ich will damit nicht sagen, dass er schwach oder langsam ist, aber die gesamte Wache der F. O. wurde zu Killern ausgebildet. Resigniert seufzt er und reibt sich die Augen. „Das weiß ich", haucht er, „aber lass mich dir wenigstens helfen, soweit ich kann." Mit einem Grinsen nicke ich, was sein Gesicht zum Strahlen bringt. „Es gibt in jedem Abschnitt von Cinaria eine

Basis der F. O., auch hier im Schattenwald. Ich schätze, dass ich dort viele Dokumente, Aufzeichnungen und sogar eine Karte finden kann. Du musst nur die Haifische und den Patron ablenken, damit ich alles in Ruhe suchen kann."

„Den Patron?" „Ja … kennst du die nicht? Ist das dein Ernst?! Du planst, die F. O. aufzuhalten, aber weißt absolut nichts über sie?! Willst du mich verarschen?" Thomas brüllt wieder einmal.

Ich muss mich zusammenreißen, um nicht laut loszulachen, trotzdem klingt meine Stimme belustigt, als ich antworte: „Mach doch kein Drama draus. Ich mach bei den F. O. Leuten keinen Unterschied, sobald sie mich nicht durchlassen. Also was ist ein Patron?"

Thomas holt tief Luft, um sich zu beruhigen, und beginnt zu erklären: „Die First Organisation oder F. O., wie wir sie nennen, hat genauso eine Hierarchie wie jede andere Organisation auch. Ganz oben steht natürlich Kajetan, gefolgt von seiner Frau Dahlia als Stellvertreterin und Kajan, dem zukünftigen Leiter. Danach kommen bereits die Patrone, welche nach Stärke und Umgebung eingeteilt sind. Pro Länderabschnitt gibt es eine Basis, zwei dazugehörige Patrone und ein paar Haifische. Je niedriger die Nummer, die sie zugeteilt bekommen, desto stärker ist ihre Fähigkeit. Es hängt aber auch von der Einwohnerzahl und dem Prozentsatz der Strange Ones in einem Abschnitt ab. Nehmen wir Silverland als Beispiel: Dort gibt es nur ein paar Dörfer und sonst nur Wald und Felder, richtig? Die Chance, dass sich dort unten jemand mit der F. O. anlegt bzw. einfach nur rebelliert, ist sehr gering – auch weil nicht genug Menschen dort leben, um der Organisation gefährlich zu werden. Deswegen gibt es in Silverland sowie im Schattenwald nur einen Patron. Nummer 11 und 12. Die Melodiehügel sind der einzige Bereich, in dem es weder Patrone noch Haifische noch eine Basis der F. O. gibt. Außerdem bin ich mir nicht wirklich sicher, ob sich in der Winterwüste wirklich ein Patron befindet, denn dort gibt es nicht viel Leute."

„Also sind Nummer 11 und 12 nicht sehr stark, oder?"

„Na ja, in diesem Fall ist stark ziemlich relativ, aber du hast das Prinzip verstanden. Die Patrone werden nur selten eingesetzt, da die meisten Fälle die Haifische übernehmen. Doch sobald es schwieriger wird, das heißt, sobald ein Strange One eine hohe Gefahrenstufe hat, kümmern sich die Patrone darum. Keiner von ihnen hat eine geringere Gefahrenstufe als 7. Ihre Fähigkeiten werden aber streng geheim behandelt, damit man sich nicht auf sie vorbereiten kann. Wenn du direkt zu Kajetan möchtest, kannst du dich schon mal darauf vorbereiten, dass es dir die Patrone nicht leicht machen werden. Das nächste Problem ist, dass keiner genau weiß, welch starke Fähigkeit Kajetan wirklich besitzt. Jeder sagt etwas anderes und bis jetzt habe ich noch nicht wirklich etwas darüber gefunden. Aber wenn man mal logisch darüber nachdenkt, werden sie solche Informationen nicht in stark bevölkerten Gegenden verstecken."

„Deswegen suchst du hier nach der Basis. Du bist verdammt intelligent für ein Kind", sage ich anerkennend. „Ich bin kein Kind!", brüllt das Kind. Seine Reaktion bringt mich zum Lachen. Plötzlich verändert sich sein Gesichtsausdruck und er beginnt, in seinem kleinen Rucksack zu kramen, welchen ich vorher gar nicht bemerkt habe. Er holt einen zerknitterten Zettel hervor und reicht ihn mir: „Bei meinem letzten Einbruch … äh, meiner letzten Recherche hab ich das hier gefunden. Zwar nicht wirklich hilfreich, aber man kann ja nie wissen."

Vorsichtig breite ich den Zettel auf dem Boden aus, versuche, ihn glatt zu streichen. Was ich vor mir sehe, ist die besagte Hierarche in einer schönen Handschrift verzeichnet.

„Also ist laut diesem Organigramm Yasha der Stärkste?"

„Genau. Außerdem geht das Gerücht um, dass er und Kajetan die Einzigen sind, die Iras Hölle ohne Schäden durchqueren können. Dort folgt eine Naturkatastrophe der nächsten, also nicht gerade eine angenehme Strecke."

Lange starre ich auf das Stück Papier, während Thomas bereits schläft. Es scheint kein ruhiger Schlaf zu sein, denn er wälzt sich von einer Seite zur anderen.

Selbst wenn es 100 Patrone gäbe und Kajetan ein Gott wäre, würde ich alles versuchen, um ihn zu stoppen. Und es wird mir verdammt noch mal gelingen!

Kajetan Leiter	Dahlia Stellvertreterin

Kajan
zukünftiger Leiter

Yasha (Nr. 1 – Ira)	Ronny (Nr. 2 – Ira's Hölle)
Jacky (Nr. 3 – Sommernachtsland)	Erasmus (Nr. 4 – Sommernachtsland)
Seraphim (Nr. 5 – Land d. k. Sonne)	Fina (Nr. 6 – Land d. k. Sonne)
Marigold (Nr. 7 – Tautropfenland)	~~Jiro~~ (Nr. 8 – Winterwüste)
Rico (Nr. 9 – Menolia)	Suvi (Nr. 10 – Menolia)
Orion (Nr. 11 – Schattenwald)	Luna (Nr. 12 – Silverland)

Nutzloser Fakt #1

Tazer hasst Kreuzworträtsel,
seit er dabei herausfand,
dass ursprünglich in der Mine von Silverland
überwiegend Kupfer
und nicht Silber abgebaut wurde.

Kapitel 2

Thomas

Ein seltsames Geräusch lässt mich hochschrecken. Mein Atem geht nur stoßweise, während mein Herz droht, mir aus der Brust zu springen. Ich verkrampfe meine Finger in der kratzigen Decke und blicke mich nervös um in der Hoffnung, dass ich dieses Geräusch nur geträumt habe. Keine Ahnung, wie lange ich reglos dasitze und in die grausame Stille lausche. Mein Gefühl sagt mir, dass etwas nicht stimmt, dass etwas Grauenhaftes geschehen wird – und auf mein Gefühl ist Verlass. So leise wie möglich robbe ich zu Tazer hinüber und schlage gegen seine Schulter. Jedoch gibt es nicht einmal ein Zucken seinerseits – na toll. Ich schlage noch mal zu, doch um einiges fester. Dieser Vollidiot bewegt sich einfach nicht! Was ist nur los mit dem? Wütend stehe ich auf, trete ihn gegen den Rücken. Endlich öffnet Tazer langsam ein Auge und blickt mich damit verwirrt an. „Was soll das werden?", fragt er.

„Ich hab was gehört!"

„War es der Choleriker in dir?"

„Was? Nein, du Idiot! Keine Ahnung, was es ist, aber es kommt aus nördlicher Richtung. Vielleicht sucht die F. O. bereits nach uns!"

Tazer erhebt sich gemächlich, schlendert in besagte Richtung und bleibt hinter einem Busch stehen. Ich bekomme Gänsehaut, als ich sehe, wie er eine geduckte Haltung einnimmt – sein Blick schweift von links nach rechts. „Und?", frage ich nervös. „Weißt du, wo das Geräusch herkommt?"

„Nö, ich muss nur pissen."

„Wie bitte, was? Hast du sie noch alle?", brülle ich in die Nacht. Mir doch egal, ob das Geräusch eine Bedrohung darstellt oder nicht, diesen Tazer kann man einfach nur anbrüllen. Verzweifelt lasse ich mich auf die Decke fallen, nehme das Gesicht in meine Hände. „Eine volle Blase ist echt unangenehm. Und jetzt beruhige dich, sollte wirklich jemand hier sein, muss das noch lange nicht heißen, dass er uns sucht bzw. findet." Er macht es sich wieder gemütlich, sein Atem verrät mir, dass er gleich wieder eingeschlafen ist. Wenn er nicht nachsehen will, muss ich das wohl tun. Ich suche so lange in meinem Rucksack, bis ich die Pistole in meiner Hand spüre. Mit ihr fühle ich mich stärker und so mache ich mich auf den Weg, mit den Erinnerungen an das letzte Mal, als ich sie in der Hand hielt.

Vor zwei Jahren:
„Komm, Thomas! Es gibt Essen, dein Lieblingsessen!" Rebecca rief in den Wald hinein mit dem Wissen, mich zu erreichen. Ich war oft allein im Wald unterwegs, erforschte die Pflanzen, den Himmel und die Sterne. Jeden Tag aufs Neue spürte ich dieses Kribbeln in meiner Haut, dieses unglaubliche Hochgefühl, wenn ich etwas entdeckt hatte. Doch alles sollte sich an diesem Tag verändern, unser ganz normales Familienleben hatte an diesem Tag sein Ende. Auf dem Rückweg zu unserem Haus stolperte ich über eine Wurzel. Gerade, als ich einen Schreianfall bekommen wollte, erregte etwas schwarz Glänzendes meine Aufmerksamkeit. Behutsam befreite ich es von Blättern und Moos und erkannte, dass es sich um eine Pistole handelte. Der Wald gehörte zu dieser Zeit meiner Familie, wie hätte dort eine Waffe hinkommen sollen, wo doch mein Vater zu den damaligen Pazifisten gehörte? Er schwor darauf, in seinem Leben noch keine Waffe in der Hand gehalten bzw. jemanden körperlich verletzt zu haben. Diese Tatsache, egal ob Wahrheit oder nicht, machte mich doch etwas stutzig. Ich beschloss, die Pistole mitzunehmen und bei Gelegenheit meinem Vater zu zeigen. Also verstaute ich sie in meinem Rucksack und ging nachdenklich weiter. Dass der Himmel in zarten Rot- und Orangetönen gefärbt war, bestätigte mir, dass es bereits dämmerte und ich wieder einmal den gesamten Nachmittag im Wald verbracht hatte. Plötzlich verspürte ich ein unangenehmes Ziehen im Magenbereich, gefolgt von einem störenden Prickeln. Was war denn bitte jetzt los? Etwas sagte mir, dass ich mich beeilen musste, um etwas zu verhindern. Also lief ich so schnell

ich konnte weiter, bis ich mit einer brennenden Lunge auf der Wiese vor unserem Haus stand. Meine Eltern und Rebecca hatten den alten Holztisch neben der Lagerfeuerstelle gedeckt und unterhielten sich mit einer vierten Person, einem Mann. Seine gewellten Haare wirkten fast golden, und als er sich umdrehte und mich mit diesen dunkelbraunen Augen ansah, stürmte ich auf ihn zu. Er ging in die Knie, breitete die Arme aus und fing mich auf. „Orion! Dich hab ich ja Ewigkeiten nicht mehr gesehen", lachte ich. Die wenigen Sommersprossen, welche sich auf seiner rechten Wange verteilt hatten, bildeten das genaue Ebenbild eines bekannten Sternzeichens: den Gürtel des Orions. Mein Cousin ließ mich los und sagte fröhlich: „Hey Thomas. Ja, es ist zwei Jahre her, seit ich meine Ausbildung bei der F. O. begonnen habe. Und endlich habe ich einen anständigen Bürojob – besser könnte es echt nicht laufen. Ich bin die rechte Hand des Bibliotheksverwalters."

Seine Augen strahlten, als er während des Essens von seiner Arbeit in Ira erzählte. Gespannt hing ich an seinen Lippen, konnte mir die riesige Bibliothek bis ins kleinste Detail vorstellen. „Und wie sieht's mit einer Freundin aus?", fragte Rebecca mit einem breiten Lächeln. Orion und Rebecca waren bloß ein Jahr auseinander und meine Schwester hatte zu dieser Zeit bereits eine lange Beziehung mit einem Typen aus Nif. „Tja, Cousinchen", begann er herausfordernd, „du weißt ja, wie das ist. Mir laufen so viele Mädels hinterher, da kann ich mich einfach nicht entscheiden." Rebecca warf ein Stück Brot nach ihm, dem er jedoch geschickt auswich und ihr zuzwinkerte. Wir alle wussten, dass er sehr beliebt bei den Mädels war, dieser Schönling, jedoch war er viel zu schüchtern, um sich ernsthaft mit einem zu unterhalten. Rebecca starrte lange in die Ferne, bis sich ihr Blick verdunkelte. Wie von der Tarantel gestochen sprang sie auf, verwandelte sich in ihre Adler-Gestalt und flog davon. Dieses miese Gefühl von vorhin wurde stärker und ich konnte es nicht mehr ignorieren. Auch Orion erhob sich und versuchte, in der angebrochenen Dunkelheit etwas zu erkennen. Lautlos landete Rebecca wieder vor uns, ihr Blick war ängstlich. „Thomas, geh ins Haus", sagte sie ruhig und bestimmt, doch ich kannte sie lange genug, um das schwache Zittern darin zu hören. „Was ist los?", fragte Orion und blickte verwirrt abwechselnd in die Ferne und dann wieder zu ihr. Rebecca ballte die Fäuste, als sie sagte: „Hoffen wir mal, dass du wirklich einen guten Job hast. Thomas, *geh jetzt bitte ins Haus. In meinem Zimmer liegt irgendwo ein blaues Notizbuch. Ich würde es dringend brauchen, könntest du es mir bitte holen?" Mit zusammengekniffenen Augen ließ ich mich von meiner Mutter ins Haus schleifen. Dass sie danach die Tür hinter sich abschloss, wusste ich nicht. Von irgendeiner, womöglich irrationalen, Angst getrieben lief ich in ihr Zimmer und stellte den Schreibtisch auf den Kopf. Da war kein verdammtes blaues Buch! Wieso log sie mich an? Laute Stimmen ließen mich aus dem Fenster sehen, mir gefror das Blut in den Adern. Vor Rebecca hatten sich zwei Riesen aufgebaut. Beide hatten ihren linken Ärmel hochgekrempelt, sodass das Zeichen der F. O. (ein Kreis, in dem sich ein F befand – ja, total einfallsreich!) sichtbar war. Was zur Hölle wollte die F. O. von Rebecca? Sie hatte nichts angestellt und stand momentan generell nur auf der Gefahrenstufe 3. Der Größere von beiden, welcher aussah, als hätte ihn jemand jahrelang ins Gesicht geschlagen, zog ein rotes Buch hervor und begann, etwas daraus vorzulesen. Es war zu leise für mich, um es zu verstehen. Ein Blick zu meinen Eltern genügte allerdings, um zu wissen, dass es nichts Gutes war. Rebellisch verschränkte meine Schwester die Hände vor der Brust und sagte etwas. Woraufhin die beiden Haifische, also Lakaien von Kajetan, wild drauflos lachten. Hilfe suchend sah ich mich nach Orion um. Er stand noch immer an der gleichen Stelle, den Ärmel ebenfalls hochgekrempelt. Wieso sagte er denn nichts? Konnte er sie nicht einmal fürs Erste abwimmeln? Gewaltsam griff der mit der zerdroschenen Visage nach dem Arm meiner Schwester, bog ihn nach hinten, sodass sie sich nicht wehren konnte. Spätestens jetzt erwartete ich eine Reaktion von Orion. Doch dieser Feigling stand wie eine erstarrte Salzsäule da, nicht mal blinzeln konnte ich ihn sehen. Tränen der Wut kullerten mir über die Wangen. So viel zur Familie! Sofort stürmte ich die Treppen runter, die Pistole, die ich gefunden hatte, griffbereit. Wenn er Rebecca nicht helfen wollte, würde ich eben beide erschießen! Dann musste ich leider feststellen, dass die Eingangstür verschlossen war, also trieb es mich als Nächstes zum großen Fenster im Wohnzimmer. Rebecca kniete nun, beide Arme hingen schlaff und leblos an ihr herunter. Ihr vor Schmerz verzerrtes Gesicht brannte sich in mein Gehirn. Sie hatten ihr die Arme gebrochen. Papa redete wie ein Wahnsinniger auf die Haifische ein, doch sie würdigten ihn keines Blickes. Mama kauerte weinend in der Wiese. Und Orion ... Orion* stand einfach nur da. Er hatte ernsthaft dabei zugesehen, wie sie Rebecca verletzten. Seine Cousine. Wild hämmerte ich gegen die Scheiben, schrie, dass sie sie gehen lassen sollten. Doch sie wollten mich einfach nicht hören. Also blieb mir nur eine Möglichkeit. Ich ging ein paar Schritte zurück und versuchte vergeblich, meinen Herzschlag zu beruhigen. „Eins, zwei, drei", zählte ich laut, bis ich mich mit voller Wucht gegen die Scheibe warf. Ein scharfer Schmerz bohrte sich in meine Rippen. Auch am Kopf konnte ich eine Verletzung fühlen, doch das war jetzt alles nicht wichtig. Ein paar Meter kugelte ich noch, richtete mich schließlich ächzend auf und zog die Scherbe aus meinem Brustkorb. Orion starrte mich mit einer Mischung aus Angst und Verwunderung an – doch wie zu erwarten, bewegte er sich nicht. „Na, wen haben wir denn da?", fragte der andere Haifisch, welcher auch nicht besser aussah. „Ist das dein kleiner Bruder? Hast du ihm erzählt, was du getan hast? Wenn ja, müssen wir ihn nämlich auch mitnehmen." Eine warme Flüssigkeit lief mir übers Auge. Ich hörte meinen Namen, den Mama mit weit aufgerissenen Augen hauchte. „Nein. Er weiß von gar nichts. Er ist noch ein Kind!", stieß sie zwischen den schweren Atemzügen hervor. Ihr hellblondes, glattes Haar klebte an ihrer Stirn, die braunen Augen waren voller Tränen. Erst als sie sie hochhoben und abführen wollten, erinnerte ich mich an die Pistole in meiner Hand. „Stopp!", rief ich ihnen hinterher. „Stopp oder ich erschieße einen von euch!" Synchron drehten sie sich um, keine Ahnung, wie lange sie dafür trainieren mussten, aber so dumm, wie die waren, sicher eine Ewigkeit. „Hör zu, Kleiner, wir nehmen deine Schwester fest, weil sie ein Verbrechen begangen hat. Es besteht die Chance, dass sie freigesprochen wird. Aber wenn du jetzt auf einen von uns beiden schießt, wird nicht nur sie hingerichtet. Nein, auch dich müssen wir dann holen." Noch nie hatte ich von so einer Chance gehört oder gelesen. Sie ließen niemanden mehr frei. Mit zittriger Hand zielte ich in ihre Gesichter. Bis Rebecca hauchte: „Ist schon gut, Thomas. Ich hab noch eine Chance, wieder heimzukommen. Also mach es nicht noch schlimmer. Bitte." Sie wusste genauso gut wie ich, dass sie nie wieder nach Hause kommen würde, und trotzdem lächelte sie mich aufmunternd an. Langsam drehten sie sich um und verschwanden in der Dunkelheit. Mir wurde die Luft aus meiner Lunge gepresst, ich krümmte mich vor Schmerzen. Doch nicht vor den physischen – es fühlte sich an, als hätten sie auch mein Herz mitgenommen.

Mama und Papa stürmten auf mich zu und redeten gleichzeitig auf mich ein, doch alles, was ich wahrnahm, war ein hoher, durchgehender Ton. Als Orion vor mir auftauchte, erwachte ich aus meiner Trance und hielt ihm die Pistole direkt ins Gesicht. Unter Tränen zischte ich: „Wieso … hast du … nichts … getan?! Wieso zum Teufel hast du nichts getan!" Schweißperlen standen auf seiner Stirn, er hob schützend die Hände und versuchte, irgendetwas zu sagen. Doch ich ließ ihm gar keine Gelegenheit dazu: „Feigling! Du bist ein jämmerlicher Feigling! Sie haben ihr die Arme gebrochen – vor deinen beschissenen Augen!" Meine Eltern versuchten, mich zu beruhigen, zupften an meinem blutgetränkten Ärmel. Es war mir egal, dass meine Hand so stark zitterte, dass ich Mühe hatte, die Waffe überhaupt zu halten. Es war mir egal, dass meine Mutter mich inzwischen anschrie. Und es war mir so was von egal, dass das mein Cousin war, der da vor mir kniete. Rebeccas Gesicht tanzte vor meinem inneren Auge. Klar stritten wir uns hin und wieder, aber sie hatte immer alles getan, um mich zu beschützen – und nun würde ich nie Gelegenheit bekommen, sie im Gegenzug wenigstens ein einziges Mal zu beschützen. „Vielleicht … es gibt vielleicht … eine Verhandlung … sie kann schon bald … na ja … vielleicht … kann sie bald wieder hier sein …", stotterte Orion, doch seine Worte waren wie Benzin.

„Wir alle wissen, dass sie nie wiederkommt!"

„Ich kann ja mal versuchen, mit jemandem zu sprechen … vielleicht kann ich helfen …"

„So, wie du ihr vorhin geholfen hast?!"

„Thomas, ich weiß, dass das nicht gerade leicht für dich ist, aber du bist noch ein Kind. Du verstehst das Ganze gar nicht."

Dachte er das im Ernst? Bereits mit 4 Jahren verstand ich Algebra, lernte eine tote Sprache und verstand jeden logischen Zusammenhang im Alltag. Ich war um einiges intelligenter als Orion – damit ist nicht nur mein IQ gemeint, sondern meine soziale Intelligenz war damals schon auf einem höheren Level als seine. Die einzige Person, die das wusste, war Rebecca. Sie wusste, dass ich eine besondere Fähigkeit hatte – egal ob Strange One oder schlichtweg hochbegabt. Eine kleine Stimme in mir befahl mir, die Waffe wegzulegen. Denn es war klar, dass sich dadurch nichts ändern würde. Aber wie gesagt – nur eine kleine Stimme. Mit einem leer gefegten Kopf und einem gestohlenen Herzen betätigte ich den Abzug …

Das Nächste, an das ich mich danach erinnere, ist, dass ich im Krankenhaus aufgewacht bin. Durch den Blutverlust war ich längere Zeit im Tiefschlaf. Nach ein paar weiteren Wochen brachten mich meine Eltern nach Hause. Über Rebecca und Orion wurde kein einziges Wort verloren. Vor gut einem halben Jahre hab ich ihnen dann gesagt, dass ich gehen werde, und sie haben mich nicht aufgehalten. Was mich nicht böse, sondern glücklich macht – sie wissen, dass ich all das beenden will, und vertrauen auf mich. Ich mag vielleicht wie ein Kind aussehen, fühle mich innerlich jedoch wie ein Mann – geistig zumindest. Die Erinnerung an Rebecca lässt mich niemals aufgeben, ich will, dass sie auf mich herabsieht und stolz auf mich sein kann. Auch wenn das heißt, dass ich Tazer helfen und vertrauen muss. Aber er hat etwas an sich, das mich wirklich an ihn glauben lässt. Vielleicht sollte ich zu ihm zurückgehen und weiterschlafen. Die Basis kann nicht mehr weit sein, das fühle ich. Gerade als ich mich umdrehe, höre ich erneut etwas. Riech ich da Rauch? Da ist eindeutig jemand. Wenn ich einen Blick auf ihn erhaschen könnte, könnte ich Tazer vorwarnen – also schleiche ich mich, so nah es geht, an den Fremden heran. Doch das Einzige, was ich finde, ist ein kleines Lagerfeuer und ein schwarzer Rucksack. Bin ich jetzt total verblödet? Wieso sollte jemand ein Feuer machen und dann abhauen?

Und da kommt mir auch schon der Gedanke, viel zu spät natürlich, dass der Fremde mich wohl gehört, gesehen, gerochen oder sonst irgendwas hat. Verdammte Scheiße! Meine Hände beginnen zu schwitzen, obwohl sich auf meinem gesamten Körper Gänsehaut ausbreitet. Alle Instinkte sind bis aufs Äußerste geschärft, alles ist bereit für eine Flucht. „Nur Mut. Alles wird gut. Du schaffest es. Nur Mut", wiederhole ich gedanklich. So leise wie möglich mache ich auf den Absätzen kehrt und schleiche mich davon. Die Chance ist nicht gerade hoch, dass mich wirklich jemand gesehen hat, doch was mich an der Sache so irritiert, ist, dass kein normaler Mensch einfach so im Schattenwald einen Campingausflug macht. Auch wenn es hier weit und breit keine gefährlichen Tiere gibt, hat doch jedes angrenzende Land einen gesunden Respekt vor dem Wald. Schon viele haben sich hier verirrt und sind nie wieder herausgekommen – was wahrscheinlich an den Wendelbäumen liegt. Wie der Name schon sagt, haben diese Bäume ziemlich widerspenstige Wurzeln. Sie bahnen sich ihren Weg, wohin der auch gehen mag. Manche Bäume sind so ineinander verwurzelt, dass man kaum sagen kann, welche Wurzel wohin gehört. Die Rinde des Baumes ist bei Feuchtigkeit ziemlich rutschig, deshalb ist es gefährlich, darauf herumzuspazieren. Schließlich reichen manche Wurzeln gut drei Meter in die Höhe. Wenn man da abstürzt und ungünstig fällt, hat man ein Leben gehabt. Inzwischen bin ich froh, dass ich nicht zu weit von Tazers Seite gewichen bin. Es müssten eigentlich nur mehr ein paar Meter sein. *Knack.* Oh Shit! Ich wusste es! Ich wusste es! Mir bleibt auch nichts erspart! Zwischen den Bäumen vor mir kann ich eine dunkle Gestalt erkennen, sie hat jedoch keine feste Form. Glühend rote Augen funkeln mich an, ein eiskalter Wind kommt plötzlich auf. Ich kann den rauen Atem des Wesens hören, als es auf mich zukommt. Je näher es kommt, desto fester wird die Form, bis ein großer Typ vor mir steht. Seine Augen durchleuchten mich, jagen mir unheimliche Angst ein. „Wer bist du?", frage ich extra laut, damit Tazer mich hören kann. Die Konturen des Typs verschwimmen wieder, als er kurz auflacht und mit seiner tiefen, kalten Stimme antwortet: „Du meinst wohl eher: Was bist du?"

„Ich denke mal, dass du ein Strange One bist. Ein Wandler, wenn ich deine Konturen ansehe und dabei beachte, dass du vor gut ein paar Sekunden noch eine schwarze Wolke warst", plappere ich einfach wild drauflos.

„Schlaues Bürschchen. Aber das ist noch lange nichts Gutes, das weißt du, oder?"

„Gehörst du zur F. O.?"

Er lacht laut auf, was meine Hoffnung auf Tazers Erwachen wieder wachsen lässt. Dann sagt er: „Nein. Ich gehöre zu niemandem."

Ich mustere ihn von Kopf bis Fuß – er ist bestimmt über 2 m groß, hat schwarzes Haar und eine breite, muskulöse Brust. Seine

Oberarme sind doppelt so breit wie meine Oberschenkel, wenn nicht dreifach. Und da soll man ernsthaft keine Angst bekommen?

„Kannst du mir jetzt sagen, wer du bist?", frage ich erneut.

„Können schon, aber wollen nicht!"

„Wieso nicht?"

„Wieso schon?"

„Weichst du jeder Frage aus?"

„Sieht es denn so aus?"

„Was genau bringt dir das?"

„Was genau bringt dir die Fragerei?"

„Keine Ahnung, was ich sonst tun soll."

„Das hab ich echt noch nie gehört."

„Also wer bist du?"

„Und wer bist du?"

Dieser Möchtegern-Psychopath, oder was auch immer er sein will, bringt mich langsam echt auf die Palme. Aber Wut ist gut! Wut lässt mich meine Angst vergessen, ein bisschen zumindest.

„Jemand, der einfach gerne Fragen stellt", antworte ich bemüht ruhig.

„Das könnte dich aber echt in Schwierigkeiten bringen."

„Das ist mir durchaus bewusst, aber ich hab ja meinen treuen Freund dabei." Ich zeige ihm die Pistole.

„Hübsches Ding. Aber du kannst dir schon denken, dass die Kugel einfach durch mich durchgeht. Oder hast du schon vergessen, dass ich keine feste Form habe?!"

„Nein, das hab ich nicht vergessen. Aber probieren geht über studieren."

„Also bist du wohl doch nicht so intelligent, wie ich dachte."

„Also bist du wohl doch so ein Arschloch, wie ich dachte", provoziere ich ihn. Oh mein Gott, ich kann mich nicht bremsen. Ich sehe meinen Tod schon vor mir.

Er zieht die rechte Braue hoch und sagt: „Du solltest aufhören, so etwas zu denken. Vor allem dann, wenn du weißt, dass du eigentlich keine Chance hast."

Eigentlich mach ich mir gleich in die Hose vor Angst, aber ich habe nicht vor, ihm das zu zeigen. Also hebe ich die Waffe und feure, so oft ich kann, auf seine Brust. Wie erwartet fliegen die Kugeln wie nichts durch ihn durch. „Hm … interessant", ist das Einzige, was ich von mir gebe. Der Blick, den er nun aufsetzt, lässt das gesamte Blut aus meinem Gesicht weichen.

„Ich bewundere wirklich deinen Mut", beginnt er und kommt langsam auf mich zu. „Aber ich werde einfach nicht gerne an- angeschossen. Das war's dann wohl für dich, kleiner Mann."

Irgendwie verständlich, niemand wird gerne angeschossen …

Nutzloser Fakt #2

Thomas hat ein Muttermal
am rechten Zeigefinger.

Kapitel 3

Wild

Es kitzelt an den Stellen, an denen die Kugeln mich getroffen haben. Unglaublich, dass der Junge auf mich geschossen hat. Ich denke, eine kleine Lektion kann ich ihm schon erteilen – es reicht ein Soul Hunter. Seine blauen Augen werden immer größer und wirken verloren in diesem blassen Gesicht. Dieser Junge hat eindeutig etwas durchgemacht, da brauch ich nicht mal meine Fähigkeiten einzusetzen, um das zu erkennen. Das verstörte Kind in mir appelliert an mich, ihm nichts zu tun. Ich selbst hatte diesen Blick nur zu gut drauf. Gerade als ich die Hand hebe, sie zu seiner Stirn bewegen will, durchfährt mich ein mir unbekannter Schmerz. Mein ganzer Körper zittert und kribbelt, während der Schmerz immer heftiger wird. Nichts gehorcht mir mehr, langsam fallen mir die Augen zu. Das Letzte, was ich sehe, bevor ich in einen tiefen Schlaf falle, ist das erleichterte Lächeln des Jungen.

Die Schultasche fühlt sich schwer an, als ich den steilen Kieselweg zu unserem Haus hinaufgehe. Ob sie wohl schwer genug ist, um sie dem dämlichen Mike Stuart um die Ohren zu hauen? Verdient hätte er es auf jeden Fall. „Hallo Mama!", rufe ich den langen, hellen Flur hinunter. In der Küche kann ich sie mit den Töpfen lärmen hören, also laufe ich hin. Oder gehe? Der Flur ist ewig und ich frage mich, ob ich jemals in der dämlichen Küche ankomme. Endlich dort eingetroffen, sehe ich Mama am Herd stehen. Irgendwie kann ich einfach nicht riechen, was sie da kocht. Mit einem fröhlichen Lächeln begrüßt sie mich und rührt weiter in ihrem riesigen Topf. Ich mache es mir auf unserem kleinen Esstisch gemütlich und versuche krampfhaft herauszufinden, welche Hausaufgaben ich habe. Plötzlich verändert sich die gesamte Stimmung. Die

Sonne verschwindet und der Regen peitscht wild gegen das Fenster. Auch über meinem Kopf bildet sich eine Gewitterwolke. „Die Schule hat angerufen", beginnt Mama. „Dein Lehrer hat mir erzählt, dass du ständig diesen Mike Stuart ärgerst. Was soll das denn? Du bist doch ein guter Junge!" Mir fehlen die Worte. „Nein, Mama. Er ärgert mich immer! Er sagt mir immer, dass ein Monster wie ich nicht auf der Welt sein dürfte. Mama, das stimmt doch nicht, oder? Ich bin doch kein Monster, oder?", meine Stimme klingt weinerlich. Lange sagt sie nichts. „Aber nur ein böser Mensch kann einem anderen solche Dinge antun. Was ist aus meinem braven Jungen geworden?" Sie weint fürchterlich. Ich fühle die Tränen, die sich einen Weg hinaus bahnen wollen, doch ich lasse sie nicht durch. Ein Monster bin ich also? Das alles ist Mikes Schuld. Wenn er mich nicht als Monster beschimpft hätte, würde Mama so etwas nie sagen. „Dann werde ich ihm einfach zeigen, was für ein Monster ich bin", sage ich laut und verlasse mit geballten Fäusten die Küche …

Nur ein Traum. Langsam öffne ich die Augen und das Erste, was ich sehe, ist der Junge von vorhin, der gemütlich neben dem Feuer sitzt und einen Apfel isst. „Sieh nur, Tazer, er ist wach", sagt er zu jemandem, den ich nicht sehen kann. Ich richte mich behutsam auf, noch immer zittern einige Muskeln. Fühlt sich echt beschissen an. Endlich sitze ich so gut wie aufrecht und sehe schließlich den anderen. Er lächelt mich freundlich an – was ist denn mit dem los? Seine grauen Augen blitzen im Feuerschein auf wie Sterne. Die dunklen Haare sind verwuschelt, womit er viel jünger aussieht, als er wahrscheinlich ist. Hat dieser Hampelmann mich etwa ausgeschaltet? Das will ich einfach nicht glauben. „Hallo", begrüßt mich der Hampelmann. Skeptisch sehe ich zwischen den beiden hin und her. Warum hat der beschissene Junge keine beschissene Angst mehr vor mir? „Tut mir echt leid, dass ich dich geschockt habe, aber ich dachte, du wolltest Thomas etwas tun. Ich bin übrigens Tazer", sagt er und lächelt weiter. Beschissener Name. Beschissenes Lächeln. Ich räuspere mich, bevor ich sage: „Das wollte ich auch! Der kleine Scheißer hat immerhin auf mich geschossen." Tazer blinzelt ein paar Mal und prustet los.

„Hast du echt auf ihn geschossen, Thomas?", lacht er.

„Ja klar. Hast du das nicht gehört? Wovon bist du dann aufgewacht?"

„Ich musste pissen."

„Schon wieder?! Ist deine Blase so groß wie eine Erbse?", brüllt Thomas.

Ich verstehe zwar nicht, warum Thomas das aufregt, aber ihr Gespräch amüsiert mich.

„Ich bin Wild", stelle ich mich vor. Tazer scheint dies gar nicht zu interessieren, denn er versucht gerade, sich den ganzen Apfel in den Mund zu stecken. Thomas brüllt weiter: „Hör auf! Du erstickst! Und mich interessiert es genau gar nicht, dass du wild bist." Was für ein Verein von Idioten!

„Nein, mein Name ist Wild."

„Das ist kein Name!"

„Doch, ist es, sonst würde ich wohl nicht so heißen."

„Das ist kein Name! Verdammte Scheiße, nimm diesen Apfel aus dem Mund oder ich stopf ihn dir höchstpersönlich in den Rachen! Hörst du mir zu, Tazer?", seine Gesichtsfarbe wechselt zu einem satten Rot, während er uns anschreit. Die ganze Situation bringt mich zum Lachen – was echt nicht oft vorkommt. Tazers linke Augenbraue wandert nach oben, er spuckt den Apfel tatsächlich aus. Danach begrüßt er mich ein zweites Mal. Dabei komme ich mir vor wie in einer Selbsthilfegruppe. Er fragt mich, ob ich noch vorhabe, Thomas etwas anzutun, aber ich verneine. So sehr, wie sich der aufregt, erleidet er früher oder später sowieso einen Herzinfarkt.

„Womit hast du mich eigentlich ausgeschaltet? Mir tun jetzt noch die Muskeln weh."

„Hiermit", sagt er, hebt die Hand und mir fallen fast die Augen aus dem Kopf. Zwischen seinen Fingern tanzen schwarze Blitze hin und her.

„Aber wieso konntest du ihn damit verletzen? Er kann sich doch in eine Wolke verwandeln", Thomas ist beleidigt.

„Er mag es nicht, wenn man von ihm in der dritten Person spricht. Außerdem bin ich keine blöde Wolke, ich bin ein Schattendämon. Normale Waffen können mir nichts anhaben. Gefährlich wird es nur, wenn ein anderer Strange One mich angreift. Doch auch in diesem Fall muss es nicht sein, dass er mich verletzten kann. Kommt ganz auf die Fähigkeiten des anderen an", erkläre ich ihm. Thomas wirkt äußerst interessiert und stellt mir lauter komische Fragen, die ich nicht beantworten kann. Woher soll ich auch wissen, welche Dichte meine Schattenform hat? Es dauert nicht lange, da ist der Kleine schon eingeschlafen. Auch Tazer hat mir den Rücken zugedreht und atmet tief. Es erstaunt mich, dass sie mir einfach so vertrauen – immerhin wollte ich Thomas ordentlich leiden sehen. Ist es nicht ein bisschen naiv von ihnen, mir abzukaufen, dass ich ihm wirklich nichts tue? Natürlich hab ich das nicht vor, aber dieses blinde Vertrauen macht mich stutzig. Eigentlich bin ich gar nicht müde, also erschaffe ich aus meinem Schatten ein paar Strichmännchen, die impulsiv um das Feuer tanzen. Es muss Monate her sein, seit ich das letzte Mal in Gesellschaft war. An sich habe ich keine Probleme mit dem Alleinsein, doch hin und wieder eine Unterhaltung schadet ja nicht. Sobald es hell wird, verlasse ich sie sowieso – es ist nicht gut für sie, wenn ich in ihrer Nähe bleibe. Ich habe noch keinem Glück gebracht …

Thomas' Gebrüll weckt mich auf. Nerviges Bürschchen! Die Sonne hat ihren Weg durch die dichten Blätter gefunden, sie wärmt mein Gesicht.

„Trotzdem brauchen wir wenigstens einen Plan von Ira! Oder warst du schon mal dort?!", schreit Thomas.

„Nein, war ich nicht. Aber ich hab keine Lust, den Wald abzusuchen. Vielleicht finden wir in einer anderen Basis etwas Wichtiges."

„Du spinnst ja! Da sind wir so nah dran, eine wahrscheinlich fast unbewachte Basis zu finden, und du willst weitergehen, weil du nicht suchen möchtest. Irgendetwas muss dir recht sein!"

Verschlafen setze ich mich auf und sehe in das hochrote Gesicht von Thomas. Ich bin kurz davor, ihn zu fragen, ob er immer schon solch ein lautes Organ besessen hätte, aber ich überlege es mir anders. „Redet ihr von der Basis der F. O.? Ich kann euch hinbringen, bin erst vor Kurzem darauf gestoßen." Zwar bedenkt Thomas mich mit einem misstrauischen Blick, packt jedoch genau wie Tazer seine Sachen zusammen. Eine halbe Stunde später stiefeln wir durch den Wald, es ist nicht weit bis zur Basis. „Hey Wild, was machst du eigentlich hier?", fragt Tazer mich. Als ob ich ihm die Wahrheit verraten würde! Er ist ja ganz sympathisch, aber das war's dann auch schon. Also lüge ich: „Wollte mal eine Auszeit machen." Ihm scheint die Antwort nicht zu gefallen, doch er hat wenigstens den Anstand, nicht weiter nachzufragen. Um abzulenken, frage ich ihn aus – fast, wie ich es mir gedacht hatte. Ein armer Junge, dessen Eltern nicht mehr am Leben sind. Und dass er sich ernsthaft gegen Kajetan stellen will, ist ja echt zum Brüllen! So etwas Witziges habe ich schon lange nicht mehr gehört. „Du hast ja erstaunliche Fähigkeiten, aber gegen Kajetan hast du keine Chance. Wahrscheinlich kommst du nicht mal an ihn ran. Das wäre ein Blick für Götter!", lache ich. Tazer jedoch lächelt mich nur freundlich an und sagt: „Und wie ich das schaffe! Du kannst ja mitkommen, dann hab ich nicht so viel Arbeit." Abrupt bleibe ich stehen, sodass Thomas in mich hineinläuft. Der Kleine ist außergewöhnlich ruhig in der letzten Zeit, doch darüber will ich jetzt nicht nachdenken. Hat er mich ernsthaft gefragt, ob ich ihn begleiten möchte? „Nein, danke! Ich halt mich aus der Sache raus", antworte ich sachlich, versuche krampfhaft, meinen Hass gegen die F. O. zu unterdrücken. Erstaunt stelle ich fest, dass er mir auch jetzt diesen skeptischen Blick zuwirft, jedoch nichts sagt. Was mag wohl in dem Kopf von diesem Blitzheini vorgehen? Vielleicht sollte ich ihn wirklich begleiten, was Besseres hab ich zurzeit sowieso nicht zu tun. Aber ich überleg es mir sicherheitshalber noch einmal. Den Rest der Wanderung verbringen wir schweigend, bis wir schließlich ein paar Stunden später vor einer großen Blockhütte stehen. „Wir sind da." Ich mache eine Handbewegung, als wäre ich ein Touristenführer. „Das soll es sein?", fragt Thomas. „Ja", beginne ich zu erzählen, „als ich vor zwei Tagen hier vorbeigekommen bin, habe ich durchs Fenster gesehen und zwei Typen mit dem Zeichen der F. O. entdeckt. Was sollte es denn sonst sein? In dieser Gegend wohnt doch niemand. Dann lasst uns mal reingehen." Thomas hält mich am Hosenbein fest und starrt mich finster an. „Wir können doch nicht einfach so reingehen, wir brauchen einen Plan", flüstert er. Ich verdrehe die Augen, als ob uns hier draußen echt jemand hören könnte. „Thomas hat recht!", mischt sich Tazer ein. „Vor allem müssen wir herausfinden, wo sich die Küche befindet. Ich hab nichts mehr zu essen." Zu meiner Überraschung ist Thomas sprachlos und das, obwohl man seinen Zorn förmlich aus den Ohren rauchen sieht. „Okay. Lasst mich das nur machen. Gebt mir ein paar Minuten, dann komme ich wieder. Ich werde mich da drinnen mal umsehen", sage ich, bevor ich mich umdrehe und mich in einen Schatten verwandle. Meine Hand lasse ich kurz eine feste Form annehmen, damit ich an der Tür klopfen kann – danach mache ich mich klein. Es dauert eine gefühlte Ewigkeit, bis die Tür aufgeht. Ein hochgewachsener, muskulöser Kerl öffnet diese und starrt verwirrt nach draußen. Es wäre zwar besser gewesen, wenn wir auf die Dunkelheit der Nacht gewartet hätten, aber im Wald ist es so oder so düster. Geschmeidig schummle ich mich an ihm vorbei, lande direkt in einem großen Wohnraum – karg ausgestattet mit einem Schlafsofa und einem Fernseher. Am Ende des Wohnzimmers entdecke ich drei Türen und links neben dem Eingang führt eine Treppe nach oben. Von dort kann ich Stimmen hören, auch der Türsteher begibt sich nach oben. Die Neugier in mir siegt, also folge ich dem Mann – und lande wieder in einem Wohnbereich. Toller Architekt. Dieser Raum ist allerdings etwas exklusiver ausgestattet. Mit einem riesigen Bücherregal, komischen Bildern an der Wand und sogar ein Gummibaum steht in der Ecke. „Da hat sich ja einer besonders viel Mühe gegeben", meine Worte triefen vor Sarkasmus. Anders als im unteren Stock befinden sich vor mir nur mehr zwei Türen. Aus der rechten kommen Stimmen, die Tür ist nicht ganz geschlossen. Ich verändere meine Form so, dass ich durch den schmalen Spalt passe, und schleiche hinein. Rechts neben der Tür befindet sich ein einfaches Bett aus Holz samt einer abgewetzten Matratze. Das Fenster mir gegenüber ist ganz offen, sodass angenehm kühle Luft ins Zimmer strömt. Mein Hauptaugenmerk gilt aber dem Schreibtisch auf der linken Seite. Der Türsteher und noch zwei weitere Männer haben sich darum versammelt und besprechen irgendetwas über Kajetans Patrone. Nicht wirklich interessant für mich, enttäuscht verlasse ich das Zimmer und gehe in meiner festen Gestalt nach unten. So, wie ich die drei einschätzen kann, werde ich im Notfall allein mit ihnen fertig. „Ene, mene, miste, es rappelt in der Kiste. Ene, mene, muh und raus bist du …", mein Finger stoppt bei der mittleren Tür – abgeschlossen. Beim Aufbrechen des Schlosses versuche ich, so wenig Lärm wie möglich zu machen. Mit einem Quietschen öffnet sie sich schließlich und verschafft mir einen Blick in den Raum, der sich als Treppenhaus entpuppt. Faulige, stickige Luft strömt mir entgegen, ich muss mich zusammenreißen, um nicht zu husten. Genervt von dem Gestank steige ich die Treppen hinab, meine Augen erlauben es mir, ohne Licht zu funktionieren. Diese Fähigkeit beherrsche ich leider noch nicht perfekt, doch ich bin froh, dass sie mir wenigstens gelungen ist. Je näher ich dem Ende komme, desto morscher werden die Holzbalken der Treppe. Endlich unten angekommen, bleibe ich erstaunt stehen. Der Keller geht in eine Höhle über, die Wände glänzen wie Sterne. Ich gehe ein Stück weiter und stehe plötzlich mitten in einer riesigen Bibliothek. Die Regale reichen bis zur Decke, welche im Vergleich zum Eingang deutlich höher ist. Auch entdecke ich so eine coole Leiter mit Rollen. In der Mitte der Bibliothek steht ein massiver Holztisch, umgeben von gepolsterten, verstaubten Stühlen. Also wenn man hier keine Informationen findet, reiß ich mir beide Beine aus! Glücklich über meinen Fund begebe ich mich wieder nach oben, um die anderen Türen auch noch zu checken. Meine Stimmung trübt sich sofort, als ich die Eingangstür entdecke, welche sperrangelweit offen steht. Da kann etwas nicht stimmen. Als ich Geräusche aus dem rechten Raum höre, schleiche ich, so schnell ich kann, hinein und finde mich in der Küche wieder. Da es kein Fenster gibt, ist es stockdunkel, nur das Licht des Kühlschrankes gibt mir eine Orientierungsmöglichkeit. Warte … da kramt doch jemand im Kühlschrank herum. Plötzlich wird die Tür zugeschmissen, der Dieb bereitet sich auf einen Kampf vor – was ich anhand seiner Konturen erkennen kann. Diese Konturen kenne ich doch … Ich taste nach dem Lichtschalter. „Tazer? Was machst du hier drinnen?"

„Meinen Proviant ein bisschen auffüllen, hab ich draußen doch gesagt."

„Und wo ist der Kleine?"

„Der ist noch draußen … und regt sich auf."

„Das war klar. Hör mir zu, ich hab eine Bibliothek gefunden. Im oberen Stockwerk haben sich drei Kerle versammelt, aber die sind kein Problem."

„Zwei", korrigiert Tazer mich und zeigt auf den Körper des Türstehers. Verblüfft sehe ich abwechselnd zu Tazer und dem bewusstlosen Mann. „Nicht schlecht", gebe ich offen und ehrlich zu. Der Typ ist sogar größer als ich und sicher nicht leicht zu überwältigen – für mich wäre er natürlich kein Problem. Vielleicht hat dieser Blitzheini wirklich etwas drauf. „Gut, dann geh ich mal Thomas holen. Hoffentlich hat er sich wieder beruhigt." Tazer schlendert Richtung Ausgang, während ich es mir auf der Couch gemütlich mache. Wenn die Typen da oben uns bis jetzt nicht gehört haben, gibt es keine Probleme – einer sollte vielleicht hierbleiben und Schmiere stehen. Doch da höre ich plötzlich Schritte. Wenn man vom Teufel spricht! Eigentlich bin ich viel zu faul, um aufzustehen, also bleibe ich sitzen und starre einen Moment später einer größeren Version von Thomas ins Gesicht. Bis auf die Augenfarbe und eine mächtig hässliche Narbe auf der rechten Gesichtshälfte ist die Ähnlichkeit verblüffend. Der Kerl hinter ihm geht sofort auf mich los, doch ich kann ihn mit einem einzigen Schlag außer Gefecht setzen. Großer Thomas guckt blöd aus der Wäsche, als etwas Seltsames passiert. Kleiner Thomas steht mit rotem Kopf in der Tür, am ganzen Leib zitternd. „Du … du bist nicht tot?!", zischt der Kleine und richtet seine Waffe auf ihn. Schießt der eigentlich generell auf jeden? Das kann ja mal eine interessante Nacht werden – ich schmunzle.

Nutzloser Fakt #3

Soul Hunter ist eine Attacke von Wild,
mit der er die schlimmsten Erinnerungen
eines Menschen geistig wiederbelebt.

Kapitel 4

Thomas

Ich glaub, ich spinne! Oder träume ich? Ich hoffe, dass es ein Traum ist, denn sonst könnte wohl kaum mein Cousin vor mir stehen. Der Cousin, den ich eigentlich erschossen habe. Automatisch richte ich die Pistole auf ihn – auch er scheint nicht wirklich zu realisieren, dass ich vor ihm stehe. Rebeccas Gesicht taucht vor meinem inneren Auge auf und ich drücke ab. Sekunden vergehen, ohne dass etwas geschieht. Deshalb betätige ich ein zweites Mal den Abzug – nichts. Ich habe ernsthaft meine Munition an diesen Schattentrottel verbraucht. Dann muss es anders gehen. Mit so viel Kraft, wie ich aufbringen kann, werfe ich ihm die Waffe entgegen. Dass sie genau in seinem Gesicht landet und er dadurch stolpert, bringt ein Lächeln auf meine Lippen. Leider fängt er sich gerade noch, seine Nase blutet stark – ha! Wie bei unserem letzten Zusammentreffen fehlen ihm die Worte.

„Thomas … was … was machst du hier?", fragt er schließlich und sieht mich mit diesem traurigen Blick an – ja, den hat er gut drauf. „Kann dir eigentlich egal sein. Tazer, könntest du ihn bitte tasern?" Wahrscheinlich sehe ich mit meinem Grinsen wie ein Irrer aus – was mich gerade überhaupt nicht interessiert, er muss leiden!

„Nö", sagt Tazer.

„Wie nö?"

„Na einfach nö."

„Wieso denn nicht?", ich brülle ihn an.

„Er tut doch gar nichts."

„Es geht nicht darum, dass er *jetzt* nichts tut. Es geht darum, was er in der Vergangenheit gemacht hat! Er hat es verdient! Glaub mir!"

„Nö. Er ist kein Strange One, also setze ich meine Kräfte nicht ein. Damit könnte ich ihn töten und dazu hab ich kein Recht", sagt er mit einem Achselzucken und schließt die Eingangstür.

„Thomas hat recht, ich hab's verdient", schaltet sich Orion ein. Seine Wangen sind eingefallen, unter den Augen machen sich fette, schwarze Ringe breit. Doch darauf falle ich nicht rein! Soll er doch leiden, das ist das Mindeste nach dem, was er getan hat. Oder eher, was er *nicht* getan hat. „Also wenn du nicht willst … kann ja ich …", Wild geht auf Orion zu, mit einem Lächeln, das mir Gänsehaut beschert. Tazers Stimme ist ruhig und trotzdem voller Autorität. „Nein." Wild bleibt stehen, mit einem Nicken verschränkt er die Hände vor der Brust. Was ist denn los mit ihm? Permanent redet er davon, dass er die F. O. aufhalten möchte, ist aber nicht imstande, einen niedrigen Mitarbeiter von denen auszuschalten. Nur, weil dieser kein Strange One ist? Ich sehe Orion ins Gesicht und muss fast kotzen – das Blut läuft ihm nur so aus der Nase und er beginnt zu husten. Oder zu ersticken. Mir doch egal. „Hör zu, Tazer. Dieser verdammte Feigling hat nichts getan, als die Haifische meine Schwester abgeholt haben. Sie haben ihr die Arme gebrochen! Und er hat einfach nur zugesehen …"

„Was hätte ich denn machen sollen?", Orion unterbricht mich, seine Stimme klingt verzweifelt.

„Was weiß ich? Du gehörst zu der F. O., nicht ich! Du hättest zumindest versuchen können, auf sie einzureden, damit sie nicht gleich mit ihnen gehen musste!"

„Ich hatte keine andere Wahl!"

„Oh doch, die hattest du! Ist dir deine Karriere wirklich wichtiger als deine Familie?"

„Nein. Und das weißt du! Aber ich konnte nichts tun, mir waren die Hände gebunden. Sie hat eine Straftat begangen, Thomas. Was soll ich da groß ausrichten? Ich weiß, dass ich es wenigstens hätte versuchen müssen. Und es zerfrisst mich, dass ich es nicht getan habe."

„Buu-Huu! Armer Orion! Du brauchst gar nicht erst versuchen, Mitleid zu erregen! Sag mir eins, hat sie eine Verhandlung bekommen?"

Er schweigt.

„Wurde sie eingesperrt?"

Stille.

„Wurde sie hingerichtet?"

Sein Schweigen ist schlimmer als jede andere Antwort.

„Ich weiß nicht, was mit ihr passiert ist. Das ist die Wahrheit! Ich hab mit meinem Vorgesetzten gesprochen, doch er konnte mir auch nicht weiterhelfen. Nur die hohen Tiere wissen über diese Sachen Bescheid. Ich weiß nur, dass sie wegen Hochverrats verhaftet wurde."

Gerade, als ich losbrüllen will, was für ein Arschloch er doch ist und dass Rebecca nie im Leben eine Verräterin ist, stellt sich Tazer zwischen uns und fragt mit verwirrtem Gesichtsausdruck: „Darf ich das kurz zusammenfassen? Ihr zwei seid verwandt, du bist ein Feigling und Thomas gibt dir die Schuld an Rebeccas Tod. Abgesehen davon, dass keiner so genau weiß, ob sie wirklich tot ist. Hab ich das richtig verstanden?" Ich nicke nur, erstaunt darüber, dass Tazer wirklich zugehört hat. „Was hat sie denn getan?", will er von Orion wissen. Dieser atmet tief durch, bevor er antwortet: „Sie gehört ... oder gehörte ... aus zuverlässigen Quellen zu einer Rebellenorganisation, welche ständig die Basis in Nif angegriffen hat. Ihr Freund war auch dabei, er wurde nach zwei Tagen hingerichtet. Das stand sogar in der Zeitung."

„Hm ... und wie stehen die Chancen, dass sie noch lebt und eingesperrt ist?", bohrt Tazer weiter.

„Na ja, ich bin mit dem Rechtssystem nicht ganz vertraut, aber ich schätze, sie konnten es nur als Beihilfe gelten lassen. Immerhin hat ihr Freund, Logan hieß er, zugegeben, dass er alles allein geplant hat. Die restlichen Angreifer haben ihm nur den Rücken frei gehalten. In dem Artikel stand leider nicht, was mit den anderen passiert ist. Aber wenn sie sie hingerichtet hätten, hätte es bestimmt einen Artikel darüber gegeben – als Abschreckung für andere rebellische Organisationen!" Orion lässt sich auf die Couch plumpsen und blickt starr zur Decke. Denkt er wirklich, dass er wegen dieser Information irgendwas gutgemacht hat? „Kann man das irgendwie herausfinden?" „Ach komm schon,

Tazer! Verschwende deine Zeit nicht mit diesem Feigling! Zeig mir einfach die Bibliothek, die Wild gefunden hat, und lass ihn hier jämmerlich verrotten!", mit aller Macht unterdrücke ich die immer größer werdende Wut. Doch dieser Idiot ignoriert mich einfach und stellt erneut die Frage. Orion scheint nachzudenken, dann antwortet er: „Ich bin leider zu weit unten, um solche Infos zu erhalten. Auch wenn sie hier eine beachtliche Ansammlung von Dokumenten haben, wird euch nichts weiterhelfen. Zumindest nicht, was Rebecca betrifft. Aber ich kann mir gut vorstellen, wer euch helfen könnte …"

„Wer?", platze ich heraus, ich muss es einfach wissen.

„Ich glaub nicht, dass euch meine Antwort gefällt …"

„Dich hat nicht zu interessieren, was uns gefällt! Spuck's schon aus!"

„Die T. L. Organisation. Laut Gerüchten sind sie vor einigen Jahren ins Gefängnis eingebrochen … Ich weiß, das ist nichts Konkretes. Aber was ich sicher sagen kann, ist, dass die T. L. Organisation nicht mit unserer Organisation zusammenarbeitet und Kajetan einen mächtigen Respekt vor denen hat. Normal gibt er den Befehl, andere Organisationen sofort auszulöschen, aber nicht bei der. Das muss doch was heißen … In meinem Büro ist eine Karte, da kann ich euch den schnellsten Weg aufzeichnen, wenn ihr wollt." Es klingt eher nach einer Frage. Meine Gefühle fahren Achterbahn, denn ich kann mich nicht entscheiden, ob ich ihn noch immer hassen oder ihm ein bisschen Dankbarkeit zeigen soll, weil er uns jetzt hilft. Was ist, wenn er uns anlügt und wir somit direkt in die Arme der F. O. laufen? Er war zwar noch nie ein guter Lügner, aber ich hätte auch nicht erwartet, dass er seine Familie im Stich lässt. Während ich immer noch zwischen Hass und … keine Ahnung, was … schwanke, sagt Tazer zu Wild: „Gehst du mit ihm rauf? Thomas und ich kommen gleich nach." Na toll, will der jetzt ernsthaft mit mir über Orion reden? Er ist weder mein Bruder noch ein Freund … dieser Idiot.

„Was ist los?", fragt er einfach.

„Gar nichts. Ich hasse ihn."

„Wieso?"

„Hast du die Geschichte denn nicht mitbekommen? Er hat zugelassen, dass sie Rebecca mitnehmen!"

„Hast du nicht gehört, dass er nichts dagegen tun konnte?"

„Er hat es nicht mal versucht! Verdammte Scheiße!"

„Was hast du getan?"

„Fragst du mich das ernsthaft? Ich hab versucht, ihr zu helfen!"

„Wie?"

„Was geht dich das an?"

„Nichts. Aber es interessiert mich."

„Ich hab ihnen mit der Pistole gedroht."

„Das machst du ziemlich gerne, hm? Hast du geschossen?"

„Nur auf Orion ... später, als sie weg waren ..."

„Wieso hast du nicht geschossen?"

„Weil es die Sache vermutlich schlimmer gemacht hätte ... Worauf willst du hinaus?"

„Was wäre geschehen, wenn Orion sich eingemischt hätte?"

„Dieser Idiot hätte alles noch schlimmer gemacht!"

Ich schweige für einen Moment. Natürlich hat Tazer recht, aber ich weiß einfach nicht, wohin mit der Wut und dem Schmerz. Sie auf Orion zu konzentrieren, war irgendwie leichter. „Wenn ich ihn dafür nicht hasse, lastet die gesamte Schuld auf mir ...", murmele ich und unterdrücke die Tränen. Wie kann so ein dämlicher Vollpfosten wie Tazer so kluge Fragen stellen? „Sie haben meine Mutter abgeholt, als ich noch klein war", beginnt er, „anfangs hab ich mir auch die Schuld gegeben, doch Mr. Strong hat mich eines Besseren belehrt. Nicht wir haben Schuld, Thomas! Die verdammte F. O. steckt dahinter und deswegen will ich sie auf jeden Fall aufhalten. Verstehst du das jetzt?"

Mit offenem Mund starre ich ihn an. Keine Ahnung, wer dieser Mr. Strong ist, aber ich verstehe ihn nur zu gut. Schließlich nicke ich, bekomme ein Lächeln retour und folge ihm nach oben. Orion hat bereits eine Karte auf dem großzügigen Schreibtisch ausgebreitet. Seine Nase hat aufgehört zu bluten, doch er sieht schrecklich aus. Wild steht mit verschränkten Armen davor und nickt hin und wieder, so, als würde jemand mit ihm reden. Ich sehe mich in seinem Büro um, doch mich interessiert nicht wirklich etwas. Das ganze Zimmer ist nichts Besonderes – für einen Patron hätte ich mehr erwartet. Ein Patron …

„Lügner!", brülle ich und versuche, auf ihn loszugehen, doch dieses Mal hält mich Wild zurück. Orion sieht mich verwirrt an. „Du sagtest doch, nur hohe Mitarbeiter bekommen so wichtige Informationen! Du bist so ein verdammter Heuchler! Ich hab ein Dokument, das es beweist! Ich bin so ein Idiot – ich hätte dir fast geglaubt. Jammerst hier rum, dass du nur ein kleiner Fisch im großen Teich bist, doch in Wirklichkeit bist du ein verdammter Patron! Und ich wollte dir wirklich verzeihen." Er wird blass – ha! „In gewisser Weise bin ich ein Patron …", gibt er zu, während er abwehrend die Hände hebt. „Aber ich habe diesen Posten nur als Abschreckung bekommen. Du weißt, dass alle Patrone Strange Ones sind – aber ich bin keiner. Genauso wenig wie Luna, die ‚Patronin' von Silverland. Da wir in den Ländern sind, die eigentlich nicht als rebellisch gelten, hat die F. O. beschlossen, nur als Tarnung jemanden herzuschicken. Ich hab mich freiwillig gemeldet, weil ich es in Ira nicht mehr ausgehalten habe", erklärt er. „Warum hast du es nicht ausgehalten?", frage ich voller Misstrauen.

„Das Wetter spielt dort verrückt. Und außerdem … es passieren komische Dinge im Hauptquartier … die Mitarbeiter werden stichprobenartig geprüft. Ständig werden neue Haifische eingestellt und ich wurde einfach misstrauisch." Orions Worte überraschen mich, denn ich hatte damit gerechnet, dass er nicht genügend Geld oder so bekam. Plötzlich macht er große Augen, stürmt auf einen Stapel Briefe zu und öffnet den untersten ungeschickt. Dass hierher überhaupt Post versendet wird, wundert mich schon. „In der Mitteilung steht, dass Kajetans Nachfolger bald aktiv wird und es dafür eine Megaparty gibt. Keine Ahnung, ob euch das hilft …"

„Und wer soll das sein?", fragen Tazer und Wild gleichzeitig – seltsam, dass sie die ganze Zeit so ruhig waren. „Sein Sohn, Kajan. Er war lange undercover unterwegs, aber anscheinend ist die Mission jetzt beendet." Ich springe über meinen Schatten, folge ihm, als er sich auf seinem Stuhl niederlässt, und stelle mich neben ihn. Also wenn das kein Zeichen ist, dass ich ihm glaube, weiß ich es auch nicht! Orion scheint sich darüber zu freuen, Tazer grinst mich nur blöd an – Idiot. „Nun ja", wirft Wild ein, „bist du zu der Megaparty eingeladen? Denn dann könntest du für uns ja ein bisschen rumschnüffeln und den neusten Klatsch und Tratsch verfolgen." Orion liest sich das Schreiben erneut durch und nickt schließlich. „Ja, es sind alle Patrone eingeladen. Fina ist sehr gesprächig und nett, der rutscht bestimmt etwas raus. Das Problem ist nur, dass die Feier erst in einem Monat ist … ihr könnt natürlich gern hierbleiben." Tazer verneint dies sofort und erklärt ihm, dass er unbedingt nach Ira müsse, um die Herrschaft der F. O. endlich zu beenden. Wild nickt zustimmend – mich wundert echt, dass er Tazer begleiten möchte. Er kommt mir nicht gerade gesellig vor. Orion sieht mich ungläubig an, ich zucke jedoch nur mit den Achseln in dem Wissen, dass sie verrückt sind. „Okay", sagt er schließlich, „dann kann ich euch den kürzesten Weg aufzeichnen, damit ihr schneller dort seid. Und die Informationen lass ich euch irgendwie zukommen, das könnt ihr ruhig mir überlassen. Ich werde den Brief tarnen, sodass nur ihr den Inhalt versteht – nicht, dass er irgendwie abgefangen wird." Er scheint total aus dem Häuschen zu sein, als wäre das so aufregend. „Wieso bist du denn so nervös?", frage ich ihn und er grinst. „Keine Ahnung! Das ist irgendwie total spannend."

„Du hast sie ja nicht mehr alle! Ihr drei Vollpfosten passt echt perfekt zusammen!"

Die drei lachen, als ich losbrülle und sie beschimpfe. Die bringen mich noch ins Grab! „Das mit dem Brief ist eine gute Idee. Aber ich würde trotzdem zuerst zu dieser anderen Organisation gehen. Wo genau ist die?"

„Nicht auf der Route, die ich für Ira geplant hätte … die T. L. Organisation ist in Gox, der einzigen Stadt in der Winterwüste. Sicher, dass ihr dorthin wollt? Dort gilt es schon als warm, wenn es mal 0 Grad Celsius hat, und ihr müsst fast das gesamte Land durchqueren … ohne Pause. Sobald ihr euch schlafen legt, steht ihr nie wieder auf! Es gibt keine Möglichkeit, sich vor der Kälte zu schützen." Wild und Tazer grinsen beide wie kleine Jungs, bis Wild sagt: „Hoffentlich schneit es in der Zeit nicht, ich hasse nasse Haare." Ungläubig blinzle ich ein paar Mal. Bin ich im falschen Film? Sarkastisch schnaube ich: „Ja, *das* ist das Problem in der Winterwüste – die nassen Haare! Wie dämlich bist du eigentlich? Es geht ums Erfrieren und du machst dir ernsthaft Sorgen um deine Haare?!" Diese Idioten werden nie nach Ira kommen … ich seh sie schon als Eiszapfen vor mir. Orion übergeht die sinnlose Diskussion, zeichnet den Weg auf die Karte und erklärt dabei: „Hier sind wir, also nur noch einen Tagesmarsch von Menolia entfernt. Dann geht ihr am besten gleich nach Nif und besorgt auch Vorräte und Weiteres. Dort gibt es zwar mehr Haifische, aber auch viele Touristen, also fallt ihr nicht auf. Allerdings dauert es etwas länger, bis ihr in Nif seid. Doch von dort aus seid ihr ziemlich schnell an der Grenze zur Winterwüste, dann folgt ihr dem Weg bis nach Gox. Auf beiden Seiten des Weges stehen zugeschneite Laternen, so findet ihr bestimmt hin. Dann geht's weiter nordwestlich, bis ihr im Land der kalten Sonne ankommt. Dort sollte es an sich keine Probleme geben, auch das Sommernachtsland bringt keine Schwierigkeiten mit sich. Gefährlich wird es erst am Ende dieses Landes, ihr müsst immer am Strand bleiben! Am besten geht ihr ein bisschen im Wasser – denn wenn einer von euch unabsichtlich die Melodie-Hügel betritt, ist es das Letzte, was er getan hat. Noch niemand ist von diesem Land zurückgekehrt, aber lassen wir das jetzt. Am Ende des Strandes kommt ihr zu einem Touristentunnel, der bringt euch direkt nach Ira. Das Hauptquartier ist das größte Gebäude und das war's eigentlich. Nehmt euch auf jeden Fall vor den Patronen in Acht! Sie sind ziemlich stark …"

„Ach, das bekommen wir schon hin", flötet Tazer und packt die Karte in seinen Rucksack. „Gibt es vielleicht in der Bibliothek irgendwelche Informationen, die ihnen behilflich sein könnten?", frage ich. Orion schüttelt den Kopf und antwortet: „Leider nicht. Es gibt nur ein Haufen alter Bücher mit den einzelnen Geschichten der Leiter … aber wartet, ich glaube, ich hab einen Gebäudeplan vom Hauptquartier gesehen. Doch bis ich den finde, seid ihr bestimmt schon in Gox …" Eigentlich will ich die Frage gar nicht stellen, aber mein Mund macht, was er will: „Und wenn ich dir helfe? Vielleicht finden wir trotzdem noch anderes interessantes Zeug. Und das legen wir dem Brief bei … natürlich auch getarnt. Wir könnten auch gleich anfangen … natürlich nur, wenn es dich nicht stört, dass ich da bin …" Er stimmt mir erfreut zu und sofort gehen wir in die Bibliothek. Keine Ahnung, was die anderen in der Zwischenzeit machen, dann hab ich wenigstens meine Ruhe. Orion erklärt mir, dass die Pläne in den untersten Regalen stehen, und so beginnt die Suche nach der Nadel im Heuhaufen.

Nach geschlagenen zwei Stunden fallen mir die Augen fast zu. Immer nur das Gleiche: alte Karten von Cinaria, den einzelnen Ländern und Gebäudepläne von den verschiedenen Basen. Nur nicht von Ira! Verdammte Scheiße! „Ha!", schreit Orion und ich erschrecke, „ich wusste doch, dass es dieses Buch war. Ich hab ihn!"

„Wenn du es wusstest, warum hast du mich dann so lange suchen lassen?", schreie ich zurück. Er sieht mich erstaunt an und meint dann verlegen: „Na, ich war mir einfach nicht sicher. Aber du bleibst trotzdem noch hier, oder? Für die weitere Recherche meine ich." Anscheinend versucht er, eine Beziehung zu mir aufzubauen. Es wird bestimmt nicht leicht für ihn, aber zumindest hasse ich ihn nicht mehr, denke ich mal. Ich nicke. Fröhlich gehen wir nach oben und finden Tazer und Wild schlafend vor. Beide liegen mit dem Oberkörper auf der Couch, ihre Beine sind irgendwie verknotet und befinden sich am Boden – ein interessanter Anblick! Ich lache kurz auf und sage: „Ich glaube, wir sollten ihnen erst morgen die gute Nachricht mitteilen." Orion nickt zustimmend und zeigt mir im oberen Stock ein leeres Bett. Seine nutzlosen „Wachhunde" sind endlich aufgewacht und noch lange höre ich Orion, wie er mit ihnen darüber redet – der Plan scheint ihnen gut zu gefallen. Und mich macht es glücklich, dass selbst schon die Mitarbeiter misstrauisch werden. Dieser schöne Gedanke wiegt mich in einen ruhigen, tiefen Schlaf.

Nutzloser Fakt #4

Nicht mal ich weiß,
ob Thomas ein Strange One ist
oder nicht.

Kapitel 5

Tazer

„Hör mir doch zu!", brüllt Thomas. Mich wundert nach wie vor, warum er noch nicht heiser ist, so, wie der immer schreit. „Ich hab dir zugehört", antworte ich und stopfe mir ein weiteres Brötchen in den Mund. Bereits zum dritten Mal erklärt er mir, was ich schon von Orion gehört habe – Wild und ich gehen nach Nif, danach direkt nach Gox und dann geht's ab nach Ira. Thomas und Orion suchen in der Zwischenzeit nach jeder Information, die uns helfen kann, und sie lassen uns diese zukommen – verschlüsselt, meint Orion. Ich ahne bereits, dass ich es nicht verstehen werde. Keine Ahnung, warum er da jetzt so eine große Sache draus macht. Klar ist es bestimmt kein leichter Weg, aber ich werde das schon schaffen! Wild scheint auch einiges draufzuhaben. Na bitte. „Wenn du noch einmal so herumplärrst, erschieß ich dich!", Wild liegt mit dem Gesicht nach unten auf der Couch, scheint kein Morgenmensch zu sein. Ich bin fast schon froh, dass Orion endlich mit den gefüllten Rucksäcken aus der Küche kommt. Hoffentlich hat er genug eingepackt. Wild besteht darauf, dass er alle Karten bekommt, weil er befürchtet, dass ich uns ins Nirgendwo führe. Wo er recht hat, hat er recht. Enthusiastisch schultere ich den Rucksack (in dem mehr Essen ist als im anderen) und sage: „Steh endlich auf. Wir gehen jetzt." Wild dreht den Kopf zur Seite, sodass er mich böse ansehen kann. Danach steht er mürrisch auf und stürmt hinaus. Zum Abschied bedanke ich mich für das Essen und versichere mich noch mal, dass Thomas wirklich bei seinem Cousin bleiben will. Es freut mich, dass sie sich wieder besser verstehen, denn die Familie kann man sich eben nicht aussuchen. Draußen muss ich mich bemühen, um Wild einzuholen. Thomas schreit mir irgendwas nach, aber

ich reagiere nicht. „Hey Wild, wo kommst du eigentlich her?"
Endlich hab ich ihn eingeholt. Er scheint über etwas nachzudenken, bevor er antwortet: „Siu. Dort wurde ich geboren, bin aber früh abgehauen."

„Weil?"

„Weil so."

„Und wo warst du dann?"

„Unterwegs."

„Nur in Menolia?"

„Fast."

„Wo noch?"

„Woanders."

„Im Land der kalten Sonne?"

„Nein."

„Im Sommernachtsland?"

„Nein."

„Iras Hölle?"

„Nein."

„Silverland?"

„Nein, bist du jetzt endlich fertig mit der Fragerei?"

„Menolia?"

„Nein! Ja doch, ach lass mich doch in Ruhe! Du bist echt nervig! Wie alt bist du eigentlich? Zwölf?"

„Nö, ich bin 23 Jahre. Aber weil du vorher Siu erwähnt hast, mein kleiner Bruder hat mir empfohlen, Nif zu meiden und über Siu ins Land der kalten Sonne zu gehen. Denkst du wirklich, wir sollten auf Orion hören? Andererseits müssen wir so oder so in die Winterwüste und die ist weit weg von Siu."

Wild verkrampft sich sichtbar, während ich vor mich hin rede. Er kneift die roten Augen zusammen und atmet tief durch „Wir sollten wirklich nach Nif gehen. Falls die F. O. aus irgendeinem Grund bereits Wind von deiner Aktion bekommen hat, sind wir in einer großen Stadt besser versteckt als in einem kleinen Dorf."

Er argumentiert logisch und trotzdem habe ich das Gefühl, dass er seinem Heimatdorf unbedingt aus dem Weg gehen will. Wild entspannt sich, als ich ihm zustimme, und so setzen wir unseren Weg schweigend fort. Immer wieder denke ich an Kai. Ob er sich gerade um mich sorgt? Wahrscheinlich steckt er die Nase wieder einmal in ein langweiliges Buch und markiert „wichtige" Stellen. Er hat nie viel von körperlichem Training gehalten, ich jedoch trainierte jeden Tag hart mit Mr. Strong. Dieser schien zu ahnen, welche Pläne ich verfolgen würde. Dieser Gedanke bringt mich zum Lachen, woraufhin Wild mich skeptisch ansieht – eine Braue höher als die andere. Auch während wir eine Pause machen, weicht Wild meinen Fragen aus. Das Gefühl, dass er unbedingt etwas geheim halten möchte, lässt mich nicht mehr los, trotzdem höre ich auf, ihn mit Fragen zu löchern. Den ganzen Tag marschieren wir stumm nebeneinander durch den Schattenwald, bis er sich zur Dämmerung endlich lichtet. Ein kleiner Fluss kommt zum Vorschein und glitzert in der untergehenden Sonne. „Na bitte. Wir wären schon beim Schattenfluss. Sobald wir den überquert haben, sind wir offiziell in Menolia", sagt Wild – seine Laune scheint sich gebessert zu haben. Vor dem Fluss bleibt er stehen. „Also der Fluss ist nicht wirklich breit, aber es gibt eine Brücke, wenn du möchtest …" Die letzten Worte höre ich gar nicht, weil ich schnell an ihm vorbeisause und mit einem Satz über den Fluss springe. Ich lege eine perfekte Landung hin und grinse ihn an. Verdattert sieht er mich an. Hat er wirklich gedacht, dass ich nicht springen würde? Der Fluss ist ca. sieben Meter breit, eine Kleinigkeit für so ziemlich jeden Strange One. Etwas beleidigt folgt er mir auf dem Weg in das erste Dorf des Landes, Wit. Kurz bevor die ersten Häuser auftauchen, hält Wild mich am Ärmel meines Hoodies fest und sagt mit ernstem Gesichtsausdruck: „Wir sollten uns lieber außerhalb des Dorfes einen Schlafplatz suchen. Meiner Erfahrung nach fürchten mich die Menschen bei Nacht."

„Ach Kinderkacke! Dafür sehe ich sehr sympathisch aus und außerdem macht das Dorf einen freundlichen Eindruck auf mich", versuche ich, ihn zu überreden.

Frustriert steckt er die Hände in seine Hosentaschen und murmelte etwas von lästigem Blitzheini. Ich muss mich wirklich zusammenreißen, um ihn nicht auszulachen. Kurze Zeit später stehen wir vor einem Gasthaus. Ich drehe mich noch mal zu ihm um und sage: „Na bitte, es ist noch nicht ganz dunkel, also halb so schlimm." Bevor ich einen weiteren bösen Blick kassiere, laufe ich schnell die wenigen Stufen hinauf und betrete das fast leere Gasthaus. Eine freundliche, ältere Frau kommt auf mich zu.

„Guten Abend die Herren! Was kann ich für euch tun? Essen oder Übernachtung? Oder beides?"

Ihr Blick verdüstert sich kurz, als sie Wild ins Gesicht sieht, jedoch setzt sie sofort wieder ihre freundliche Miene auf. Ich frage nach den Kosten und krame gleichzeitig im Rucksack nach dem Geld. Plötzlich gibt Wild ihr einen 500-Schilling-Schein. Ihr Gesicht erhellt sich, und ohne weitere Fragen zu stellen, bringt sie uns an einen leeren Tisch und stellt uns ohne Bestellung jeweils einen Krug Bier vor die Nase.

„Du hast ihr aber nicht dein ganzes Geld gegeben, oder?"

Ich bekomme ein schlechtes Gewissen.

„Nein", lacht er, „ich hab noch mehr in meiner Tasche. Wenn man so viel unterwegs ist wie ich, nimmt man hin und wieder ein paar Jobs an, um über die Runden zu kommen. Meine letzte Arbeit hat mir viel Geld eingebracht."

Eine Weile später bringt uns ein junges Mädchen verschiedene Gerichte und wir greifen dankbar zu. Automatisch wird unser Krug gefüllt, Wild lehnt sich in seinem Stuhl zurück und reibt sich den vollen Bauch. Mit einem Mal wirkt er zufrieden und erzählt mir sogar von seinem letzten Job.

„Ich sollte einem reichen Paar helfen, ihrem Kind eine Lektion zu erteilen. Das doofe Mädchen wollte einfach nicht hören und so erzählten sie ihr, dass sie bald vom Schwarzen Mann Besuch bekommen würde, wenn sie nicht endlich anständig lernen würde. Tja, das Mädchen hat nur gelacht – am Anfang. Du hättest ihr Gesicht sehen sollen, als ich in meiner Dämonengestalt in ihrem Zimmer stand und ihre Bücher sorgfältig aufeinanderstapelte. Sofort hat sich die Kleine an die Arbeit gemacht und ich behielt sie immer im Auge. Du hättest sie sehen müssen! Ihre Eltern brachten ihr hin und wieder etwas zu trinken oder zu essen, dabei lächelten sie mir jedes Mal zu. Die Tochter schien am Ende zwar ein wenig angepisst zu sein, jedoch waren alle Aufgaben erledigt. Für diesen Auftrag bekam ich 2.500 Schilling. Die Eltern anderer fauler Kinder sprachen untereinander über meine gute Arbeit und so hab ich ein paar weitere Jobs bekommen."

Während Wild unsere Rucksäcke nach oben in die Gästezimmer bringt, sehe ich mich um. Das Gasthaus ist nicht wirklich groß und im rustikalen Stil ausgestattet. In der Ecke sitzen zwei alte Herren und spielen Karten. Bis auf vier weitere Männer an der Bar ist niemand mehr hier. Es gefällt mir nicht, dass die besoffenen Idioten die Tochter der Wirtin anbaggern. Die kann doch nicht älter als 13 Jahre sein, widerwärtig! Plötzlich wird die Tür aufgerissen und zwei Typen stürmen auf die Bar zu. Der Linke ist groß, dürr und wirkt ziemlich unbeholfen mit seinem Körper. Der Rechte ist dagegen eher klein und rundlicher, er riecht nach Schweinestall. Beide tragen denselben hässlichen Anzug. Der Dicke zaubert ein Buch aus seinem Sakko, schlägt die Seite mit dem Lesezeichen auf und fragt unfreundlich: „Wohnt die in diesem Dorf?"

Die Wirtin kneift die Augen zusammen, um auf dem Bild etwas zu erkennen, und verneint. Ihr Lächeln wirkt jedoch unecht und im Ganzen ist sie recht angespannt.

„Hören Sie, Madam", spricht der Dürre, „Sie müssen uns sagen, wenn diese Person hier wohnt. Wir sind von der First Organisation und haben den Auftrag, besagte Person festzunehmen."

Mein Griff um den Krug verstärkt sich – Haifische! Inzwischen nimmt Wild wieder Platz, genau wie ich verfolgt er das Gespräch.

„Es tut mir wirklich leid, aber ich kenne sie nicht. Was wird ihr denn vorgeworfen, wenn ich fragen darf?" Sie versteckt ihre zitternden Hände unter dem Geschirrtuch und trocknet penibel das Geschirr ab. „Dürfen Sie nicht! Sie wissen aber schon, dass Sie ebenfalls eine Strafe bekommen, falls Sie uns anlügen?!", der Dicke kneift seine Knopfaugen zusammen und mustert sein Gegenüber.

Bestimmt haben die beiden ebenfalls mitbekommen, wie furchtbar nervös die Wirtin ist, da stimmt irgendwas nicht. Im nächsten Moment geht erneut die Tür auf, eine junge Frau, gefolgt von einem Muskelprotz, setzt sich an den freien Tisch neben dem Eingang. Die Wirtin wird weiß wie eine Wand und lässt das Glas fallen, welches sie gerade versuchte abzutrocknen. Natürlich bemerken die Haifische ihre Reaktion und drehen sich synchron um. Beide lächeln breit und gehen auf die Neuankömmlinge zu. Der Muskelprotz wirft sich seinen ewig langen geflochtenen Zopf über die Schulter und zupft an seinen Sachen herum. Es scheint sich um eine Art Rüstung zu handeln – jedoch um einiges modernen und in Blau gehalten. Die junge Frau hat glattes, weißes Haar, in dem ein goldenes Haarband eingearbeitet ist. Die Haifische stehen vor ihr und reißen ihr die Speisekarte aus der Hand.

„Du bist Mina Sorez, ist das richtig?"

Sie hebt den Blick, mit diesen unglaublich blauen Augen wirkt sie so was von unschuldig und jung. Dann streckt sie sich, an beiden Handgelenken hat sie breite, goldene Armbänder aus einem glänzenden Stoff. Ansonsten ist sie ganz in Weiß gekleidet – nicht so wie ihr Bodyguard.

„Korrekt", antwortet sie mit zuckersüßer Stimme.

Der Dürre kramt in seinem Sakko herum und knallt einen zerknitterten Zettel auf den Tisch, dann sagt er: „Mina Sorez, Ihre Gefahrenstufe ist von 5 auf 7 gestiegen. Aufgrund dessen befindet die First Organisation es für sicherer, Sie von den Menschen fernzuhalten. Sie sind hiermit festgenommen!" Die Frau spielt mit ihrem Besteck herum, ihren Blick starr auf den Tisch gerichtet. Ihr Bodyguard lässt keinen der beiden Haifische aus den Augen, er wirkt wie ein Raubtier – bereit zur Jagd. Ich traue meinen Augen kaum, als plötzlich das Messer, welches sie gerade noch hin und her schob, in der Hand des Dürren steckt und ihn somit samt Haftbefehl an den Tisch heftet.

„Nein danke", sagt sie und setzt ein höhnisches Lächeln auf.

Wild schmunzelt neben mir und auch ich kann mir ein Grinsen nicht verkneifen. Äußerst selten, dass jemand direkt einen Haifisch angreift – aber gerade ich muss reden. Der Dicke will eingreifen, als sich der Bodyguard der Frau erhebt und auf ihn hinabblickt.

„Das würde ich schön bleiben lassen. Sie ist nicht immer so nett", knurrt er, woraufhin sie ihm ein liebevolles Lächeln schenkt.

Abwehrend hebt der Haifisch die Hände und tritt ein paar Schritte zurück. Während alle Augen auf ihn gerichtet sind, bemerke ich, wie der Lange aus seiner Hosentasche einen kleinen Dolch hervorholt. Sofort hebe ich meine Hand, lasse einen kleinen Blitz los. Er trifft genau die Mitte des Handrückens, der Dolch landet auf dem Holzboden.

„Das gehört sich nun wirklich nicht", füge ich meiner Attacke hinzu, stehe auf und komme auf die beiden zu.

Der mit dem Gestank nach Schweinestall zieht unbeholfen das Messer aus der Hand seines Kollegen, woraufhin er das Gesicht verzieht.

„Komm Al, wir gehen. Deine Hand verbinde ich später. Das werdet ihr Gören noch bereuen! Wir kommen wieder und dann seid ihr fällig!"

„Bis bald, Al!", ruft ihnen die Frau nach, bevor sie das Gasthaus verlassen.

„Vielen Dank, fremder Mann. Das hätte ins Auge gehen können – na, eher nicht, aber trotzdem danke. Wenn ihr wollt, könnt ihr euch gern zu uns setzen", sagt Mina und deutet auf die leeren Stühle.

Ich winke Wild zu dem Tisch, anschließend stelle ich mich vor: „Ich bin übrigens Tazer Warden und das ist Wild."

„Also ehrlich, ich sehe selten einen Strange One, der sich gegen die Haifische wehrt. Ich meine, so richtig wehrt. Hast du keine Angst vor der Todesstrafe?", fragt Wild, offensichtlich verwirrt.

Wenn der wüsste, was ich getan habe.

„Ach, ich kann mich schon wehren. Gordan trainiert jeden Tag mit mir und gegen ihn können die alle einpacken. Auch wenn er kein Strange One ist."

Mina boxt ihn freundschaftlich, was Gordan zum Lächeln bringt.

„Und welche Fähigkeit besitzt du? Versteh mich bitte nicht falsch, aber du siehst nicht wie jemand aus, der zur Gefahrenstufe 7 passt", fragt Wild und mustert Mina.

„Eigentlich nichts Besonderes. Ich kann in die Seele eines Menschen eindringen. Hört sich jetzt brutal an. Jedoch setzte ich meine Fähigkeit nur dann ein, wenn mich eine verletzte Seele ruft. Dann versuche ich, sie zu reinigen beziehungsweise zu trösten, damit die Person in Frieden sterben kann."

„Wie sterben? Stirbt man danach?", ich bin verwirrt.

„Nein, aber die meisten Seelen, die mich rufen, sind von sterbenden Menschen. Sie wollen ihre Qualen nicht in den Tod mitnehmen."

„Kannst du auch eine Seele überreden, dass sie den Besitzer nicht verlässt? Wenn zum Beispiel der Körper nach einem Unfall nicht so schwer verletzt ist, die Seele aber so schwach, dass der Mensch stirbt?"

Mina überlegt lange, bevor sie antwortet: „Ich denke schon, dass ich dazu in der Lage bin. Doch es würde mich zu viel Kraft kosten, vielleicht müsste ich sogar mein Leben dafür geben."

„Und was an dieser Fähigkeit ist so fürchterlich, dass die F. O. dich gleich verhaften will? In meinen Augen hilfst du den Menschen doch", frage ich.

„Sobald ich mich in einer Seele befinde, kann ich sie zu ziemlich vielen Sachen überreden. Die F. O. befürchtet, dass ich mir ihre geliebten Patrone schnappe, um sie zu beeinflussen. Dieser Kajetan leidet echt unter Paranoia!"

Es macht mich richtig wütend, dass eine so hilfreiche Fähigkeit in den Dreck gezogen wird. Seit wann hat die F. O. so große Angst, gestürzt zu werden? Wir unterhalten uns noch ein wenig, bevor Wild und ich uns aufs Ohr hauen. Das Gästezimmer ist ziemlich klein, gerade mal mit einem Bett ausgestattet – aber besser als nichts. Noch lange denke ich an Mina, bevor ich in einen unruhigen Schlaf falle.

Ein lauter Knall weckt mich. Benommen steige ich aus dem Bett, um nach unten zu gehen. Da stürmt Wild auch schon herein und zieht mich mit sich. Die Wirtin hält uns die Tür auf, ihr Gesicht ist vor Schreck ganz bleich. Vor dem Gasthaus laufen die Dorfbewohner panisch umher, kreischend, weinend. Rauch steigt mir in die Nase, während Wild mich weiter hinter sich herzieht. Perplex bleiben wir beide vor einem brennenden Gebäude stehen, es sieht wie eine Schule aus. Da es Nacht ist und sich somit keine Schüler dort aufhalten können, atme ich erleichtert auf. Doch nur so lange, bis ich rund um mich Erwachsene sehe, die aufgeregt irgendwelche Namen durcheinanderkreischen. Wild ist wie gelähmt, also reiße ich mich von ihm los und renne auf eine weinende Frau zu.

„Was ist hier passiert? Sagen Sie nicht, dass da Kinder drinnen sind?!", flehe ich fast.

Mit toten Augen sieht sie mich an, sodass mir ein kalter Schauer über den Rücken läuft.

„Eine Lesenacht. Die Schule veranstaltet einmal im Jahr eine Lesenacht, in der die Schüler im Klassenzimmer übernachten."

Ich spüre förmlich, wie mir die Farbe aus dem Gesicht weicht.

„Wild!", rufe ich, doch er scheint mich nicht wahrzunehmen.

„Wild! Verdammt, wir müssen was tun! Da sind Kinder drin!"

„Ich weiß", haucht er, „ich kann ihre Ängste hören."

Das darf doch wohl nicht wahr sein! Er bewegt sich keinen Zentimeter – dann muss ich da eben allein rein.

„In welchem Raum sind die Kinder?", frage ich die Frau von vorhin.

„Im ersten Stock, die letzte Tür auf der linken Seite", heult sie und ich lege los.

So schnell ich kann stürme ich auf die Schule zu. Hinter mir höre ich Wild meinen Namen rufen, doch für das hab ich jetzt wirklich keine Zeit. Ohne großen Aufwand kann ich die Tür eintreten und versuche, mich trotz des starken Rauches zu orientieren. Die Treppe befindet sich ein paar Meter geradeaus, was für ein Glück! Aus den Klassenzimmern auf der rechten Seite züngeln die Flammen hervor. Anscheinend ist dort der Brand ausgebrochen, hoffentlich ist es oben noch nicht so schlimm. Ich nehme gleich drei Stufen auf einmal, stürme den Gang entlang und trete die Tür ein. Heiße Luft und Rauch schlagen mir ins Gesicht, sodass ich ein paar Mal blinzeln muss. Den vorderen Bereich des Zimmers hat das Feuer bereits eingenommen. Stimmengewirr aus dem anderen Ende fordert meine Aufmerksamkeit. Schwach kann ich ein paar Kinder erkennen und renne auf sie zu. Sie husten, einige sind bereits zusammengebrochen. Verdammt! Es sind so um die 15 Kinder, allein kann ich die nicht raustragen und wer weiß, ob ich dann noch den Raum betreten kann. Gerade als ich überlege, sie aus dem Fenster zu werfen (ja, in diesem Moment denke ich ernsthaft darüber nach!), taucht Wild auf.

„Die Treppe stürzt gleich ein, wir sollten uns beeilen!"

Neben dem Knistern und Knacken des Feuers nehme ich plötzlich ein Rumpeln wahr. Wild und ich sehen uns an in dem Wissen, dass es gerade passiert ist. Da mir keine andere Möglichkeit bleibt, reiße ich das Fenster auf und blicke nach unten. Für Wild und mich ist die Höhe absolut kein Problem, aber für die Kinder.

„Schnapp dir so viele, wie du tragen kannst, und spring! Pass nur auf, dass du sicher unten landest, damit ihnen nichts passiert!"

„Alles klar! Aber es sind zu viele. Das geht zu zweit nicht!"

Als Antwort drücke ich ihm einen bewusstlosen Jungen in den Arm. Zwei Mädchen krallen sich an seinem Rücken fest, ein weiteres bewusstloses Kind im Arm – so springt er aus dem Fenster. Ich sehe ihm nach, es scheint alles gut gegangen zu sein. Ich zähle durch. Neun Kinder befinden sich noch in dem Klassenzimmer, zu viele für einen Sprung. Die Aufsichtsperson kann ich nicht entdecken. Natürlich könnte ich wieder hochspringen, doch aufgrund des Feuers ist das gesamte Gebäude instabil, also keine gute Idee.

„Brauchst du vielleicht Hilfe?" Mina und Gordan stehen auf einmal neben mir.

Dankend lächle ich ihnen zu und helfe ihnen, die Kinder an ihren Körpern zu befestigen. Gordan schnappt sich gleich vier, Mina zwei. Zuerst helfen wir Mina aus dem Fenster, dann springt Gordan. So gut es geht nehme ich die restlichen drei Kinder, gehe zum Fenster und werde von den Flammen überrascht. Durch die frische Luft haben sie sich schnell ausgebreitet.

„Scheiße!", brülle ich.

Einfach kühlen Kopf bewahren … es muss noch einen Weg hier raus geben. Da geht mir ein Licht auf. Mina und Gordan sind doch auch hochgekommen, obwohl die Treppe eingestürzt ist. Alles auf eine Karte gesetzt laufe ich aus dem Klassenzimmer.

Gott sei Dank bemerke ich, dass der Flur noch kein Ende hat und es eine Wendeltreppe nach unten gibt. Sofort stürme ich sie hinab, wobei mich die Flammen bereits erwarten. Verdammte Scheiße! Gegenüber der Treppe ist ein Fenster, wenn ich es da durch schaffe, sind die Kinder in Sicherheit. Vorsichtig setze ich die drei ab, ziehe mein Shirt aus, um sie, so gut es geht, vor der Hitze zu schützen. Ich selbst gebe mir keine Gelegenheit mehr nachzudenken, also renne ich los, die Kinder fest an mich gedrückt. So gut es geht, springe ich über die Flammen, drehe mich um, zerbreche das Fensterglas und spüre endlich Gras auf meiner Haut. Die Kinder werden mir sofort aus den Armen gerissen, wonach Wild mich vom brennenden Gebäude wegzieht. Am Rande meines Sichtfeldes bilden sich schwarze Wolken. Sie werden dichter und reißen mich aus dem Hier und Jetzt.

Nutzloser Fakt #5

Tazer hat als Kind
einmal gelben Schnee gegessen.

Kapitel 6

Mina

Zwei Kinder sind tot – sie haben es nicht mehr rechtzeitig aus dem Feuer geschafft. Die anderen werden versorgt, einige davon sind aber sehr schwach. Ihre Seelen rufen nach mir, so voller Trauer und Angst. Die Eltern flehen mich an, ihren Kindern zu helfen, doch das kann ich nicht. Nicht so, wie sie es sich wünschen, und das wissen sie. Ich gehe auf ein kleines Mädchen zu, ihre Seele ist kaum noch an ihren Körper gebunden. Langsam gehe ich in die Knie, während ihre Eltern aneinander Halt suchen und stumm weinen. Das Mädchen hat es verdient, in Frieden diese Welt zu verlassen. Die Trauer bohrt sich tief in mich, zerrt an mir, doch ich darf nicht zulassen, dass sie mich zerstört. Denn sonst kann ich keiner Seele mehr helfen.

„Kannst du dafür sorgen, dass sie innerlich Frieden schließt und keinen Schmerz mehr hat?", fragt mich der Vater.

Er scheint es verstanden zu haben, nicht aber seine Frau. Aufmunternd nicke ich ihm zu und beginne mit meiner Arbeit. Vorsichtig platziere ich meine Handfläche auf ihrem zarten Körper. Nach ein paar tiefen Atemzügen spüre ich bereits, dass sie mir Eintritt gewährt. Gleichzeitig fühle ich die Tränen aus Blut, die sich schmerzlich ihren Weg nach draußen bahnen – irgendwo muss der Schmerz hin, den ich ihnen nehme. Es dauert nicht lange, da bin ich auch schon in einem kleinen Raum. Das Mädchen sitzt mit angezogenen Knien in der Mitte. Aufgrund der schwarzen Wände erkenne ich, dass mir nicht mehr viel Zeit bleibt. Viele Seelen befinden sich an einem schöneren Ort, doch auch das kommt auf den Charakter an. Das Mädchen fixiert mich, während ich auf sie zugehe und mich neben sie setze. Ihre Stimme ist schwach, als sie sagt: „Wer bist du?"

Ich schenke ihr mein schönstes Lächeln und antworte: „Ich bin Mina und würde dir gerne helfen." Für mich ist es immer schwer, den Schmerz und die Trauer aus der Seele zu vertreiben, vor allem, wenn die Seele nicht kooperativ ist.

„Und wie heißt du?", frage ich nach einer Pause.

Den Blick starr ins Nichts gerichtet antwortet sie: „Rin … Rin, glaube ich. Ich bin bald tot, oder?"

Diese Frage trifft mich tief, ich muss mich bemühen, die Tränen zu unterdrücken. Mir zieht sich das Herz zusammen, wenn ein kleines Mädchen wie sie erkennt, dass ihr kurzes Leben ein Ende hat. Da sie sich bei ihrem Namen nicht mehr sicher ist, muss ich mich beeilen und doch einfühlsam sein. Sie soll nicht in Trauer und Angst von uns gehen.

„Dein Körper stirbt, da hast du recht."

Fragend sieht sie mich an, sagt aber nichts.

„Ich könnte dir die Trauer nehmen, wenn dir das hilft", biete ich ihr an.

Es ist nicht meine Art, direkt die Trauer zu entfernen, doch mir rennt die Zeit einfach davon.

„Heißt das, dass du mir die Erinnerung nimmst?"

Ihre Intelligenz verwundert mich.

„Das stimmt, mit den Gefühlen ist das so eine Sache. Sie sind stark an Erinnerungen geknüpft, deshalb nehme ich sie dir."

„Erinnere ich mich dann noch an meine Eltern?", fragt sie resigniert.

„Ja natürlich, ich lösche nur den heutigen Tag aus deinem Gedächtnis."

„Es tut weh, weißt du?"

„Auch den Schmerz kann ich dir nehmen. Nur haben wir nicht mehr viel Zeit."

„Ich möchte nicht sterben." Rin sagt das sehr entschlossen, obwohl ihre Stimme kaum noch ein Flüstern ist. Ihr Körper hat zwar keine offensichtlichen Verletzungen, aber der Rauch hat ihr ziemlich zugesetzt. Ich bin mir nicht sicher, ob sie die Nacht übersteht.

„Aber es muss wohl sein", seufzt sie schließlich. Mir bleibt das Herz stehen, Tränen kullern über meine Wange. Sie sieht mich an und fragt: „Hast du Schmerzen?"

Ihre Sorge um mich zerreißt mich umso mehr. „Nein, mach dir keine Sorgen."

„Kannst du mich in den Arm nehmen?"

„Natürlich, wenn du das möchtest", sage ich und setze mich im Schneidersitz hin. Rin klettert auf meine Beine und schmiegt sich eng an mich. Unwillkürlich beginne ich, das Schlaflied meiner Mutter zu summen. Sie wird immer schwächer, es ist bald vorbei.

„Besuchst du mich an meinem Grab?", ich höre ihre Stimme nur noch in meinem Kopf.

„So oft ich kann. Und ich bringe dir immer Blumen mit", verspreche ich.

„Lieber Süßigkeiten", kichert sie. Bevor es zu spät ist, entferne ich die Erinnerung und lächle sie ein letztes Mal an. Dann ist sie weg.

Ich öffne langsam die Augen und blicke auf das tote Mädchen hinab – oder besser gesagt, auf ihren toten Körper. Als ich ihr Lächeln sehe, schreie ich fast vor Schmerz. Noch nie war es so schwer für mich, eine Seele zu reinigen. Gordan hebt mich hoch und verlässt das Grundstück mit mir. Ich weine lange. Auch als er mich bereits ins Bett verfrachtet hat und mich dicht an seine Brust zieht, kann ich nicht aufhören. Das erste Mal in meinem Leben habe ich das Gefühl, von der Trauer aufgefressen zu werden.

„Vergiss nie ihr Lächeln, du hast sie glücklich gemacht", flüstert er mir ins Ohr, ich kann seinen Atem spüren.

„Ich weiß", hauche ich, „ich weiß."

Nutzloser Fakt #6

Menolia ist ein abgewandeltes Wort
von Melone.

Kapitel 7

Wild

Ich beobachte, wie Mina über ihr blutverschmiertes Gesicht wischt und schrecklich weint. Tazer stöhnt neben mir im Gras. Ihn hat es ganz schön erwischt, er war länger drin als wir anderen. Körperlich scheint ihm bis auf ein paar Verbrennungen nichts zu fehlen – er ist ein Strange One, das hält er aus. Doch auch wir sind nicht unsterblich. Noch immer bewundere ich seine Entschlossenheit, seinen Mut. Während ich wie erstarrt dastand und nicht wusste, wo vorne und hinten ist, rannte der Irre einfach in ein brennendes Haus. Im ersten Moment hab ich wirklich gedacht, dass er das alles gar nicht so ernst meint – seinen Plan, Kajetan aufzuhalten. Dass er bestimmt irgendwann keine Lust mehr hätte. Doch seine Aktion von vorhin hat mir das Gegenteil bewiesen. Es ist wirklich selten geworden, dass ich jemanden respektiere. Gerade als ich aufstehen will, trifft mich etwas am Kopf. Wütend suche ich nach dem Gegenstand – mich hat ernsthaft jemand mit einem beschissenen Stein beworfen. Erst als ich ihn genauer betrachte, entdecke ich ein kleines Stückchen Papier. Bevor ich es ablöse, sehe ich mich um, doch entdecke niemanden. Als ich die Nachricht lese, steigt blanke Wut in mir auf.

Man legt sich nicht mit der First Organisation an!
Dafür sollt ihr brennen!
Mit freundlichen Grüßen
Fred & Al

Sofort wecke ich Tazer, welcher wild zu husten beginnt. Unter anderen Umständen würde ich ihn schlafen lassen, doch er will bestimmt davon wissen.

„Wir haben keine Zeit für deinen Schönheitsschlaf! Es gibt etwas zu erledigen!"

Keuchend setzt er sich auf und liest die Nachricht mindestens fünf Mal durch, bevor er aufsteht.

„Tja, jetzt fängt unsere Reise erst richtig an!", seine Stimme klingt wie ein Donnergrollen.

Die sonst hellgrauen Augen haben sich verdunkelt, sie wirken fast wie Gewitterwolken.

„Freut mich", erwidere ich und folge ihm.

Zuerst begeben wir uns ins Gasthaus und ziehen frische Sachen an, dann geht die Suche los. Im Dorf ist inzwischen Ruhe eingekehrt, die Sonne geht langsam auf. Tazer ist unnatürlich still und konzentriert. Immer wieder tauchen ein paar Blitze um ihn herum auf, deswegen gehe ich ein bisschen auf Abstand. Jeden Winkel des Dorfes suchen wir ab, versuchen, auf unseren Instinkt zu hören. Auf einem Feld bleibt Tazer plötzlich stehen, den Blick gen Osten gerichtet.

„Die Kapelle da drüben."

„Sie verstecken sich ernsthaft in einer Kapelle?!", frage ich.

„Als ob Gott sie vor mir beschützen könnte. Gehen wir", sagt er, ich erkenne ihn kaum wieder.

Im Moment möchte ich wirklich nicht sein Feind sein. Die Blitze werden heftiger, er beginnt zu laufen. Obwohl ich ein guter Läufer bin, hab ich Schwierigkeiten, mit ihm mitzuhalten.

„Und welchen willst du? Den Langen oder Kurzen?", rufe ich ihm fast hinterher.

Meine Frage erübrigt sich allerdings, als er einen riesigen, schwarzen Blitz auf die Kapelle wirft. Der Boden bebt, als er einschlägt, die Kapelle fällt zusammen wie ein Kartenhaus. Ich komme aus dem Staunen gar nicht mehr heraus, doch Tazer scheint noch nicht fertig zu sein. Er geht auf die Kapelle zu und fischt die Haifische aus den Trümmern, ihre Körper zucken wild. Ein paar Meter weiter lässt er sie los, sie krümmen sich vor Schmerzen. Tazer verschränkt die Arme vor der Brust und knurrt: „Ich gebe euch eine Chance, alles wiedergutzumachen. Ihr bewegt eure Ärsche zurück ins Dorf, räumt die verdammte Schule auf, kommt für den Schaden auf und seht in jedes verdammte Gesicht der Eltern! Falls ihr euch dagegen entscheidet, bin ich das Letzte, was ihr in eurem erbärmlichen Leben sehen werdet!"

Fred und Al weichen vor Tazer zurück, zitternd wie Espenlaub.

„Drei, zwei, eins ... eure Antwort?"

„Www... wir ... ha... haben nur d... d... die Befehle be... befolgt", stottert Al.

„Genau! Wir haben nur Suvis Befehle befolgt! Sonst hätte sie uns getötet ..."

„Suvi?", frage ich verwirrt.

„Die Patronin von Menolia, oder?", fragt Tazer nach und geht in die Hocke. Al nickt heftig.

„Sie hätte euch sonst getötet, hm? Soll ich jetzt Mitleid haben, oder was? Für das, was ihr getan habt, könnt ihr euch nur wünschen, von ihr umgebracht zu werden und nicht von mir!"

„Wo finden wir diese Suvi?", frage ich.

„In d... der Basis vo... vo... von Nif."

„Wir werden nicht gehen, Wild. Dick und Doof werden das für uns erledigen. Also, ihr zwei Idioten, ihr macht euch jetzt auf den Weg zu Suvi und richtet ihr aus, dass sie am besten alles in die Wege leiten wird, was das Dorf im Moment braucht. Sie wird sich bei jedem Elternteil öffentlich entschuldigen. Und wenn das binnen einer Woche nicht erledigt ist, gebe ich euch die Schuld. Und dann suche ich euch. Und finde euch! Habt ihr das verstanden?"

Beide nicken, rappeln sich auf und laufen davon wie zwei kleine Mädchen.

„Du machst sie nicht fertig?", frage ich etwas enttäuscht.

Er sieht mich nicht an, während er antwortet: „Nein. Lass uns gehen. Ich bin müde."

Damit ist das Gespräch beendet. Im Gasthaus angekommen, verzieht Tazer sich sofort ins Gästezimmer. Ich tue es ihm gleich. Erst als ich mich im Bett ausstrecke, merke ich, wie müde ich wirklich bin. Es dauert nicht lange, da bin ich schon eingeschlafen.

Als ich wieder aufwache, fühlen sich meine Glieder wie Blei an. Ich versuche krampfhaft, die Augen offen zu halten, aber es fällt mir furchtbar schwer. Trotzdem kämpfe ich mich aus dem

Bett und schlendere nach unten, wir sollten heute unbedingt weitergehen. Je schneller wir in Nif sind, umso schneller sind wir aus Menolia raus. Es macht nur Ärger, wenn ich zu lange an einem Ort bin. Aber solange ich mich nicht im Westen des Landes aufhalte, sollte es eigentlich kein Problem sein. Vielleicht mache ich sogar einen Abstecher in die Basis von Nif. Diese Suvi spielt hier einfach Gott und der dämliche Tazer lässt ihre Handlanger laufen. Was hat er sich dabei gedacht? Schon klar, dass er ziemlich fertig ist deswegen, aber gerade das sollte einen doch anspornen, oder? Versteh einer diesen Typen. Die Wirtin stellt mir eine Tasse Kaffee und einen Teller voller Brötchen hin. Draußen ist es dunkel, ich hab den ganzen Tag verschlafen. Aber Tazer scheint es nicht anders zu gehen, vielleicht ist er doch nicht so stark, wie er denkt. Kaum hab ich den Gedanken zu Ende gedacht, erklärt mir die Wirtin, dass er bereits seit einigen Stunden wach sei und zur Schule gegangen wäre, um beim Aufräumen zu helfen. Etwas verdattert beende ich das Frühstück und mache mich ebenfalls auf den Weg zur Ruine. Wie kann der nach so wenigen Stunden Schlaf wieder so fit sein? Er war ziemlich lange in dem brennenden Haus und hat anschließend noch einen gewaltigen Blitz abgefeuert. Ich hab ihn von Anfang an falsch eingeschätzt, dachte ernsthaft, dass er einfach nur Glück hätte. Dass er eigentlich ein nerviger Idiot sei, der nach ein paar Tagen wieder umdrehe. „Hey Wild!", ich erkenne Minas Stimme und bleibe stehen. Gordan und sie kommen angelaufen, sie sieht zwar erschöpft aus, jedoch leuchten ihre Augen wieder. Blaue Augen – ich liebe blaue Augen. Meine erste Freundin hatte welche, was sie jetzt wohl macht?

„Du kannst gleich wieder umdrehen, wir sind mit Aufräumarbeiten bereits fertig. Tazer hat mir übrigens von den Haifischen erzählt und seinem Vorhaben, Kajetan endlich mal den Arsch aufzureißen – ich finde es wirklich toll! Falls ihr mal unsere Hilfe braucht, zögert nicht, uns Bescheid zu sagen!"

Sie ist ja ganz aus dem Häuschen.

„Solltest du nicht eigentlich untertauchen oder so?", frage ich, da mir der Haftbefehl wieder einfällt. „Ach was. Wir bauen zuerst die Schule neu auf. Gordan hat ein paar Freunde zu Hilfe gerufen, welche zufälligerweise auch ziemlich gute Kämpfer sind, also hab ich absolut nichts zu befürchten."

„Ich glaube kaum, dass die beiden Idioten sich überhaupt noch einmal trauen, hierher zu kommen. So wie Tazer gestern drauf war ... apropos: Ist Tazer noch bei der Schule?"

„Ja. Es wird Essen an die Helfer verteilt. Aber wirklich nur an die Helfer, also versuch es gar nicht erst. Na gut, ich hab noch etwas zu erledigen. Aber verabschiedet euch von mir, bevor ihr verschwindet, okay?" Ich verspreche es ihr. Anschließend wandere ich ziellos durch das Dorf, bis ich mich plötzlich vor der Kapelle wiederfinde beziehungsweise dem, was davon noch übrig ist.

„Da liegt doch was", murmele ich und gehe auf das schwarze Etwas zu.

Es handelt sich dabei um das Buch, welches Fred im Gasthaus dabeihatte. Ich strenge mich an, um im Dunkeln sehen zu können, und blättere irritiert darin herum. Das sind Steckbriefe, genaue Steckbriefe über Strange Ones, nach Gefahrenstufe aufsteigend sortiert. Auf einem großen Brocken nehme ich Platz und sehe mir stichprobenartig die Strange Ones an, wobei ich die ersten drei Gefahrenstufen absichtlich überspringe – die interessieren mich nicht. Auch die Stufe 4 ist nicht wirklich aufregend, bis ich auf meinen Steckbrief stoße. Wie bitte? Ich bin nur auf Stufe 4? Wollen die mich verarschen? Ich bin viel gefährlicher! Auf dem Foto in der rechten, oberen Ecke trage ich meine Haare noch ganz kurz – es ist wohl länger her, dass das aufgenommen wurde. Ich habe jedoch nie bemerkt, dass mich jemand fotografiert oder ausspioniert hat. Unter meinem Namen sind präzise Informationen über mich verzeichnet:

Alter:	25 Jahre
Geburtstag:	30. Mai
Größe:	197 cm
Augenfarbe:	Rot
Haarfarbe:	Schwarz
Offensichtliche Merkmale:	nichts bekannt

Herkunft:	Siu, Menolia
Verhalten:	keine auffälligen Vermerke
Fähigkeiten:	Wandler, Dämon
Gefahrenstufe:	4

Als ich umblättere, verschwindet plötzlich ein gesamter Steckbrief und ein neuer erscheint – sieht verdammt nach einem Strange One aus, der nach Belieben Bücher ändern kann. Armer Kerl, kann gar nichts Nützliches. Weil ich es einfach nicht lassen kann, suche ich nach Tazers Steckbrief und stoße dabei auf etwas, das eigentlich gar nicht sein dürfte: eine Eintragung über einen normalen Menschen! Und auch noch Gefahrenstufe 5! Wie kann es sein, dass ein beschissenes, normales Mädchen eine höhere Stufe hat als ich?! Das Bild muss wirklich alt sein, denn darauf ist ein Kind mit feuerrotem Haar abgebildet. Das Alter spricht jedoch dagegen:

Name:	Neena Lone
Alter:	21 Jahre
Geburtstag:	27. Juni
Größe:	178 cm
Augenfarbe:	Gold
Haarfarbe:	Rot
Offensichtliche Merkmale:	nichts bekannt
Herkunft:	Nif, Menolia
Verhalten:	siehe Info
Fähigkeiten:	nichts bekannt; Mensch
Gefahrenstufe:	5
Info:	Vorbestraft wegen schwerer Körper-verletzung eines Sammlers

Ein Sammler – hä? So nennen sich die Haifische also unter-einander, *nutzlose Kreaturen* würde meiner Meinung nach besser passen. Dass der Steckbrief noch nicht gelöscht wurde, lässt mich vermuten, dass sie noch nicht von den *Sammlern* abgeholt wurde. Obwohl sie einen Haifisch angegriffen hat? Da stimmt eindeutig was nicht! Auf dem Foto hat sie so ein süßes Lächeln aufgesetzt, dass ich das gar nicht glauben kann. Na ja, stille Wasser sind eben tief. Nach unzähligen uninteressanten Personen finde ich endlich Tazer. Für einen Moment bleibt mir die Luft weg, als ich lese:

Name:	Tazer Warden
Alter:	23 Jahre
Geburtstag:	13. Dezember
Größe:	185 cm
Augenfarbe:	Grau
Haarfarbe:	Dunkelbraun
Offensichtliche Merkmale:	Narbe an der linken Augenbraue
Herkunft:	Min, Silverland
Verhalten:	siehe Info
Fähigkeiten:	Elektrizität
Gefahrenstufe:	7
Info:	Gesucht wegen versuchten Mordes an einem Sammler

Er wird wegen versuchten Mordes gesucht? Ernsthaft? Und dann will er einfach so ohne Tarnung durchs ganze Land marschieren?! Der kann ja nicht ganz normal im Kopf sein! Aber na ja. Da ich das jetzt weiß, begleite ich ihn auf jeden Fall, denn meine Vergangenheit ist auch nicht schön. Ich bin froh, dass sie im Steckbrief nicht erwähnt wird. Am besten spreche ich ihn gar nicht darauf an, diesen Vollpfosten. Sofort fällt mir sein Gesichtsausdruck wieder ein, als er gestern (oder heute?) die Haifische verfolgte. Eigentlich ist er ja ein recht interessanter Vollpfosten. Keine Ahnung, wie lange ich da sitze und meine Nase in das Büchlein stecke. Erst als Tazer vor mir steht, blicke ich auf.

„Was hast du da Schönes?“, fragt er mit derselben freundlichen Stimme wie immer.

„Das hab ich gefunden. Dieser Fred hatte es im Gasthaus mit, kannst du dich erinnern? Da stehen Steckbriefe drin.“

„Wie – Steckbriefe?“

„Na Steckbriefe eben! Du kannst so blöd fragen! Lass uns zurückgehen, dann kannst du es ja mal durchsehen." Er nickt erfreut und ich folge ihm.

Erneut zieht er sich ins Gästezimmer zurück, das Buch fest an sich gedrückt. Meine Wenigkeit bleibt noch etwas im Speisesaal sitzen und genießt selbst gemachtes Brot. Was Tazer wohl sagt, wenn er mitbekommt, dass so eine Info bei ihm steht? Ob er überhaupt was sagt? Zu meinem Bedauern stelle ich fest, dass ich ihn sogar gern hab. Vor langer Zeit hab ich mir geschworen, mich mit niemandem anzufreunden, denn es endete immer im Chaos. Doch Tazer ist irgendwie anders, wahrscheinlich ist es einen Versuch wert. Mehr, als dass ich ihn irgendwann töte, kann nicht sein …

Mike Stuart lacht mich wieder einmal aus. „Für deine Größe bist du aber ein ziemlich kleines Monster! Versteckst du dich in einem Mauseloch, bevor du herummonsterst?", spottet er und Mikes Kumpanen prusten los. „Lass ihn doch endlich in Ruhe, Mike!", es ist Hanas Stimme. Sie stellt sich neben mich und blickt mich freundlich aus babyblauen Augen an. Sie ist immer nett zu mir, die Einzige, die nett zu mir ist. Doch Mike ist noch lange nicht fertig. „Wieso verteidigst du das Monster? Willst du seine Frau werden? Eine Monsterfrau? Dann gehen dir aber auch alle aus dem Weg. Sei nicht so dumm und geh mit uns zum Spielplatz." Hana schnaubt bloß verächtlich und nimmt mich an der Hand.

„Mit dir geh ich nirgends hin. Du bist so ein Idiot." Ich lächle schwach, sage jedoch nichts. Im Großen und Ganzen spreche ich nicht viel, nur zu Hause.

„Schau, was du gemacht hast, du hässliches Monster! Du hast ihr eine Gehirnwäsche verpasst. Wundert mich, dass du überhaupt zu ihrem Hirn hochgekommen bist, bei deiner lächerlichen Größe! Ich geb dir noch eine Chance, komm mit uns mit!" Wieder verneint sie und drückt beruhigend meine Hand.

„Dann bleib halt, wo du bist, du blöde Schlampe!" Es reicht. Ich kann es ertragen, wenn er sich über mich lustig macht, doch ich lasse auf keinen Fall zu, dass er Hana beleidigt. Fast schon grob löse ich

ihre Hand von meiner und gehe wütend auf Mike zu. Meine geballten Fäuste zittern.

„Entschuldige dich!", zische ich. Doch er und seine Kumpanen lachen nur über mich.

„Schaut! Es kann reden!", ruft einer. Ein anderer fügt hinzu: „Es ist zu einem sprechenden Monster mutiert!"

„Entschuldige dich bei ihr, oder das Es tut dir weh!", schreie ich ihn an. Für einen kurzen Augenblick sehe ich Angst in Mikes Augen, doch die hält nicht lange an.

„Du willst mir wehtun? Wie denn? Stellst du dich auf meine Zehen? Denn um mich ins Gesicht zu schlagen, bist du zu klein, du elender Wurm!" Keine Ahnung, wie es passiert, aber plötzlich bin ich an zwei Orten gleichzeitig. Vor mir steht eindeutig Mike, der mich mit verstörtem Gesicht ansieht, doch vor meinem inneren Auge sehe ich eine andere Version von ihm. Er kauert vor einem Tier. Ein Hund – er scheint tot zu sein. Immer und immer wieder spielt sich die Szene ab. Zwar hat er mir den Rücken zugedreht, doch ich kann ihn weinen hören. Mein Herz beginnt zu schmerzen, so, als hätte es mir jemand rausgerissen. Genauso ahnungslos, wie es anfängt, endet es auch schon. Erst da merke ich, dass ich eine Hand fest auf seinen Bauch presse, und als ich ihn loslasse, sinkt er auf den Boden. Jammernd, weinend, ängstlich. Ich drehe mich schwer atmend um und sehe in Hanas geschocktes Gesicht …

Schweißgebadet wache ich endlich aus diesem Traum auf. Wieder einmal schleichen sich meine Kindheitserinnerungen in meine Träume. Ob das jemals aufhören wird? Noch immer fühle ich den Schmerz in meinem Herzen, doch gleichzeitig weiß ich, dass es gleich vorbei sein wird. Stöhnend richte ich mich auf, schüttle kurz den Kopf und verlasse mein Zimmer. Als ich aus dem Bad komme, den grauenhaften Traum abgewaschen, sehe ich in Tazers Zimmer. Er liegt schnarchend auf dem Rücken, das Buch der Haifische auf dem Gesicht. Ich kann mir ein Lachen nicht verkneifen. So gern ich ihn auch länger auslachen möchte, muss ich ihn jedoch wecken – wir sollten unbedingt aufbrechen. Weil ich mir einen Spaß daraus machen will, schnappe ich mir sein Bein und ziehe ihn mit einem Ruck vom Bett. Der Penner pennt aber weiter, das verdirbt mir alles. Nach einer gefühlten Ewigkeit, in der ich an seinen Schultern rüttle (alles andere als sachte!), sieht er mich verschlafen an. „Was'n los?"

„Wir müssen aufbrechen, das ist los."

„Aber erst nach dem Frühstück", murmelt er.

„Dann komm endlich!"

Im Nu ist er im Bad fertig und leistet mir beim Essen Gesellschaft, isst so viel, als hätte er drei Tage nichts bekommen. Nach dem Frühstück geht alles recht schnell. Mina und Gordan verabschieden sich von uns, als sie selbst frühstücken kommen. Tazer verspricht ihr, dass die blöde F. O. für den Schaden aufkomme, den sie angerichtet habe. Ihm scheint zwar klar zu sein, dass sie keinen einzigen Tod entschädigen können, jedoch wäre das ein Anfang. Da wär ich mir nicht so sicher, aber ich lasse ihn in dem Glauben und so machen wir uns schweigend auf den Weg nach Nif.

Nutzloser Fakt #7

Wild hasst Wein.

Kapitel 8

Mina

Zwei Tage ist es jetzt her, dass Tazer und Wild das Dorf verlassen haben. Gordan ist tot. Er liegt zu meinen Füßen, es hat sich bereits eine Blutlache unter seiner Brust gebildet. Suvi spielt mit ihrem Speer und sieht mich mit unergründlicher Miene an. Bis jetzt hat sie nicht viel geredet, sich bloß vorgestellt – und Gordan getötet. Mit einem gezielten Wurf ihres Speeres traf sie sein Herz. Gordan war auf der Stelle tot und auch seine Seele verließ zum gleichen Zeitpunkt den Körper. Keine Chance, sie vorher noch zu reinigen. Tränen strömen meine kalte Wange hinab, tropfen auf seinen Leib. Sein Blick ist erschrocken. Durch meinen Tränenschleier mustere ich Suvi. Sie ist zierlich, hat schlichte, braune Haare und Rehaugen – niemand würde sie für eine kaltblütige Killerin halten.

„Mina Sorez, Sie haben gegen das Gesetz verstoßen und einen Sammler körperlich verletzt. Aufgrund dessen und der raschen Steigerung Ihrer Gefahrenstufe verurteilen Sie Kajetan Liev sowie die Ratsmitglieder der First Organisation zum Tode. Ich, als zuständige Patronin von Menolia, werde dieses Urteil in die Tat umsetzen. Falls Sie noch etwas zu sagen haben, ist jetzt der richtige Zeitpunkt."

Mit meinem Herzen hat sich auch die Stimme verabschiedet. Die schönsten Erinnerungen von Gordan und mir tauchen vor mir auf, die Spiele, als wir Kinder waren, seine schützende Hand gegenüber den anderen Typen. Die Liebe. Unzählige Momente der Liebe, sei es ein winziger Kuss oder sein Heiratsantrag. Alles zieht an mir vorbei – zusammen mit der Zukunft, die wir hätten haben können. Zwei Kinder, eines mit weißen und das andere mit schwarzen Haaren, winken mir mit fröhlichem Gesichtsausdruck zu. Geduldig wartet Suvi, bis ich schließlich den Kopf schüttle, ich habe nichts zu sagen. Hinter mir tauchen Al und Fred auf und halten mich an den Armen fest. Als ob ich mich wehren würde, nachdem mir mein Lebensinhalt genommen wurde. Suvi kommt auf mich zu, umrundet Gordans Körper. Ich sehe ihr in die Augen, als sie direkt vor mir steht, und suche nach … ja, nach was? Mitleid? Hass? Genugtuung? Oder gar Fröhlichkeit? Nichts kann ich erkennen, sie sind leer.

„Möge deine Seele Frieden finden", sagt sie kalt.

Ich schließe die Augen und warte. *Ich liebe dich, Gordan,* sind die einzigen Worte, die in meinem Kopf herumspuken. Und zum allerletzten Mal sehe ich in eine Seele. Meine Seele …

Nutzloser Fakt #8

Der schnellste Strange One
kommt auf 130 km/h.

Kapitel 9

Neena

Ungeduldig zupfe ich an meinem schiefen Dutt herum in der Hoffnung, dass er vielleicht doch noch besser aussehen könnte. Meine Schicht hat eigentlich schon begonnen und trotzdem stehe ich immer noch im Schlafzimmer, in Unterwäsche. Schließlich knurre ich meine Haare ein letztes Mal an und schlüpfe hastig in die bequemen, schwarzen Hotpants. Die dämliche, dunkelrote Bluse lässt sich wieder einmal nicht zuknöpfen, ich hasse dieses Ding! Sie ist ärmellos, trotzdem gibt es Manschetten dazu. Grim, mein Stiefvater, besteht darauf, dass ich sie trage, also tue ich ihm den Gefallen. Meine geliebten Springerstiefel runden das Ganze schließlich ab und ich kontrolliere ein letztes Mal mein Aussehen im Spiegel. Was, wenn man genauer darüber nachdenkt, total unnötig ist – unten in der Bar ist es ziemlich dunkel und die meisten Gäste sind so oder so betrunken. Automatisch streife ich die Lederhandschuhe über, welche meine Schwester Nate und ich erfunden haben. Sobald ich jemanden damit schlage, entzündet sich eine kleine Menge Sprengstoff, die der Gegner mit voller Wucht abbekommt. Durch das Leder ist meine Haut geschützt und auch das Design gefällt mir – sie sehen wie Biker-Handschuhe aus. Auch im Absatz der Springerstiefel ist so ein Mechanismus eingebaut, also bin ich alles andere als hilflos gegenüber der First Organisation. Ich merke meiner Mutter immer ihre Nervosität an, denn niemand weiß genau, ob sie mich abholen kommen oder nicht. Vor genau zehn Jahren habe ich meinen Sprengstoff an einen Haifisch losgelassen, mein Vater wurde dafür ins Gefängnis verfrachtet. Die Erinnerung schmerzt zu sehr, also schiebe ich sie beiseite und suche nach meinem Wurfmesser. Tja, mein Zimmer sieht eher wie ein Waffenarsenal aus als wie ein Mädchen-Schlafzimmer. Auch in der Bar habe ich ein paar Waffen für den Notfall deponiert, man weiß ja nie, wer so hereinschneit. Selbst wenn ich im Nahkampf ganz gut bin, lasse ich es nur ungern dazu kommen. Ich gebe die Suche auf, verlasse mein Zimmer und laufe auf der Marmortreppe mit Mama zusammen. „Wo bleibst du denn? Heute ist die Hölle los!", ruft sie aufgeregt.

Danach schnappt sie sich meinen Arm und zerrt mich fast brutal die Treppen hinab. Schon bevor Mama die Tür zur Bar öffnet, höre und vor allem spüre ich den Bass der Musik. Die Marmorfliesen gehen fließend in den dunklen Holzboden über, heiße Luft empfängt mich. Leider gibt es nur zwei kleine Fenster, die nicht wirklich ausreichen für so eine Menschenmenge. Mama ist wie vom Erdboden verschwunden, nur ihre Hand hängt noch an meinem Arm. Sie kann nach Belieben Glieder abstoßen und wieder nachwachsen lassen – seltsame Fähigkeiten, die sie da hat. Ich bin die Einzige in der Familie, die kein Strange One ist. Grim ist ein Wandler, der Sensenmann. Aufgrund der Fähigkeiten meiner Eltern hat Grim die Bar mit dem Namen Halloween gegründet. Die meisten unserer Mitarbeiter wurden oft als Freaks bezeichnet, weil sie ungewöhnliche, manchmal auch grausige Fähigkeiten haben. Bei uns werden sie dafür mit Jubel und Applaus belohnt. Innen ist die Bar schlicht ausgestattet. Am Ende des Raumes prangt ein riesiger Tresen, wo Grim, Mama und meine Schwester Getränke verteilen. Im rechten Eck, gleich daneben, befindet sich eine kleine Bühne mit einem Mischpult, damit die Leute auch genug Musik haben. An den Seiten des Raumes stehen Glastische, aber keine gewöhnlichen. Eigentlich sind es mächtige Kürbisse mit einer Glasplatte oben drauf – Halloween eben. Die Sitzgelegenheiten dazu sehen aus wie rostige Gartenstühle. Auf jedem Tisch steht eine andere Blume, die im Takt der Musik ihre Farbe ändert, Andreas Werk. Eigentlich ist sie genau wie ich eine Kellnerin, aber im Prinzip kümmert sie sich mehr um die Innenarchitektur und Dekoration. Ihre Fähigkeit, Dingen Farbe einzuhauchen, kommt ihr da ganz gelegen. Der Eingang zu unserer Wohnung befindet sich gleich gegenüber dem Haupteingang, natürlich schließen wir sie immer ab. Ganz am Anfang der Bar befindet sich ein kleiner, abgetrennter Bereich – falls sich wirklich jemand unterhalten möchte. Dazu hat Grim extra rote Sofas besorgt und mutwillig verschandelt. Nate, meine Schwester, ist natürlich auch eine Strange One und hat eine mentale Fähigkeit – Analytik nennt sie es. Mit ihrem rechten Auge kann sie Dinge genau analysieren, z. B. kennt sie nach einem genauen Blick den Grundriss eines Hauses. Auch erkennt sie schnell die Schwächen anderer. Wie auch bei meinen Augen hat die Iris eine goldene Farbe. Ihr linkes Auge jedoch besitzt überhaupt keine Iris, es ist durchgehend schwarz. Noch nie hat sie mir erzählt, was sie damit machen kann, auch versteckt sie es hinter ihren Haaren. Sogar beim Schlafen trägt sie deshalb das schwarze Hippie-Haarband, damit ihre Haare nicht verrutschen. Sie redet nicht viel, kichert hin und wieder, wenn etwas lustig ist, und träumt vor sich hin. Kurz gesagt, sie ist ein bisschen eigen – genau wie jetzt. Mit einem vollen Serviertablett auf dem Kopf tanzt sie wild auf dem Tresen herum, wenn man das überhaupt tanzen nennen kann. Es bringt mich zum Schmunzeln, ich liebe ihre unvergleichliche Art! Die Gäste jubeln ihr wie immer zu und rufen nach einer Zugabe, obwohl das Lied noch nicht einmal zu Ende ist. Geschickt schlängle ich mich durch die Leute, um zu Grim zu kommen, der sich gerade mit einem jungen Pärchen unterhält, anstatt Getränke auszuteilen. „Da bist du ja! Könntest du heute ausnahmsweise den ruhigen Bereich übernehmen? Ich weiß, du hast normal die anderen Tische, aber Lilly ist krank."

„Ja natürlich! Kein Problem, ich schnapp mir nur schnell mein Tablett", versichere ich ihm und verschwinde hinter dem Tresen.

Dort lege ich den Gürtel mit Geldbeutel, Block und Stift um, greife nach einem Serviertablett und kämpfe mich zum ruhigen Bereich vor. In den ersten Stunden bediene ich bekannte Gesichter, bekomme eine Menge Trinkgeld – das schreit nach einer neuen Pistole! Plötzlich tauchen zwei Typen auf und setzen sich auf den letzten freien Tisch in diesem Bereich. Einer der beiden hat ein freundliches Gesicht und eine sympathische Ausstrahlung. Mit seinen etwas längeren Haaren und den grauen Augen finde ich ihn nicht unattraktiv. Der andere blickt grimmig drein, ist ganz in Schwarz gekleidet und doch ein ziemlich hübscher Kerl. Seine glühend roten Augen taxieren mich von oben bis unten, keine Regung der Mimik. Obwohl er auf eine gewisse Art bedrohlich wirkt, fühle ich mich automatisch zu ihm hingezogen. Was haben diese Bad Boys nur an sich? Bevor ich ihre Bestellung aufnehme, räume ich den Nachbartisch ab. Plötzlich spüre ich, wie mir jemand an den Arsch fasst – ziemlich grob sogar. Hinter mir steht so ein betrunkener Vollidiot, der mich nun näher an sich heranzieht und mir betrunken zunuschelt: „Wie wär's mit uns beiden, Schönheit? Ich wohne ganz in der Nähe."

Wut steigt in mir auf. Krampfhaft versuche ich, sie zu unterdrücken, denn in der Vergangenheit hatte ich oft heftige Schlägereien – Mama war jedes Mal todtraurig. Sein Atem stinkt nach Erbrochenem und mir wird übel. Energisch drücke ich ihn weg, entferne seine Hand von meinem Hinterteil und fauche: „Vergiss es. Geh allein nach Hause!" Ich atme tief durch, bevor ich mich auf den Tisch mit den neuen Gästen zubewege. Weit komme ich jedoch nicht, weil mich der Säufer von hinten umarmt. Seine widerlichen Hände wandern Richtung Süden, mir platzt der Kragen. Mit einem zuckersüßen Lächeln drehe ich mich zu ihm um, rücke ein bisschen von ihm ab. Er wirkt siegessicher – aber nur so lange, bis ich nach einem leeren, gläsernen Krug greife und ihm diesen über den Schädel ziehe. Sollen mich doch alle für aggressiv halten! Auf keinen Fall lasse ich mich begrapschen! Binnen Sekunden lässt er mich los und taumelt nach hinten. Durch den vielen Alkohol landet er unbeholfen auf seinem fetten Arsch und tastet nach seinem Kopf. Bevor ich noch einen Krug nach ihm werfe, klammere ich mich mit beiden Händen fest an das Serviertablett. Grim eilt auf mich zu und fragt besorgt: „Um Himmels willen, Neena! Geht's dir gut? Bist du verletzt? Was ist passiert?"

Ohne meine Antwort abzuwarten, scharwenzelt er um mich herum, um nach einer Verletzung zu suchen. „Mir geht's gut, keine Panik. Der Typ hat mich begrapscht, also hab ich ihm deutlich gemacht, dass mir das nicht so recht ist."

Grim kneift die Augen zusammen und geht auf den Kerl zu, die Hände zu Fäusten geballt. Sein struppiges, weißblondes Haar steht in alle Richtungen ab, als er sich zu dem Säufer hinunterbückt, um ihn am Kragen seines Hemdes zu packen. Ich kann nicht hören, was er zu ihm sagt, doch sofort steht dieser auf und verlässt mit gesenktem Kopf die Bar. Nachdem sich Grim ein zweites Mal von mir versichern ließ, dass es mir gut geht, verschwindet er in der Menschenmenge. Es freut mich, dass er sich so um mich sorgt – doch das ist nicht nötig! Kopfschüttelnd bewege ich mich auf die neuen Gäste zu und rattere die Begrüßung herunter. „Herzlich willkommen im Halloween! Was darf's denn sein?" Der freundliche Typ bestellt eine Cola und Knabbergebäck.

„Gin Tonic. Habt ihr doch, oder?", bestellt der Ungustl.

Ich kann es absolut nicht leiden, wenn jemand seine schlechte Laune an mir auslässt. Deshalb gebe ich schnippisch zurück: „Wir sind eine Bar, also ja." Er starrt mich finster an und ich muss lächeln, genauso wie sein Freund.

Als ich mich endlich zum Tresen vorgekämpft habe, tanzt Nate immer noch – ihr blau gefärbter Bob sieht in diesem Licht noch viel besser aus als sonst. Geduldig warte ich, bis die Getränke fertig sind, tänzle leichtfüßig zurück. Keine Ahnung, warum ich auf einmal so gute Laune habe, wahrscheinlich, weil der Blick des Ungustls noch düsterer geworden ist. Am liebsten würde ich ihm die Zunge rausstrecken, aber das ist selbst für mich zu kindisch. Als die Musik plötzlich aufhört, blicke ich mich verwirrt um und entdecke Nate, die mit einer Platzwunde auf dem Kopf auf dem Tresen hockt. Es sieht nicht so aus, als hätte sie Schmerzen, das sieht man bei ihr nie. Manchmal frage ich mich, ob sie überhaupt Schmerz empfinden kann. Sofort will ich auf sie zu stürmen, um zu fragen, was passiert sei, doch ein höhnisches Lachen stoppt mich. Mein Blick geht zum Eingang, wo ein seltsamer Kerl mit grüner Baseballmütze steht. In einer Hand hält er einen Stein … soll das heißen, dass er Nate mit einem Stein abgeschossen hat? Ernsthaft? Wieder baut sich die Wut in meinem Bauch auf. Niemand kann mich zurückhalten, wenn es um meine Schwester geht. Mama läuft auf Nate zu und reicht ihr eine Serviette, während Grim auf den Schlägertypen zugeht. Er ist von ihm abgelenkt, deswegen laufe ich schnell auf die Wand hinter mir zu. Klirrend fällt das Tablett auf den Tisch. Ich springe hoch, um die Wurfaxt von der Wand zu lösen. Sobald ich sie habe, fliegt sie mit voller Wucht auf den Baseball-Typen zu. Nur um wenige Millimeter verfehlt sie sein Gesicht, die Mütze wird von dem Luftstrom von seinem Kopf gefegt. Erschrocken sieht er mich an, unfähig, irgendetwas zu sagen.

„Mach das noch ein einziges Mal und ich werde nicht mehr daneben zielen!", fauche ich.

Die Leute weichen vor mir zurück, eine ganz natürliche Reaktion nehme ich an. Im Augenwinkel erkenne ich, dass die beiden Typen von vorhin aufgestanden sind. Schnell fängt sich der Baseball-Heini wieder und lacht:

„Was willst du hilfloses Mädchen schon machen? Dieser Treffer war doch reines Glück!"

Meine Hände zittern vor Wut, als ich die zweite Wurfaxt von der Wand entferne. Gelassen werfe ich sie ein paar Mal in die Luft und fange sie geschickt wieder.

„Möchtest du wirklich herausfinden, ob das bloß Glück war?"

Grim will eingreifen, doch ich verbiete es ihm, absolut niemand verletzt Nate! Ich habe mir geschworen, sie mein Leben lang zu beschützen, und daran halte ich mich auch.

„Na, dann komm schon her, kleines Miststück. Ich schlag auch nicht so doll zu", verarscht er mich.

Ich kann mir ein Grinsen einfach nicht verkneifen. Eigentlich habe ich nicht vor, ihn zu töten, deswegen sollte ich die Axt lieber nicht werfen – der Sprengstoff reicht allemal. Wie immer unterschätzt mein Gegner mich, als er zum ersten Schlag ausholt. Ich beschließe, ihn ein wenig zu ärgern, ducke mich und verpasse ihm einen ordentlichen Hieb in den Magen. Keuchend tritt er zurück. Bei solchen Schlägen steht es 50 zu 50, dass der Sprengstoff aktiviert wird. Wenn ich ihn bewusst einsetzen will, muss ich meine Faust fester ballen.

„Na warte!", kreischte er, klingt dabei wie ein kleines Mädchen.

Planlos schlägt, tritt, fuchtelt er vor meinem Gesicht herum.

„Falls was kaputt geht, zahl ich dafür!", sage ich zu Grim und verpasse dem Baseball-Typen meine Sprengstoff-Faust genau ins Gesicht. Der Knall ist lauter und der Stoß sieht viel schmerzhafter aus, als die Attacke wirklich ist. Hilflos fällt er auf den Rücken, hält sich beide Hände vors Gesicht. Normal hätte ihn die Explosion aus dem Lokal geworfen, anscheinend ist der Sprengstoff alle.

„Wie war das noch mal mit dem Miststück?", frage ich.

Stöhnend richtet er sich auf und wirft mir einen hasserfüllten Blick zu. „Verpisst du dich jetzt oder brauchst du noch eine Ladung?"

„Bin schon weg", murmelt er und krabbelt aus der Bar. Ich spüre noch immer das Adrenalin durch meinen Körper fließen, es gibt mir ein Gefühl der Macht. Bereits nach wenigen Minuten herrscht wieder normaler Betrieb. Nate tanzt wieder auf dem Tresen, na ja, sie hüpft herum oder so. Mein Kopf fühlt sich an, als hätte man ihn in Watte gepackt, der Bass dröhnt in meinen Ohren.

„Alles okay, Liebes? Möchtest du nach oben gehen?", Mama ist an meiner Seite und sieht mich besorgt aus ihren goldenen Augen an.

„Ja, ja, alles okay. Ich brauch nur kurz frische Luft."

Ohne auf ihre Antwort zu warten, verlasse ich die Bar. Kalte Nachtluft empfängt mich. Um den betrunkenen Gästen aus dem Weg zu gehen, schlendere ich auf den Spielplatz zu, der sich gegenüber befindet. Die Schaukel unter dem Baum lässt mich etwas verschwinden und doch hab ich einen Blick auf den Eingang. Der vertraute Schmerz von aufgeplatzten Fingerknöcheln durchzuckt mich und erinnert mich an früher. Nach dem Unfall, also, nachdem Papa weg war, habe ich wegen jeder Kleinigkeit eine Schlägerei angefangen. Egal ob Junge oder Mädchen, jung oder alt. Das war damals die einzige Möglichkeit, mit meiner unkontrollierbaren Wut auf mich selbst umzugehen. Ich bin schuld, dass Papa eingesperrt ist. Ja, vielleicht sogar tot ist – vor Mama und Nate darf ich den Gedanken nicht aussprechen. Krampfhaft versuche ich, mich an glückliche Momente mit ihm zu erinnern, doch es werden immer weniger. Sie verblassen mit jedem

Jahr etwas mehr. Das einzig klare Bild, das ich vor Augen hab, ist die Übergabe eines Geschenkes. Es war mein 8. Geburtstag, ich hatte eine Prinzessinnenkrone auf dem Kopf und fuchtelte ungeduldig an dem großen Paket herum. Ironischerweise kann ich mich nicht einmal mehr an das Geschenk erinnern, nur an seine braunen Augen, die mich voller Liebe ansehen.

„Mal sehen, was du jetzt machst, du Miststück."

Eine Stimme reißt mich aus meinen Gedanken. Vor mir steht der Baseball-Heini mit vier weiteren Typen im Schlepptau. Auf einmal werde ich furchtbar müde, möchte mich nur noch unter der Decke verstecken und mich in den Schlaf weinen – was für einen Memme ich doch bin!

„Ich hab keine Lust, mich zu prügeln. Verzieht euch in die Bar, ihr braucht nur meinen Namen zu sagen und bekommt ein Gratisgetränk."

Der monotone Klang meiner Stimme hört sich seltsam an, unbekannt und traurig. Ich hasse diese Seite an mir, dieses schwache Ich. Einer der Kerle schießt mit irgendetwas auf mich und ein streichholzgroßer Pfeil bleibt in meiner Hand stecken. Was wird das denn?

„Weißt du, warum ich die Tusse auf dem Tresen mit dem Stein beworfen habe? Weil sie eine verdammte Psychopathin ist! Eine Verrückte! Ich hab genau gesehen, wie sie vor zehn Jahren die Explosion ausgelöst hat. Der Sammler, der dabei verletzt wurde, ist mein Vater!" Endlich kehrt die Wut zurück, doch irgendetwas stimmt mit mir nicht. Ich versuche zu sprechen, aber es funktioniert nicht, auch bewegen kann ich mich nicht. Oje … nicht so gut. Sofort trifft mich der erste Schlag ins Gesicht und ich falle rückwärts die Schaukel hinab. Da er mir genau auf die Nase geschlagen hat, beginnen meine Augen zu tränen.

„Du fragst dich jetzt sicher, warum du dich nicht bewegen kannst, oder? Na gut, ich sag's dir. Bin ja nicht so ein schlechter Kerl. In dem Pfeil steckt ein starkes, lähmendes Mittel. Zwar kannst du dich weder bewegen noch sprechen, aber trotzdem fühlst du den Schmerz, den ich dir zufügen werde." Denkt er ernsthaft, dass Nate Schuld an der Explosion hat? Ich bin dafür verantwortlich und sie hat mir das Leben gerettet. Wenn sie mich nicht weggezogen hätte, wäre ich selbst dabei draufgegangen. Zwei seiner Jungs treten mich, sodass mir die Luft wegbleibt.

„Und weißt du, was das Beste an dieser ganzen Aktion ist? Sobald wir mit dir fertig sind, hole ich meinen Vater. Er soll deine beschissene Schwester nach Ira mitnehmen, damit sie hingerichtet werden kann!"

Na, wer hier der Psychopath ist ... denken die Haifische wirklich, dass sie Götter sind? Glauben sie echt, dass sie etwas Besseres sind als wir? Und wie zum Teufel kommt er auf die Idee, dass es Nate war und nicht ich? Ich habe deswegen doch eine Vorstrafe erhalten, sein Vater war bei der Verhandlung dabei. Zwar hatte Nate damals noch genauso rote Haare wie ich, aber trotzdem sah sie anders aus. Wir sind doch keine Zwillinge. Ich hasse die verdammte F. O.! Einerseits freut es mich, dass ich nicht sprechen kann, denn die Genugtuung, dass ich vor Schmerzen stöhne oder ächze, gebe ich ihnen nicht. Wie feige muss man sein, um zu fünft auf ein einziges Mädchen loszugehen? Aber eigentlich bin ich froh, dass sie Nate in Ruhe lassen. Sie würde es zwar bestimmt besser wegstecken als ich, doch allein der Gedanke daran bringt mich um – meine Schwester bedeutet mir einfach alles! Ein eisiger Lufthauch streift meine Haut, Gänsehaut breitet sich aus. Verwirrt treten die Angreifer ein paar Schritte zurück und sehen sich an. Was ist denn jetzt los? Aus dem Schatten bildet sich eine Kontur, rote Augen glühen wie Kohlen. Was macht der Typ von der Bar denn hier? Sein Körper wird fest, die Hände sind zu Fäusten geballt, als er bedrohlich leise sagt: „Was soll das werden, wenn's fertig ist?"

Etwas weiter entfernt blitzt ein Licht auf, aber ich kann den Kopf noch immer nicht bewegen. Die Stimme des Baseball-Typens zittert, als er schließlich antwortet: „Wir wollten ihr nur ein bisschen Angst einjagen."

„Nur blöd, dass das nicht funktioniert hat."

Das stimmt, ich habe keine Angst – aber woher weiß er das?

„Hey Tazer", beginnt er, „was dagegen, wenn ich denen mal zeige, was richtige Angst ist?"

Neben mir lässt sich der Typ mit den grauen Augen nieder und lächelt mich an.

„Nö, mach nur. Aber bring sie nicht um."

Ich vernehme das dumpfe Geräusch von hastigen Schritten. Laufen die Feiglinge jetzt wirklich weg? Nate geht auf der anderen Seite in die Knie und schenkt mir ihr schönstes Lächeln. Worte sind da nicht nötig. Tazer zieht mir den Pfeil aus der Hand und betrachtet ihn genauer. Bereits nach wenigen Minuten kann ich wieder sprechen, nicht wirklich vielversprechend dieses Zeug!

„Alles okay bei dir? Hast du große Schmerzen?", fragt Tazer.

Mein Mund fühlt sich trocken an, als ich lüge: „Nicht wirklich, die Burschen haben absolut nichts drauf!" Nate kichert bei meiner Aussage.

„Von wegen!" Der Ungustl ist wieder da und hebt mich vorsichtig hoch, was mir widerwillig ein Stöhnen entlockt.

„Siehst du! Wieso bist du auch so dämlich und verziehst dich an so einen dunklen Ort?" Warum beschimpft er mich denn jetzt? Nate geht voran zur Hintertür des Gebäudes und hält sie uns auf. Das Treppenhaus fühlt sich so vertraut an, dass ich mich sofort entspanne. Nate führt ihn zu meinem Zimmer, in dem er mich sachte aufs Bett legt und unnötig an meinem Bauch herumdrückt.

„Tut weh, oder?"

„Denkst du!", brülle ich ihn fast an.

Abwehrend hebt er die Hände und tritt ein paar Schritte zurück. Nate kommt kichernd auf mich zu, zieht sich den Hocker zum Bett und lässt sich darauf nieder.

„Es scheint nichts gebrochen sein", sagt sie.

Ihre melodische Stimme beruhigt mich irgendwie.

„Hab ich doch gesagt, dass sie nichts draufhaben", scherze ich weiter. Sie beginnt, meine Bluse am Bauch aufzuknöpfen, um sich die Verletzungen besser ansehen zu können.

„Zusehen kostet etwas", fahre ich den blöden Typen an.

Steht da einfach so rum und starrt mich an, was ist falsch bei dem? Tazer taucht in der Tür auf und ruft aufgeregt: „Komm schnell, Wild! Selena macht uns Schnitzel!" Kopfschüttelnd verlässt der Ungustl das Zimmer und schließt die Tür hinter sich.

„Wieso kocht Mama für sie? Was ist mit der Bar?"

„Grim schafft das schon. Die meisten Leute sind schon weg."

„Und deinem Kopf geht's auch gut?"

„Natürlich. So … du hast nur ein paar Prellungen. Ich hole dir schnell die Salbe aus Heilkräutern." Innerhalb weniger Minuten ist sie wieder da und verteilt großzügig die Salbe, dabei fallen mir die Augen schon fast zu. Nachdem Nate fertig ist, bin ich auch schon eingeschlafen und träume von fliegenden Schnitzeln.

Nutzloser Fakt #9

Neena wurde als Kind
aufgrund ihrer kurzen Haare
und ruppigen Art
für einen Jungen gehalten.

Kapitel 10

Tazer

Zwei Tage hat unsere Reise nach Nif gedauert, war ruhig und langweilig. Wild scheint mir inzwischen zu vertrauen und ist manchmal sogar nett. Es war richtig interessant zu beobachten, wie er dem Mädchen aus der Bar hinterhergesehen hat. Dass er ihrer Schwester sofort nach draußen gefolgt ist, wundert mich allerdings nicht, da er auch in Wit als Erster von uns zur brennenden Schule gerannt war. Im Prinzip scheint er ein ganz netter Kerl zu sein, ich für meinen Teil mag ihn und das ist die Hauptsache. Selena stellt mir die zweite Portion Schnitzel mit Pommes hin und sagt: „Noch mal vielen Dank, dass ihr Neena geholfen habt. Von ihr werdet ihr das sicher nie zu hören bekommen, dafür ist sie viel zu stolz. Als ihr Vater uns verließ, hat sie sich ständig mit jemandem geprügelt und ist von zwei Schulen geflogen. Die Einzige, die sie immer beruhigen konnte, war Nate."

„Ihr Mann steht doch unten in der Bar, oder irre ich mich?", fragt Wild sichtlich irritiert.

„Das ist mein zweiter Mann, Grim."

„Und was ist mit Ihrem ersten Mann passiert?", frage ich mit vollem Mund.

Ihre Miene versteinert sich, als sie antwortet: „Er wurde vor zehn Jahren festgenommen. Dabei ist es so am besten, denn wenn sie wirklich Neena mitgenommen hätten …"

„Wieso hätten sie das machen sollen? Wegen der Körperverletzung des Haifisches?", Wild scheint sich auszukennen. Lange Zeit sagt niemand etwas, selbst ich habe aufgehört zu essen – wie hat sie denn das geschafft? Soweit ich das erkennen konnte, ist diese Neena ein normaler Mensch und hat keine Fähigkeiten. Gerne würde ich nachfragen, doch die Stimme vom alten Strong herrscht mich an, es zu lassen. Er war immer der Meinung, dass man bei solchen Dingen nicht nachfragen darf, denn wenn es jemand erzählen will, beginnt er von sich aus. Also esse ich weiter und lausche dem Gespräch der anderen.

„Wie hat sie denn die Explosion in der Bar verursacht? Sie ist doch kein Strange One, oder?", fragt Wild weiter.

„Die Handschuhe. Darin ist ein Mechanismus eingebaut, der explodieren kann", antwortet Nate mit melodischer Stimme.

„Nun aber genug über uns, was ist mit euch? Was treibt euch nach Nif?", fragt Selena, sichtlich bemüht, das Thema zu wechseln.

„Wir wollen nach Ira, ins Hauptquartier der First Organisation."

„Und was macht ihr dort, Wild? Das ist doch dein Name, oder?"

„Ja, das ist mein Name. Was wir dort machen, sollte Ihnen lieber Tazer selbst erzählen. Jedoch hätte ich da noch eine Frage: Warum hängt da eigentlich eine Hand an Ihrem Glas?"

„Das, mein Lieber, ist meine Fähigkeit. Gliedmaßen abstoßen und nachwachsen lassen – manchmal ganz cool", lacht Selena und auch Nate kichert.

„Und was wollt ihr im Hauptquartier?", fragt Nate und beugt sich interessiert nach vorne.

„Nun ja, ich würde Kajetan mal gerne von seinem ‚Thron' schubsen – milde ausgedrückt", antworte ich. Selenas Gesicht wird kreidebleich, besorgt sieht sie zu ihrer Tochter hinüber und wartet auf eine Reaktion. Diese nickt nach einer Zeit langsam, so, als hätte sie intensiv nachgedacht.

„Es wird Zeit fürs Bett", gibt sie schließlich von sich, erhebt sich und geht aus der kleinen, weiß gefliesten Küche. Dabei betätigt sie den Lichtschalter, woraufhin ich mein Schnitzel nicht mehr sehen kann.

„Das macht sie öfter", meint Selena und schaltet das Licht wieder an.

Zwei interessante Kinder hat sie da. Nach dem Essen zeigt sie uns das Gästezimmer, welches lediglich aus einem Bett und einer Klappcouch besteht. Sofort schmeißt sich Wild aufs Bett, aber mir ist das eigentlich egal, ich schlafe überall gut. Bevor ich jedoch einschlafe, muss ich an Neenas Gesichtsausdruck denken, als sie verletzt im Gras lag. Es war keine Spur von Angst oder Verzweiflung darin zu erkennen, ein echt tapferes Mädchen. Solche Leute trifft man heutzutage leider immer seltener, die Tapferkeit ist bereits ausgestorben. Vielleicht sollten die beiden Schwestern uns sogar begleiten, immerhin haben sie ebenfalls eine Abneigung gegen die F. O. – womöglich hat Nate schon darüber nachgedacht. Aber das kann man morgen in aller Ruhe besprechen – nach dem Frühstück natürlich.

Als ich aufwache, bin ich allein im Zimmer. Von draußen strömt der Geruch von frischem Kaffee und Zimtschnecken herein. Mit knurrendem Magen gehe ich zuerst ins Bad, um mich zu waschen, und anschließend in die Küche. Alle sitzen bereits am Tisch und frühstücken, aber es scheint noch genug für mich da zu sein. Auch Neena sieht viel erholter aus und lächelt mich freundlich an.

„Beeil dich, Dornröschen, wir sollten bald weiterziehen, wenn wir nach Gox wollen."

„Ich dachte, ihr wollt nach Ira?", fragt Grim, welcher anscheinend alles von seiner Frau erfahren hat.

„Auch. Aber zuerst müssen wir einer Theorie nachgehen", antwortet Wild. Die Zimtschnecken schmecken unglaublich gut.

„Wir kommen mit", schaltet sich Nate plötzlich ein und tut so, als wäre ihre Entscheidung selbstverständlich – ich mag sie irgendwie.

„Nein, tut ihr nicht!", schimpft Wild.

„Und wie wir das machen. Tazer, du hast doch nichts dagegen, oder?" Neena sieht mich hoffnungsvoll an.

„Von mir aus könnt ihr gerne mitkommen. Je mehr, desto lustiger", antworte ich wahrheitsgetreu und kann mir von Wild anhören, dass das keine gute Idee ist.

„Nate kann ja mitkommen, aber Neena nicht. Wir wollen uns gegen die größte Organisation des Kontinents stellen, da brauchen wir keine Schwächlinge. Sie ist doch nur ein Mensch!", jetzt fleht er mich fast an.

„Und du bist nur ein Idiot und darfst auch mitkommen, also gib Ruhe!", stachelt Neena ihn an.

„Schnallst du nicht, dass das gefährlich ist?!"

„Schnallst du nicht, dass mir das scheißegal ist?! Idiot …"

„Pass auf, was du sagst!"

„Und wenn nicht? Idiot!"

„Hat dir niemand gesagt, dass rote Augen gefährlich sind?"

„Ich verpass dir gleich ein blaues Auge und dann sehen wir, wer hier gefährlich ist."

Nate und ich können das Lachen nicht mehr zurückhalten, ja, das wird eindeutig spaßig. Außerdem bin ich mir ziemlich sicher, dass sie schon klarkommt – sie hat bestimmt einiges drauf, sonst würde Nate sie nicht gehen lassen.

„Komm schon, Wild. Sie kriegt das schon hin, oder Nate?" Diese nickt nur kichernd, seltsames Mädchen. Aber niemand hat behauptet, dass seltsam gleich schlecht ist.

„Wie heißt du?", fragt Neena skeptisch.

„Wild, hast du doch eben gehört!"

„Wie?"

„Wild. W. I. L. D!"

„Das ist ein Adjektiv."

„Ja und?"

„Also kein Name!"

„Sonst würde ich doch nicht so heißen. Mann, bist du lästig."

„Wenn du schon ein Adjektiv als Namen hast, würde ich dir allerdings Grumpy empfehlen. Das passt besser zu dir."

„Wer hat dich denn nach deiner Meinung gefragt? Tazer, bitte lassen wir sie hier, die nervt mich ja jetzt schon", bettelt Wild.

„Beide kommen mit", sage ich freundlich, jedoch auch bestimmt und somit hat sich die Sache erledigt. Kurz nach der Diskussion verlässt Nate den Raum und schaltet wieder das Licht aus – was ist das bloß für ein Tick? Die Küche hat nur ein kleines Fenster auf der Nordseite, also wirkt sie ziemlich dunkel ohne Licht.

Während wir zusammenpacken, ist Selena so freundlich, uns für die längere Reise Proviant zu besorgen. Irgendwie wundert es mich, dass sie weder Neena noch Nate davon abhalten will, aber wahrscheinlich wissen sie, dass das keinen Sinn hat. Zwei Stunden später taucht Nate endlich wieder auf, riesige Säcke mit

Kleidung in der Hand. Damit wir in der Winterwüste nicht erfrieren, hat sie für jeden von uns die wärmsten Sachen herausgesucht. Da zwischen Nif und der Winterwüste kein Dorf mehr liegt und der Trip sowieso nur einen halben Tag dauert, schlüpfe ich vorab in die Thermounterwäsche. Wild tut es mir gleich und auch Neena verschwindet in ihrem Zimmer.

„Die Patrone sind in der Nähe. Sie haben nach euch gesucht", sagt Nate so ganz nebenbei.

„Was? Wo? Alles okay bei dir, Liebes? Wollten sie dich festnehmen?" Selena ist ganz aus dem Häuschen. Ihre Tochter jedoch schnappt sich nur ihre Sachen und sagt beiläufig beim Hinausgehen: „Nein, ich bin einfach weggegangen."

Wild sieht ihr perplex nach und ich lache aus vollem Hals.

„Ihr müsst sofort verschwinden! Mit denen ist nicht gut Kirschen essen", sagt Grim ernst.

Wild und ich sehen uns kurz an, bevor er sagt: „Gegen die können wir uns schon wehren, ich würde sowieso gerne mal einen echten Patron kennenlernen und sehen, was der so drauf hat. Außerdem sind wir dann in der Winterwüste, da kommt uns schon keiner nach. Oder Tazer?"

„Klar, lass uns gehen. Wir sollten uns sowieso erkundigen, ob in Wit wieder alles beim Alten ist."

Draußen angekommen, führt Wild mich als Erstes zum Hauptplatz. Er scheint sich auszukennen. Bei jedem zweiten Schritt muss ich aufpassen, dass ich in keinen hineinrenne, so ein Andrang herrscht dort – als Dorfkind bin ich so etwas gar nicht gewöhnt. Auch Wild schimpft laut vor sich hin, als wir vor einem Kiosk ungeplant zum Stehen kommen.

„Wie hält man das nur auf Dauer aus?", fragt er.

Der Inhaber des Kiosks, ein relativ junger Mann, kommt lachend auf uns zu und meint: „Man gewöhnt sich wirklich daran. Ihr seid vom Land, oder? Das sieht man sofort. Aber macht euch nichts draus, auch ich komme ursprünglich vom Land."

Von den vielen Menschen genervt verschwindet Wild im Kiosk und ich folge ihm.

„Ich bin übrigens Rico. Schön, euch kennenzulernen."

„Ich bin Tazer und der unfreundliche Typ ist Wild", stelle ich uns freundlich vor. Für einen kurzen Augenblick verdunkeln sich Ricos Augen, als er uns mustert – woran er wohl denkt?

„Und was treibt euch Landeier in die große Stadt?", irgendwas an seiner Stimme kommt mir komisch vor. Mein Instinkt warnt mich davor, ihm die Wahrheit zu sagen, deshalb tische ich ihm irgendeine Lüge über die große Geburtstagsfeier unserer Tante auf. Wild dreht sich mit zusammengekniffenen Augen um, doch bevor er mich fragen kann, warum ich lüge, sage ich hastig: „Komm Wild, wir müssen weiter." Rico strahlt eine bedrohliche Aura aus, die mir einfach nicht geheuer ist.

„Nicht so schnell! Seht euch doch noch mal um, vielleicht gefällt euch was", sagt er und versperrt uns den Ausgang. Es ist ja nicht so, dass ich ihn nicht fertigmachen könnte, aber dafür ist mir draußen eindeutig zu viel los. Nicht, dass ich noch einen anderen deswegen verletze. Wild entschließt sich, eine Tageszeitung zu kaufen, und schließlich verlassen wir endlich den Kiosk.

„Sag mal", beginnt Wild, als wir uns wieder auf den Weg zur Bar machen, „ich bin ja ein echter Fan von Lug und Trug, aber zu dir passt das überhaupt nicht. Was war los?"

„Ich habe ein komisches Gefühl bei dem Kerl."

„Und da läufst du einfach weg?", lacht er mich aus.

„Nein, aber ich möchte keinen verletzen. Ist er dir nicht auch komisch vorgekommen?"

„Nicht wirklich. Vielleicht bist du paranoid – geht dir wohl doch ein bisschen nahe, dass du gesucht wirst." Nach den letzten Worten wirkt er irgendwie zerknirscht, so, als wolle er mir nicht sagen, was er weiß. War doch von Anfang an klar, dass er es irgendwann erfährt – ist ja nicht so, als ob das geheim wäre.

„Paranoia würde ich das nicht nennen, eher vertraue ich auf meinen Instinkt und der hat Alarm geschlagen. Und außerdem folgt er uns schon."

Rico bemüht sich gar nicht erst, leise zu sein. Vor einem verlassenen Grundstück bleibe ich stehen, drehe mich um und blicke ihn fragend an.

„Können wir irgendwie behilflich sein?", fragt Wild kalt. Dann geht alles viel zu schnell. Ich kann mich gerade noch ducken, um dem Speer auszuweichen, der auf mich zugeflogen kommt. Rico dreht sich genervt zu dem Mädchen um, das langsam auf uns zukommt.

„Lass das gefälligst, Suvi! Das ist echt nicht notwendig, ich krieg das schon hin!"

„Du brauchst aber immer viel zu lange", antwortet Suvi monoton. Moment mal … Rico und Suvi … Suvi und Rico … Thomas … Patrone! Es belustigt mich, dass Kajetan jetzt schon die Patrone auf uns ansetzt. Wild's Muskeln sind zum Zerreißen gespannt, auch ich schärfe meine Instinkte – nur eine Millisekunde später und mein Kopf wäre aufgespießt worden. Zu meiner Verwunderung sind die beiden allerdings mitten in einer Diskussion.

„Nur weil du immer gleich jeden aufspießt, heißt das noch lange nicht, dass ich herumtrödle!", beschwert Rico sich.

„Je schneller man fertig ist, umso eher hat man wieder seine Ruhe. Ein einfaches Prinzip."

„Was hast du denn gegen ein bisschen Spaß einzuwenden?"

„Das ist unsere Arbeit, kein Spaß."

„Wo warst du überhaupt? Du hättest gestern schon beim Meeting dabei sein sollen. Kajan war nicht gerade begeistert", meckert er.

„Ich war in Wit und habe dort meine Arbeit gemacht, wie es auch sein soll. Hätte ich dort genauso getrödelt wie du, würde ich jetzt noch nicht vor dir stehen."

In Wit? Plötzlich passt alles zusammen. Suvi hat doch den Befehl gegeben, die Schule anzuzünden. Ein Kribbeln breitet sich auf meiner Haut auf, als ich frage: „Hast du den Schaden wieder in Ordnung gebracht?"

Als ob ich die Antwort nicht schon kennen würde! Suvi lächelt, was echt seltsam aussieht.

„Ja, kann man so sagen. Ich habe die Arbeit erledigt, wofür die Sammler zu dämlich waren. Kanntest du sie?"

Natürlich weiß ich sofort, wen sie meint, doch mein Verstand will das einfach nicht zulassen. Die Frage „Was hast du Mina angetan?" klingt klischeehaft und kommt von selbst aus meinem Mund geschossen.

„Na was wohl? Willst du das wirklich hören, obwohl du es schon weißt? Was bringt dir das?", fragt sie mit schief gelegtem Kopf. Diese Geste sieht an ihr falsch und unnatürlich aus. „Aber keine Sorge, sie musste nicht leiden."

Wie von selbst entspringen Blitze meinen Körper, ich kann sie kaum noch zurückhalten. Rico sieht gelangweilt von Suvi zu mir und dann zu Wild.

„Da wir das jetzt geklärt haben, habe ich euch etwas mitzuteilen. Tazer Warden, Sie haben gegen das Gesetz verstoßen und einen Sammler körperlich schwer verletzt. Aufgrund dieser Straftat verurteilen Sie Kajetan Liev sowie die Ratsmitglieder der First Organisation zum Tode. Ich, als zuständiger Patron von Menolia, werde dieses Urteil vollstrecken. Falls Sie noch etwas zu sagen haben, ist jetzt der richtige Zeitpunkt", leiert Rico herunter. Ach, jetzt sind wir auf einmal beim Sie? Dann blickt er zu Wild und fährt fort: „Wild – keine Ahnung, wie du noch heißt –, Sie haben gegen das Gesetz verstoßen und sich mit einem Kriminellen verbündet. Aufgrund dieser Straftat verurteilen Sie Kajetan Liev sowie die Ratsmitglieder der First Organisation zu einer Haftstrafe von 15 Jahren. Ich, als zuständiger Patron von Menolia, werde dieses Urteil vollstrecken und Sie augenblicklich in die Strafanstalt von Ira bringen."

Denkt der wirklich, dass wir uns das einfach so gefallen lassen?

„Das glaub ich weniger", meldet sich Wild gelassen zu Wort. Plötzlich schlingen sich Seile um meine Knöchel und halten mich fest. Ricos Handflächen entspringen tatsächlich hellbraune Seile. Er zieht einmal fest daran, sodass ich auf den Rücken falle, und reißt mich zu sich. Das soll die mächtige Fähigkeit eines Patrons sein? Ohne Scheiß? Beleidigt verschränke ich die Arme vor der Brust, das hätte echt ein Spaß werden können. Endlich hört er auf, mich am Boden herumzuschleifen (ich komm mir schon wie ein Fetzen vor), und grinst höhnisch auf mich herab. Freundlich lächle ich zurück.

„Na bitte, so einfach geht das. Ich wusste doch, dass alles nur Gerüchte sind. Du bist gar nicht so stark, wie man sich erzählt, du bist ein richtiger Schwächling! Hey Suvi, gib mir mal bitte deinen Speer."

„Hol dir doch deinen eigenen Speer. Mit meinem kannst du sowieso nicht umgehen." Genervt seufzt Rico und blickt sich suchend nach einer anderen Waffe um, Vorbereitung scheint für ihn ein Fremdwort zu sein.

„Dann mach mir eben eine andere Waffe, du hast diese Fähigkeit, nicht ich! Und hör ja auf mit deinem Gefasel, dass jede Waffe dein eigen Fleisch und Blut sei! Das interessiert mich nicht."

„Also hast du theoretisch vorhin mit deinem Kind auf Tazer geschossen? Was für eine Rabenmutter bist du denn?!", provoziert Wild sie, woraufhin ihr Kopf ganz rot wird. Ich krieg mich vor lauter Lachen kaum noch ein: „Und dann lässt sie es einfach auf dem Boden liegen! Davon sollte mal jemand dringend das Jugendamt informieren." Jetzt prustet auch Wild los. Rico unterbricht unser Lachen und brüllt uns an, ob wir nicht mal ernst sein könnten.

„Na gut, dann machen wir eben Ernst", sage ich und schicke einen ersten Blitz das Seil entlang. Er ist zu schwach, um Rico umzuhauen, aber dennoch schmerzhaft. Dieser verzieht das Gesicht, lässt mich aber nicht los.

„Stört es dich, wenn ich mir das Mädchen vornehme? Sie soll dafür büßen, dass sie unsere Freundin umgebracht hat."

Eigentlich wollte ich mir Suvi zur Brust nehmen, aber da Wild Mina als Freundin bezeichnet, kann ich nicht Nein sagen. Er ist wohl doch nicht der sture Einzelgänger, wie er immer denkt. Im nächsten Moment legt sich ein Seil um meinen Hals und schnürt mir die Luft ab. Spätestens jetzt sollte ich etwas unternehmen. Ich schließe die Augen, sehe die Gesichter geliebter Menschen und sammle Kraft für einen großen Blitz. Rico ist sich seiner Sache viel zu sicher, denn er bemerkt gar nicht, dass sich auf meinem ganzen Körper Blitze bewegen. Eines muss ich ihm allerdings lassen, sein Seil ist ziemlich stark festgezogen, sodass mir schon ganz schwindlig ist. Endlich habe ich genug Kraft und setze den

Blitz frei, welcher über die Seile zu Ricos Körper wandert. Er merkt es allerdings viel zu spät und liegt nach einem gewaltigen Aufblitzen zuckend vor mir auf dem Boden.

„Alles okay bei dir?", ruft Wild mir zu. Inzwischen haben sie sich so lange umkreist, bis er vor einer Mauer steht, die sich gegenüber dem verlassenen Grundstück befindet.

„Klar doch", antworte ich, während ich mich aufrapple.

Aus Suvis Unterarmen wachsen kleine Dolche, die sie sofort nach Wild wirft. Dieser weicht ihnen mühelos aus, aber so wie ich das verstanden habe, muss er seinen Gegner berühren, um die Attacke auszuführen – ob er so leicht an sie rankommt, ist eine andere Sache. Irgendetwas lenkt ihn kurz ab und da hat ihn schon ein Dolch am Shirt an die Wand geheftet. Weitere Dolche folgen, einer dichter am Körper als der andere. Suvi dreht sich zu mir um und sieht mich fragend an. Wild kommt schon klar, der muss nicht gerettet werden, also winke ich ihr hoch motiviert zu. Die Patronin schüttelt verwirrt den Kopf, wendet sich Wild wieder zu und umklammert den letzten Dolch – anscheinend will sie genau sein Herz treffen. Noch bevor Wild sich locker aus dem „Gefängnis der Messer" befreien kann, gibt es einen lauten Knall, gefolgt von einer Explosion genau vor Suvis Füßen. Die riesige Rauchwolke, die sich beim Aufprall gebildet hat, verschluckt uns alle drei.

Nutzloser Fakt #10

Als Tazer und Kai noch Kinder waren,
steckte Tazer ihn in ein rosa Kleidchen
und nannte ihn Karla.

Kapitel 11

Neena

„Meine Fresse, habt ihr einen dämlichen Humor!", rufe ich, während ich mir meine geliebte Bazooka über die Schulter werfe. Gekonnt springe ich, gefolgt von Nate, vom Dach und gehe auf Wild zu, welcher sich unter großer Anstrengung von den Messern befreit – scheinen wohl doch nicht so harmlos zu sein, wie die beiden vermuteten. Der Rauch hat sich verzogen und ich sehe auf die bewusstlose Patronin hinab, die mit einigen Verletzungen am Boden kauert. Tja, meine Waffen sowie die Munition sind eben nicht normal, sie sind dazu gemacht, um Strange Ones zu verletzen. „Du hättest dich nicht einmischen müssen!", faucht Wild mich an und als Antwort strecke ich ihm die Zunge raus. Tazer hat am Hals einen dunkelroten Strich, der ziemlich schmerzhaft aussieht. Er geht jedoch auf Suvi zu, nimmt ihr etwas Goldenes weg und betrachtet es genauer. Wild sieht mich angewidert an, was hat der eigentlich für ein Problem mit mir? „Du brauchst nicht so ein Gesicht zu machen, nur weil ich auf sie geschossen habe. Das hatte absolut nichts mit dir zu tun, ich konnte die Bitch noch nie leiden", lüge ich. Natürlich wollte ich nicht, dass sie mit einem Messer sein Herz durchbohrt, aber das wird er nie erfahren. Nate kichert, sie kennt mich viel zu gut. Wild schnauft nur und hört sich dabei wie ein krankes Pferd an.

„Wäre auch so was von lächerlich, wenn du mir helfen würdest. Als Mensch hast du so oder so keine Chance gegen einen Strange One", sagt er hochnäsig.

Wie oft ich das schon gehört habe, vielleicht sollte ich ihn mal anschießen. Nur um ihm zu zeigen, dass ich nicht wie andere Menschen bin. Doch bei dem Gedanken sträubt sich etwas in mir, wieso mag ich ihn? Hoffentlich ist das nur so eine „Badboy-Phase" von mir.

„Dann ziel ich mit der Bazooka das nächste Mal eben auf dich, dann sehen wir, wie hilflos ich bin", provoziere ich ihn.

„Schnallst du nicht, dass mir eine Waffe nichts anhaben kann?"

„So wie die Messer eben?!"

„Das war was anderes."

„Seh ich nicht so."

„Doch! Sie waren aus dem Fleisch der Patronin, also eine Strange-One-Waffe."

„Meine Waffen sind nicht so normal, wie du denkst, wie sonst habe ich Suvi ausgeschaltet? Mit einem Furz?"

„Sollte ein Mädchen wirklich solche Wörter benutzen?"

„Sollte ein Junge wirklich jemanden mit einer Waffe provozieren?"

Wieder schnaubt er wie ein krankes Ross, will er mich damit ärgern? Ich ziehe meine Pistole aus der Halterung, entsichere sie und ziele damit genau auf sein Gesicht.

„Die Kugeln dieser netten Clock 38 haben ein spezielles Profil, das Nate und ich gemeinsam entwickelt haben. Sie enthalten bestimmte chemische Stoffe, die der Körper eines Strange Ones nicht verarbeiten kann, für einen Menschen jedoch nicht wirklich von Bedeutung sind. Wenn ich damit die richtige Stelle treffe, ist das dein Todesurteil. Noch Fragen?"

„Soll mich das jetzt beeindrucken?", fragt Wild gelangweilt. Na warte, dem zeig ich's!

„Nate?"

Sie checkt kurz seinen Körper und antwortet: „Rechte Leiste, mittig."

„Danke. Befindest du mich jetzt endlich als würdig?"

„Du wirst uns trotzdem eher im Weg stehen, als zu helfen."

So, das reicht! Kurz überlege ich, ob ich wirklich auf die rechte Leiste zielen soll. Dann könnte er sterben und das wäre für Tazer vielleicht nicht ganz okay. Also ziele ich auf seinen rechten Wangenknochen, ein Streifschuss wird reichen.

„Letzte Warnung", fauche ich, doch er sieht mich mit einem siegessicheren Lächeln an. Ich hole tief Luft und betätige den Abzug, woraufhin die Kugel mit einem Knall abgefeuert wird. Wie erwartet streift sie seine Wange und bleibt anschließend in der Wand stecken. Wild sieht mich erschrocken an, tastet nach seiner Wange und starrt auf die blutigen Finger – ein kleiner Kratzer. Tazer und Nate lachen hinter mir und ich kann nicht anders, als dämlich zu grinsen. Während Wild nach Worten sucht, sichere ich die Pistole und stecke sie zurück in die Halterung.

„Ach komm schon, Wild. Sie wird uns bestimmt hilfreich sein, also sei nicht so ein Spielverderber." Völlig unerwartet lächelt Wild mich an, was mein Herz zum Randalieren bringt – verdammt, sieht der gut aus! Ist das überhaupt legal? Auf dem Weg zur Bar reden Tazer und Nate leise miteinander, sodass ich ein paar Schritte hinter ihnen nichts verstehe. Mögen die sich? Na ja, wieso auch nicht, Nate ist ein hübsches, herzensgutes Mädchen! Zu Hause angekommen, ist es bereits Mittag und Mama hat noch einmal für uns gekocht. Das Essen verläuft schweigend, niemand hat Lust zu reden. Nate steht als Erste auf und schaltet beim Verlassen der Küche wie so oft das Licht aus – selbst nach 21 Jahren weiß ich nicht, warum sie das macht. Als Nächstes ziehe ich mich in mein Zimmer zurück, um fertig zu packen. In meinem Camping Rucksack befinden sich schon der Schlafsack sowie Kleidung zum Wechseln, fehlt nur noch die ganze Munition und vielleicht noch ein paar Waffen. Die Wurfaxt nehme ich auf jeden Fall mit, befestige sie aber an meinem Gürtel mit der Pistole. Ich packe ein paar Handgranaten, ein Scharfschützengewehr und etliche Packungen Sprengstoff für meine Handschuhe ein. Am liebsten würde ich auch mein Maschinengewehr mitnehmen, aber dafür ist leider kein Platz mehr. Als ich aus dem Fenster sehe und die dunkeln Wolken beobachte, fällt mir auf, dass es wieder mal eisige Temperaturen hat. Nicht so kalt wie in der Winterwüste, aber da Nif nicht weit weg davon ist, kommt das öfter vor. Ich schultere den Rucksack und sehe an mir herab. Nate hat für uns alle das Gleiche gekauft, schwarze Thermounterwäsche und einen gefütterten, braunen Overall. Darunter trage ich heimlich noch einen dicken Pullover und eine Stoffhose, damit ich ihnen wirklich nicht zur Last falle. Ohne mich noch einmal umzusehen, verlasse ich das Zimmer. Diese Reise ist kein Grund, rührselig zu werden. Wenn alles vorbei ist, bin ich sowieso wieder da. Im Flur warten Grim und Mama schon, um mich zu verabschieden. Ich drücke beide kurz. „Wir sehen uns!", rufe ich noch, bevor ich die Bar verlasse. Vor der Tür warten sie schon auf mich. Tazer hat das goldene Ding um ein Kerzenglas gewickelt – es sieht wie ein Armband aus. Wir folgen Nate in den Garten, wobei ich die Einzige bin, die nicht weiß, was da abgeht. Tazer stellt die Kerze vor unserer Trauerweide ins Gras. Er schießt einen kleinen Blitz auf den Docht und entfacht diesen sofort. Danach stellen wir uns alle in einer Reihe auf und starren die Kerze an – wofür soll das gut sein?

„Ehre, wem Ehre gebührt, mögen Minas und Gordans Seelen Frieden finden", spricht Tazer mit trauriger Stimme. Anschließend machen wir uns endgültig auf den Weg nach Gox.

Als es dunkel wird, haben wir bereits die Grenze erreicht, wo die Temperaturen rapide fallen. Was für ein seltsames Phänomen die Jahreszeitenländer doch sind! Um meine Ohren nicht zu beleidigen, setze ich die selbst gestrickte Mütze auf, die ich letzte Weihnachten von Mama bekommen habe. Wild sieht mich belustigt an, sagt aber nichts. Liegt vielleicht daran, dass Mama nicht sehr gut stricken kann – jedoch wärmt mich die Mütze an den richtigen Stellen und das ist die Hauptsache. Schon nach einer guten Stunde peitscht mir der eisige Wind ins Gesicht, fette Schneeflocken trüben meine Sicht. Nate ist so lieb und geht nur ein paar Schritte vor mir, um mir den Weg zu zeigen. Tazer geht voran und folgt den zugeschneiten Laternen. Unsere Reise müsste so um die zwei Tage dauern. Schön öfters sind Nate und ich durch Menolia gereist, zu Fuß. Das Hindernis bei diesem Marsch ist, dass wir Tag und Nacht durchwandern müssen. Es hat bestimmt −20 Grad Celsius, da darf ich mich auf keinen Fall ausruhen. Auch für die Strange Ones dürfte es nicht so leicht sein, denn Nate vergräbt ihre Hände in den Taschen. Das kann ja mal spannend werden. Wilds Schritte sind langsamer geworden, sodass er neben Nate weiterschlendert. Immer öfter dreht er sich zu mir um, wofür soll das gut sein? Wartet er darauf, dass ich erfriere und er mich los wird? Was für ein charmanter Kerl! Den Blick starr auf Nates Hinterkopf gerichtet gehe ich weiter und versuche, nicht zu zittern. Mein Mund jedoch gehorcht mir nicht, sodass ich die Schultern hochziehe, damit der Kragen meine Nase überragt.

„Alles okay bei dir?", fragt Wild, klingt dabei beinahe besorgt. Soll ich ihm die Scheiße abkaufen? Der wartet doch nur darauf, dass er mich auslachen kann. „Ja klar. Alles bestens!", lüge ich. Wir sind gerade mal ein paar Stunden unterwegs und schon kann ich mein Gesicht nicht spüren, die Taubheit schmerzt irgendwie. Ich erwarte eine gehässige Antwort von ihm, doch er zuckt bloß mit den Achseln. Von Stunde zu Stunde wird der Schneesturm heftiger, sodass ich bis zu den Knien im Schnee versinke, was bei meiner Größe echt viel Schnee ist. Die Laternen müssen über zwei Meter hoch sein und trotzdem kann ich ihr schwaches Licht kaum erkennen. Wie findet sich Tazer da zurecht? Erst als der Himmel sich etwas erhellt, ist mir klar, dass ich jegliches Zeitgefühl verloren habe. Ich weiß nicht, ob ich Hunger habe oder mein Magen gefroren ist, ein seltsames Kribbeln entsteht. Wenigstens hält mich das wach. Mein Körper scheint sich noch nicht richtig erholt zu haben, sodass die Prellungen wieder schmerzen. „Autsch", murmele ich, als ein undefinierbarer Schmerz meinen Körper überrollt. Was ist denn nur los mit mir? Ich bin doch keine Lusche! Wieder dreht sich Wild um und sieht mich komisch an, was will er?

„Hey Tazer, sollten wir nicht mal was essen?", ruft er gegen den Wind.

Dieser dreht sich um und antwortet: „Gute Idee. Aber wir sollten nicht allzu lange stehen bleiben." Erleichtert lasse ich den Rucksack fallen und krame nach dem Proviant. Meine Beine fühlen sich an, als würden sie jemand anderem gehören. Schnell schlinge ich zwei Sandwiches hinunter und schon geht die Reise weiter.

Als es das nächste Mal hell wird, kann ich kaum noch die Augen offen halten. Die Schmerzen der Prellungen sind heftiger als zuvor. Bei jedem Schritt wird mir die Luft aus den Lungen gepresst, davon wird mir schwindlig. Nate wartet, bis ich sie eingeholt habe, und fragt: „Du bist blass. Was ist los?" „Nichts, alles in Ordnung", lüge ich nicht gerade überzeugend. Aber auf keinen Fall lasse ich zu, dass Tazer und Wild mitbekommen, was für eine Lusche ich bin. Sie blickt auf meine Rippen und sagt: „Also innere Blutungen hast du nicht, aber die Prellungen sind schlimmer, als ich gedacht habe." Plötzlich bleibt Wild stehen, sodass ich gegen ihn renne, ein komisches Geräusch verlässt meine Kehle. Er geht ein wenig in die Knie, führt die Hände nach hinten und sagt: „Ich trag dich ein Stück, immerhin haben wir nicht ewig Zeit und es wird immer kälter." Nett wie immer. Gerade, als ich verneinen will, stößt Nate mich erneut gegen seinen Rücken und lächelt mich gutmütig an. Also springe ich über meinen Schatten und hieve mich mit den letzten Kraft-reserven auf seinen Rücken. Wenn er jetzt irgendetwas wegen meines Gewichts sagt, zünde ich ihn an!

„Leichter als gedacht", murmelt er. Soll das jetzt ein Kompli-ment sein? Zu gerne würde ich etwas Schlagfertiges zurückgeben, aber ich muss mich konzentrieren, um nicht dauernd zu stöhnen. Nate marschiert wieder vor uns und summt irgendeine lustige Melodie. Anstatt mich weiter an Wild's Schultern festzukrallen, lasse ich mich nach vorne fallen, sodass ich die Arme vor seiner Brust verschränken kann – meine Wange berührt die Seine. Es ist mir so was von egal, was er jetzt denkt, ob er sich nachher über mich lustig macht, ich bin einfach nur müde. Seine Haut ist wärmer als meine und fühlt sich somit schon richtig heiß an. Friert er überhaupt nicht?

„Zuzugeben, dass man Schmerzen hat, ist keine Schwäche. Das weißt du, oder?", fragt er.

„Ja."

„Warum hast du dann solche Probleme damit? Ich lach dich schon nicht aus."

„Will keine Last sein."

„Ach darum geht's."

„Hm."

„Nur weil ich das gesagt habe?"

„Hm."

„Schlaf jetzt bloß nicht ein!"

„Hm", meine Stimme ist inzwischen so leise, dass es mich selbst wundert, von ihm gehört zu werden.

„Wenn du jetzt einschläfst, wachst du nie wieder auf. Willst du das?"

„Mir egal. Dann bist du mich los", hauche ich. Eigentlich hört es sich trauriger an, als ich es meine.

„Meine Fresse, bist du sensibel! Und was ist mit Nate? Ihr wird es sicher nicht gefallen, wenn du ein Eiszapfen wirst."

„Sie versteht das schon."

„Hörst du dir eigentlich selbst zu? So was will ich nicht mehr von dir hören, verstanden?"

„Hm."

Ich dränge mich noch enger an seinen Körper, der unglaubliche Wärme ausstrahlt.

„Ich hatte ja keine Ahnung, dass du so eine Schmusekatze bist", scherzt er. Wild und scherzen?

„Bin ich normal nicht."

„Und wieso jetzt auf einmal?"

„Kannst du bitte aufhören zu reden?", frage ich müde. Warum kann er nicht einfach leise sein?

„Ich kann dich aber nicht schlafen lassen", lacht er.

„Sei nicht so ein Arsch."

„Ich bin ein Arsch, weil ich nicht will, dass du erfrierst?"

„Bingo."

„Bist du dir sicher, dass du keine Kopfverletzung hast? Du redest wirres Zeug."

Abrupt bleibt er stehen und ruft: „Wie lange brauchen wir noch? Lange kann ich Schmuserambo nicht mehr wach halten!" Hat er mich gerade Schmuserambo genannt? Was soll der Scheiß? Irgendwie bewegt er sich nicht mehr, auch Nate und Tazer sind stehen geblieben.

„Kann ich dich kurz absetzen?", fragte er, und als ich nicke, lässt er mich vorsichtig runter. Es ist ein komisches Gefühl, wieder im Schnee zu stehen. Ich gehe auf Tazer zu, um den Grund der Unterbrechung herauszufinden, und sehe diesen sogleich. Wir sind auf dem Gipfel eines Berges gelandet, welcher gut 50 Meter hoch ist – wieso hab ich nicht bemerkt, dass wir bergauf gewandert sind? Benommen gehe ich auf den Abgrund zu und blicke nach unten.

Tja, runterrutschen fällt aus. Obwohl – wenn man den spitzen Steinen irgendwie ausweichen kann, ist man ratzfatz unten. Der Gedanke belustigt mich. Wild schnappt sich meinen Arm und zieht mich weg. „Willst du unbedingt sterben?", schreit er mich an. Was ist denn jetzt los? Ich versteh den Kerl einfach nicht. In einem Moment ist er nett zu mir und im nächsten schreit er mich an, steckt da eine Logik dahinter? Seufzend schüttle ich seine Hand ab und gehe ein paar Schritte weg von den andern. Also wenn man die Landschaft so betrachtet, sieht sie sehr idyllisch aus. Was machen die Leute von Gox eigentlich zu Ostern? Verstecken sie weiße Eier im Schnee? Während ich mir die Kinder vorstelle, die nach den Eiern suchen, entdecke ich eine Gestalt, die direkt auf mich zukommt. Sorgt der Sauerstoffmangel schon für Halluzinationen oder geht da wirklich jemand? Ich drehe mich um, damit ich den anderen Bescheid geben kann, doch die sehen wie gebannt diesen Abgrund hinunter. Als würde sich dadurch etwas ändern. Na gut, dann warte ich eben, bis der Unbekannte bei uns ist. Ein paar Meter vor mir bleibt er schließlich stehen, er trägt einen Pelz und hat ein totes Tier auf dem Kopf. Oder soll das eine Mütze sein? Er lächelt mich freundlich an. Wie von selbst bewegt sich plötzlich meine Hand, nimmt die Pistole aus der Halterung und entsichert diese. Der Fremde sieht mir direkt in die Augen, so, als ob er auf irgendetwas warten würde. *Führe die Pistole zu deiner Schläfe*, höre ich eine mir unbekannte Stimme in meinem Kopf. Der Körper gehorcht ihr und schon bald fühle ich den kalten Lauf an meiner Schläfe. *Dreh dich um.* Wieder gehorcht mein Körper. *Geh auf deine Freunde zu.* Die Beine bewegen sich wie ferngesteuert, kurz vor den anderen bleibe ich stehen. *Sag ihnen, dass sie sich umdrehen sollen.* „Leute? Dreht euch um", meine Stimme klingt echt seltsam. Keiner der drei bewegt sich. *Lauter!* Ich wiederhole meine Worte noch mal, dieses Mal lauter, und schon sehen mich alle verwirrt an. Bis auf Nate, sie hat entweder einen fröhlichen oder neutralen Gesichtsausdruck. „Was wird das?", fragt Tazer. *Mach sie auf mich aufmerksam.* „Begrüßt den Meister." Meister? Wieso hab ich Meister gesagt? Warum gehorcht mir nichts mehr? Meine Freunde sehen an mir vorbei und entdecken den Unbekannten. „Wer bist du?", ruft Wild ungeduldig. *Sag ihm, dass er netter sein soll.* „Der Meister mag es nicht, wenn man unhöflich ist", gebe ich wie gewünscht von mir. Wild kommt auf mich zu und versucht, meine Hand zu bewegen, doch es ist, als ob sie versteinert wäre.

„Das würde ich an deiner Stelle unterlassen", spricht der Meister.

„Hör auf, die Waffe auf dich zu richten!", schreit Wild mich an.

„Sie tut nur das, was ich ihr sage. Um auf deine Frage zu antworten: Mein Name lautet Seraphim Fiction und ich bin der Patron vom Land der kalten Sonne."

Tazer geht auf Seraphim zu, gefolgt von Wild. Doch jener bedeutet ihnen, dass das keine gute Idee ist.

„Solltet ihr mich irgendwie verletzen, lasse ich sie sterben. Es liegt ganz bei euch."

„Du bluffst doch nur!", schnauft Wild.

„Willst du das wirklich austesten? Na gut, meinetwegen. Sweetheart, sei so lieb und nimm die Waffe in die andere Hand. Richte sie dann wieder auf deine Schläfe." Ich tue, was er mir befiehlt, und würde am liebsten losheulen.

„Seht ihr? Wie ich gesagt habe. Es wird ein Kinderspiel, euch festzunehmen, am besten, ihr stellt euch alle in einer Reihe auf. Na los, hopp hopp!"

Nate ist die Erste, die sich gegenüber von Seraphim hinstellt, Tazer und Wild tun es ihr gleich, jedoch mit einem Blick, der töten könnte.

„Aber nein, meine Lieben. Ihr müsst euch schon umdrehen, sonst verpasst ihr die Show!"

„Show?", knurrt Wild.

„Dreh dich um und du wirst es sehen."

Wie gewollt drehen sich Nate, Tazer und Wild um und starren mich an. Wild hat aus Zorn seine Hände zu Fäusten geballt und Tazer lässt seine Fingerknöchel knacken.

„Und los geht's! Sweetheart, du bist wirklich hübsch, weißt du das? Aber in dem Sack, den du da trägst, siehst selbst du einfach nur schrecklich aus. Wie wäre es, wenn du ihn für mich ausziehst?"

Nutzloser Fakt #11

Neena hatte noch nie einen Freund,
weil alle Jungs Angst vor ihr hatten.

Kapitel 12

Wild

Ich platze vor Wut! Neena sieht schrecklich aus, ihre Lippen haben sich dunkelblau verfärbt und der Schmerz ihrer Verletzungen macht sich bemerkbar. Emotionslos sieht sie uns entgegen und antwortet diesem Arschloch: „Wie Ihr wünscht, Meister." Blitzschnell öffnet sie den Overall und steigt aus ihm heraus – Gott sei Dank trägt sie darunter noch weitere Anziehsachen.

„So hab ich mir das nicht vorgestellt. Aber ich vergesse ja immer, wie schwach Menschen sind. Sei doch so nett und zieh dich bis auf die Unterwäsche aus." Dieses verdammte Arschloch! Wutentbrannt drehe ich mich um, stürme auf ihn zu und packe diesen Widerling am Kragen seines falschen Pelzes. „Lass sie verdammt noch mal in Ruhe!", sage ich bemüht ruhig.

„Willst du wirklich, dass sie sich erschießt? Geh zurück in die Reihe!"

„Wild, komm zurück", ruft Tazer mich, dreht sich jedoch nicht um. Hat er einen Plan? Also gehe ich wieder auf meinen Platz zurück und stehe vor der halb nackten Neena. Im Vergleich zu ihren großzügigen Rundungen wirkt ihre Taille schmal. Sie zittert am ganzen Leib. Erst jetzt fällt mir die dunkle Verfärbung ihrer Rippen auf – wie kann ein normaler Mensch mit solchen Schmerzen überhaupt noch herumlaufen? Ihre goldenen Augen bohren sich in meine, hinterlassen ein seltsames Gefühl.

„Weil dein netter Freund sich einfach nicht an meine Regeln halten möchte, musst du das jetzt ausbaden. Wie ich sehe, bist du ein Mensch, also sollten wir uns beeilen, bevor du erfrierst. Lass mich mal nachdenken … was könnte mir gefallen? Während ich nachdenke, solltest du dir es gemütlich machen, also setz dich in den Schnee", befiehlt Seraphim.

Neena setzt sich wie verlangt und beginnt nach wenigen Sekunden noch stärker zu zittern. Wie kann er es wagen, einem Menschen so etwas anzutun? Zeigt sich hier erneut die Grausamkeit der First Organisation? Um nicht auszurasten, presse ich die Augen fest zusammen, ich kann sie einfach nicht leiden sehen. Währenddessen studiert Seraphim das Buch mit den Steckbriefen und liest anschließend laut vor:

Name:	Natalie Lone
Alter:	23 Jahre
Geburtstag:	17. März
Größe:	175 cm
Augenfarbe:	Gold
Haarfarbe:	nicht bekannt
Offensichtliche Merkmale:	ständiges Wechseln der Haarfarbe
Herkunft:	Nif, Menolia
Verhalten:	siehe Info
Fähigkeiten:	Analytik
Gefahrenstufe:	3
Info:	psychische Störung; verschwistert mit Neena Lone

„Das trifft sich ja gut! Neben den gesuchten Jungs auch gleich die Psycho-Schwestern festzunehmen! Und weil ihr mit gesuchten Verbrechern unterwegs seid, brauche ich nicht einmal einen Haftbefehl. Ach, ist das Leben schön!", freut sich Seraphim. Dem wird das Lachen schon noch vergehen, sobald mir etwas einfällt. Aber was kann ich tun? Tazer hat anscheinend auch keinen guten Einfall, sonst hätte er schon längst etwas unternommen. Ich kann ihn nicht einfach so angreifen, das schadet nur Neena … aber vielleicht kann Tazer unbemerkt einen Blitz auf ihn schleudern. Als ich die Augen wieder öffne, steht Neena direkt vor Nate und hält ihr die Waffe an den Kopf. Was zum Teufel soll das werden? Hab ich irgendetwas verpasst?

„Ich sagte, du sollst sie erschießen!", schreit Seraphim.

Verlangt er ernsthaft, dass sie ihre eigene Schwester umbringt? Von Grausamkeit ist hier nicht mehr die Rede, der Typ ist ein beschissener Soziopath! Ich sehe Tazer förmlich an, wie er angestrengt nach einer Lösung sucht, Schweißtropfen bilden sich auf seiner Stirn. Neenas Hand zittert so extrem, dass sogar die Wahrscheinlichkeit besteht, ihr Ziel nicht zu treffen. Ein weiteres Mal schreit dieser Mistkerl sie an, doch sie schießt einfach nicht. Tränen kullern ihre von der Kälte geröteten Wangen hinab, verschwinden im Schnee, ohne Spuren zu hinterlassen. „Nein", haucht sie. Hoffnung keimt nach diesen Worten in mir auf, vielleicht kann sie sich ihm widersetzen. Schließlich dreht sie sich im letzten Moment weg, bevor sich ein Schuss löst.

„Das macht doch keinen Spaß! Aber vielleicht kannst du ja dieses Großmaul erschießen. Er hätte es verdient, so, wie er sich mir gegenüber benommen hat. Geh auf ihn zu und halte ihm die Waffe direkt an sein Herz!", befiehlt er ihr. Langsam kommt sie auf mich zu, positioniert ihre Pistole und blickt zu mir auf. Ob sie mich wirklich erschießt? Sie scheint mich nicht sehr zu mögen, aber hasst sie mich auch? Oder hat sie ein zu gutes Herz für so etwas? Allerdings hat sie mich schon einmal angeschossen, wenn auch nur als Beweis. Tausend Fragen kreisen in meinem Kopf, während sie mich durch ihren Tränenschleier ansieht. „Ich will das nicht tun", fleht sie leise. Ein Gefühl sagt mir, dass sie sich nicht mehr lange wehren kann, deshalb schließe ich die Augen und warte auf den Schuss. Vielleicht soll es einfach so sein. Ich vernehme das Geräusch des Schusses und spüre sogleich einen brennenden Schmerz an meinem Bein. Ein Streifschuss, Neena hat sich echt noch wehren können. Erleichtert lächle ich sie an und entdecke den Schock in ihren Augen. Die Pistole fällt aus ihrer Hand, sie tritt einige Schritte zurück. Ist sie denn gar nicht froh, dass ich noch lebe? Seraphim meldet sich wieder zu Wort: „Ihr verderbt mir aber auch alles! Es reicht! Du dämliches Miststück springst jetzt in den Abgrund! Und wehe einer von euch bewegt sich auch nur einen Millimeter!" Hilflos sehe ich zu, wie sich Neena auf den Abgrund zubewegt. Mein Herz zieht sich schmerzhaft zusammen. Verdammt, ich muss endlich was tun! Sie ist nur noch drei Schritte entfernt, als sich aus Tazers Handfläche ein gewaltiger Kugelblitz löst und Seraphim mit einem lauten Knall trifft. Der rührt sich so schnell nicht mehr. Doch es ist zu spät. Gerade, als wir auf Neena zustürmen wollen, springt sie …

Es fühlt sich an, als würde etwas in mir zerbrechen, als hätte jemand gegen einen Spiegel geschlagen, der klirrend zerspringt. Hab ich sie wirklich so gern? Wie kann das sein? Immerhin kenne ich sie erst ein paar Tage, also wie hat sie das verdammt noch mal geschafft?! Das erste Mal seit unserer Reise sehe ich Tazer geschockt, sein Mund steht offen und die Augen sind weit aufgerissen. Nate hat denselben Gesichtsausdruck wie immer, was stimmt mit der nicht? Die hat wohl wirklich eine psychische Störung. Ihre Schwester ist gerade in den Tod gesprungen und sie steht einfach nur da und starrt Löcher in die Luft. „Was ist los mit dir?", schreie ich sie an. „Hast du denn überhaupt keine Gefühle?" Nate sieht mich mit schief gelegtem Kopf an, ihr goldenes Auge wirkt matt. „Doch, natürlich", antwortet sie knapp. Mehr hat sie nicht zu sagen? Ich weiß nicht, wohin mit meinen Empfindungen, und sie tut so, als wäre nichts geschehen. Wutentbrannt stürme ich auf sie zu, doch Tazer versperrt mir den Weg. „Beruhige dich, Wild", seine Stimme klingt irgendwie falsch. Wieso sind die beiden denn so ruhig? „Habt ihr irgendwas nicht mitbekommen? Sie ist gesprungen! Von einem verdammten Berg gesprungen! Was rennt bei euch beschissenen Idioten denn falsch?", ich bin außer mir, kann mich kaum noch bremsen. Natürlich sehe ich den Schock in seinen Augen, er ist weiß wie der verfickte Schnee hier überall. „Es bringt uns rein gar nichts, wenn wir jetzt ausrasten", antwortet er mir. Meint er das wirklich ernst? Bin ich im falschen Film oder so? Gerade, als ich Tazer eine verpassen will, deutet Nate in den Himmel. Zuerst kann ich gar nichts erkennen bis auf die verfickten Schneeflocken. Ich hasse Schnee! Doch dann kann ich eine Gestalt erkennen, die langsam auf uns herabschwebt. Träume ich oder ist das ein Engel? Bin ich vielleicht tot? Hat Neena mich doch erwischt? Kann mir mal bitte jemand in die Fresse schlagen, damit ich davon überzeugt bin, keinen Engel zu sehen, der nur ein paar Meter vor uns sanft im Schnee landet? Er hat etwas im Arm, ein Mädchen mit roten Haaren – Neena! Nate geht auf ihn zu und bedankt sich höflich, danach bewegen auch Tazer und ich uns auf den Engel zu. „Ich bringe sie gleich ins Hauptquartier. Wartet bitte kurz hier, Lavinia schickt jemanden, der euch abholt", sagt er und verschwindet kurz darauf wieder. „Hast du gewusst, dass sie aufgefangen wurde?", fragt Tazer Nate erstaunt. „Ja", antwortet sie knapp, schenkt uns aber ein Lächeln. Tazer beginnt, lauthals zu lachen, und auch ich kann nicht anders. Aber wie peinlich war das dann gerade eben? Wenn Nate oder Tazer jetzt wissen, dass ich Neena mag, häng ich mich auf. Hoffentlich ist das nur so eine Phase von mir. Nur wenige Minuten später kommen drei Schneemobile auf uns zu. Die Fahrer sind für diese Temperaturen mit einer leichten Jacke etwas hitzig unterwegs, aber wie jeder möchte. „Hat hier jemand ein Taxi bestellt?", ruft eine tiefe Stimme. Haha. Was für ein Witzbold! „Können wir denen überhaupt trauen?", frage ich Tazer. „Sonst hätten sie wohl kaum Neena vor dem Tod bewahrt, hab dich nicht so." Also steige ich mit einem übertrieben lauten Seufzer auf eines der Schneemobile und warte.

„Was passiert mit dem Patron?", höre ich Tazer fragen.

„Kirian holt ihn dann, bevor er erfriert", antwortet sein Fahrer, oder eher Fahrerin.

Eigentlich sollte ich mich fragen, wer dieser Kirian ist, aber da es um einen verfickten Patron geht, ist mir das so was von scheißegal. Die Fahrt geht los. Täusch ich mich oder fährt Nate selbst dieses Schneemobil? Wie hat sie den Fahrer denn dazu gebracht? Dieser zerquetscht sie fast, als sie Gas gibt und uns davonfährt – armer Junge. Nach kurzer Fahrt sind wir schon mitten in einem kleinen Dorf. Soll das Gox sein? Ich dachte, dabei handele es sich um eine Stadt. Am Ende des verschneiten Weges ragt ein riesiges, rundes Gebäude in den Himmel. Wir fahren drum herum und kommen in eine Art Tiefgarage, bestückt mit Schneemobilen aller Art. Nate hüpft wie ein kleines Kind herum, als wir ihnen durch die Garage folgen und bei einer Sicherheitstür stehen bleiben. Was kommt jetzt? Müssen sie einen Code eingeben? Oder funktioniert das mit Fingerabdrücken? Doch das Mädchen drückt einfach die Klinke runter und schon springt die Tür auf, welche stabiler aussieht, als sie wirklich ist. Falls wir hier wirklich im Hauptquartier der T. L. Organisation sind, ist diese Tür doch echt ein Witz! Jeder Idiot kann sie öffnen. Haben die denn gar keine Angst vor einem Angriff? Wir werden durch einen ewig langen Flur geführt und landen in einem Umkleideraum. „Hier könnt ihr eure warmen Sachen ausziehen, es wird euch gleich neue Kleidung gebracht", sagt das Mädchen freundlich und auch die anderen entkleiden sich. Ein hübsches Mädchen, mit violetten Haaren und bernsteinfarbenen Augen. Ihre Gefährten sind im Gegensatz zu ihr riesig, der Witzbold ist groß und schlaksig, wohingegen der andere Kerl eher muskulöser ist. Beide haben dunkelblondes Haar und braune Augen, sind die vielleicht verwandt? Kaum verlassen sie den Raum, sind die nächsten Personen hier und geben uns Anziehsachen. Nate lehnt dankend ab, sie trägt tatsächlich keine Thermounterwäsche, sondern einfache Röhrenjeans und einen langen Pullover. Die blaue Farbe des Pullovers ist fast genauso intensiv wie ihre Haarfarbe, seltsames Mädchen. Tazer und ich ziehen uns rasch um und folgen den anderen in einen weiteren Flur, gefolgt von einer Wendeltreppe. Oben angekommen, sieht alles hypermodern aus, schwarze Marmorfliesen und sandfarbene Wände harmonieren. Unendlich viele Pflanzen reihen sich rechts und links auf, sie blühen in allen Farben. Wir werden in einen großen Raum geführt, der wie ein Wartezimmer wirkt. Die Wände der rechten und auch linken Seite bestehen nur aus Glas, im Boden ist eine runde, weiße Ledercouch eingearbeitet. Wieder fallen mir die vielen Pflanzen auf, wie können die hier überleben? Ich kann mir kaum vorstellen, dass in Gox mal die Sonne scheint. „Seid so nett und wartet kurz, Lavinia wird gleich kommen." Und somit sind wir allein. Wieso sollte ich allen Ernstes hier warten?

„Lass uns zuerst Neena und dann den Leiter finden. Wir quetschen ihn ein wenig aus und verschwinden wieder", sage ich.

„Nö, wir warten auf diese Lavinia. Ich glaub nicht, dass wir hier in Gefahr sind, und Neena muss sich echt ausruhen", antwortet Tazer und lässt sich auf die Couch fallen. Nate tut es ihm gleich und nickt zustimmend – die halten wohl immer zusammen. Im Prinzip könnte ich ohne sie verschwinden, ich bin immerhin freiwillig mitgekommen und lass mir auch von keinem was befehlen. Und wieso geh ich dann nicht? Ich verstehe mich selber nicht mehr, ein Teil von mir zwingt mich, bei ihnen zu bleiben, ein ziemlich sturer Teil. Von mir selbst genervt setze ich mich und versuche, mir keine Sorgen um Neena zu machen. Dämliche Neena, wieso ist sie auch mitgekommen? Ein Mensch hat auf so einer Reise nichts verloren! Wenn sie weiterhin mitkommen möchte, muss ich was unternehmen, bevor sie wirklich stirbt. Vielleicht sollte ich einfach noch unfreundlicher und gemeiner sein, sie einfach glauben lassen, dass ich sie hasse. Ich meine, wer verbringt schon die ganze Zeit mit jemandem, der einem nur beschimpft oder mobbt? Das müsste eigentlich klappen. Die Frage ist nur, ob ich das auch kann.

Es vergeht eine Ewigkeit, bis endlich das Klackern von Stöckelschuhen aus einem der vielen Gänge hallt – was haben die gegen Türen? Eine Frau, gefolgt von einem kleinen Jungen, kommt mit einem warmen Lächeln auf uns zu. Tazer und Nate stehen sofort höflich auf, ich jedoch bleibe sitzen. Wieso sollte ich auch freundlich sein? Der kleine Junge scheint mich mit seinen grünen Augen zu durchleuchten. Kommt es mir nur so vor oder sieht er Tazer tatsächlich ähnlich? Die Frau reicht Tazer und Nate die Hand, nickt mir freundlich zu und stellt sich vor: „Ich bin Lavinia Kronos, die Stellvertreterin der T. L. Organisation. Das ist Riley, mein Sohn." Sie deutet auf den Jungen, welcher sich sogleich hinter ihren Beinen versteckt.

„Mein Name ist Tazer Warden. Das sind Nate Lone und Wild. Danke, dass sie unserer Freundin helfen."

„Tazer? Tazer Warden?", fragt sie sichtlich erschrocken und zupft an ihrem dunkelroten Kleid herum.

„Ja. Wir würden gerne mit dem Leiter sprechen, wäre das möglich?", fragt Tazer höflich.

„Er ist leider auf Reisen und kommt voraussichtlich in zwei Wochen zurück. Aber ich werde ihm Bescheid geben, dass ihr hier seid. Ihr seid in aller Munde, wisst ihr das?"

„Inwiefern?", frage ich.

„Nicht viele Strange Ones kämpfen öffentlich mit Patronen der First Organisation, das fällt schon ein wenig auf. Ich werde Tristan sofort kontaktieren, damit er gleich herkommt, ihr könnt in der Zwischenzeit gern hierbleiben. Eure Freundin wurde schon behandelt und schläft, Mira zeigt euch die Gästezimmer. Wir sehen uns beim Abendessen", sagt sie und verschwindet in einem anderen Gang, Riley läuft ihr hinterher. Das Mädchen mit den violetten Haaren taucht wieder auf und führt uns über eine weitere Wendeltreppe in ein anderes Stockwerk.

„Das alles sind Gästezimmer, ihr könnt euch gerne eins aussuchen. Essen gibt es um 6 Uhr … also in ungefähr drei Stunden. Ich hole euch wieder ab, damit ihr nicht verloren geht in diesem Labyrinth", lacht sie.

Den gesamten Flur entlang befinden sich gut 20 Zimmer, wie soll man sich da entscheiden? Wir nehmen gleich die ersten drei, und als ich das Gästezimmer betrete, kommt es mir so vor, als wäre ich in einem 5-Sterne-Hotel. In der Mitte des Raumes steht ein Kingsize-Bett, das nicht gerade billig aussieht. Eine Wand besteht wie im Warteraum aus Glas, der Boden geht in Sandstein über und die Wände sind in einem zarten Beige gestrichen. Der schwarze, flauschige Teppich füllt fast den gesamten Boden des Zimmers aus. Ich entdecke eine Tür, die mich in ein luxuriöses Badezimmer bringt. Wer braucht denn bitte eine Badewanne und eine extra Dusche? Kopfschüttelnd verlasse ich das Bad und entdecke einen schwarzen Kleiderschrank. Die Farbe scheint ganz schön beliebt zu sein. Als ich ihn öffne, fliegt mir fast die Kleidung entgegen, die sich darin befindet. Frauen- und Männerkleidung – wohnt hier wirklich niemand? Ich beschließe, in Tazers Zimmer zu gehen, um nicht einzuschlafen, denn dann verpasse ich hundertprozentig das Abendessen. Tazer pennt jedoch schon tief und fest – na, viel Spaß beim Aufwecken. Am liebsten würde ich nach Neena sehen – ach Scheiß drauf, soll doch jeder denken, was er will. Als ich Tazers Zimmer wieder verlasse, renne ich fast mit Riley zusammen, der einen ziemlich ramponierten Teddybären in der Hand hält.

„Wollen wir spielen?", fragt er.

„Echt jetzt? Nein danke, aber du könntest mir zeigen, wo unsere Freundin ist."

„Nur wenn du was mit mir spielst."

„Ich will aber nichts spielen."

„Wieso nicht? Das macht Spaß."

„Ja, dir vielleicht."

„Dir sicher auch, ich kann dir mein Zimmer zeigen! Ich hab ganz viele Spielsachen, dann bist du sicher nicht mehr so traurig."

„Traurig? Ich?"

„Ja."

„Woher willst du das wissen?"

„Ich kann es sehen", sagt er und deutet mit seinem kleinen Zeigefinger auf meine Brust. Wie sehen? Was redet der für einen Müll?

„Du magst das Mädchen, oder?", fragt er.

„Nein."

„Doch, ich kann es sehen."

„Genug gesehen! Na gut, ich komm mit in dein Zimmer. Aber nur kurz und dann bringst du mich zu dem Mädchen, abgemacht?"

„Abgemacht", antwortet er und trippelt auf seinen kurzen Beinchen davon.

Na, das kann was werden …

Nutzloser Fakt #12

Bis auf seinen verstorbenen Urgroßvater
ist Wild der Einzige seiner Familie,
der rote Augen besitzt.

Kapitel 13

Kirian

Es hat eine Ewigkeit gedauert, Seraphim zu finden und herzubringen, er war zugeschneit. Das ist schon das dritte Mal, dass er einfach in unser Gebiet marschiert, und so war das nicht abgemacht. Bin mal gespannt, was Tristan dazu zu sagen hat, er kommt bestimmt früher von seiner Reise zurück. Irgendetwas stimmt mit der F. O. in letzter Zeit nicht – sie waren zwar schon immer Idioten, aber dass sie gleich drei Mal die Abmachung nicht einhalten, wundert mich doch. Soweit ich weiß, hat Kajetan einen gesunden Respekt vor Tristan. Also, was ist dort los? Aber die noch interessantere Frage wäre, was das Mädchen und ihre Freunde in der Winterwüste machen wollten. In Gox wohnen doch nur Mitglieder unserer Organisation. Lavinia hat zumindest nichts von Besuch erzählt und die anderen hätten es mir schon längst unter die Nase gerieben, wenn ein so hübsches Mädchen kommen würde. So leise wie möglich öffne ich die Tür zum Behandlungszimmer, schließe sie hinter mir und schnappe mir einen Stuhl. Damit lasse ich mich neben dem Bett nieder, worin das verletzte Mädchen liegt und schläft. Lavinia hat sie schon behandelt, ich rieche die Kräuter. Ein echt hübsches Mädchen – ich würde sie sogar als schön bezeichnen. Die roten Haare fallen in Wellen über ihre Schulter und sie hat volle Lippen. Sie hatte echt Glück, dass ich gerade unterwegs war und sie auffangen konnte. Hoffentlich wacht sie jetzt nicht auf, sonst hält sie mich noch für einen Verrückten, der ihr beim Schlafen zusieht. Ob sie einen Freund hat? Eigentlich nicht wichtig, denn so hübsch, wie die ist, interessiere ich sie sowieso nicht. Vielleicht hat sie auch einen miesen Charakter – kann ja sein. Irgendwie erinnert mich die Situation an meinen ersten Tag in der Organisation. Tristan und seine Leute sind in das Gefängnis von Ira eingebrochen und haben mich befreit. Das ist jetzt schon 13 Jahre her. Drei Monate hab ich in einer kalten, feuchten Einzelzelle verbracht. Und das mit 10 Jahren – sie haben mich festgenommen, weil ich aus Versehen auf dem Patron vom Sommernachtsland gelandet bin. Damals hatte ich meine Flügel noch nicht ganz im Griff, meine Eltern konnten gar nichts tun. Ich kann nie wieder zurück zu ihnen. Alle denken, ich sei noch im Gefängnis. Natürlich erfuhr niemand von dem Einbruch ins Gefängnis, das hätte der Glaubwürdigkeit der F. O. geschadet. In der Abmachung von Tristan und Kajetan wurde auch vereinbart, dass alles geheim bleibt. Tristan hat mir das Leben gerettet. Deswegen bin ich geblieben und diene ihm, bis mein Leben ein Ende hat.

Ich bin so tief in Gedanken, dass ich gar nicht merke, wie sie die Augen öffnet.

„Wieso starrst du mich so an? Hab ich was im Gesicht?", fragt sie mich und ich erschrecke, falle fast vom Stuhl. Sie lacht und hustet gleichzeitig.

„Wusste gar nicht, dass ich so erschreckend aussehe", sagt sie und fasst sich ins Gesicht.

„Tust du auch nicht, ich war nur in Gedanken."

„Ach so. Sagst du mir jetzt, warum du mich so anstarrst, als hättest du noch nie einen Menschen gesehen?"

„Ich … ähm … hab dich bewacht …" Ich bin kein guter Lügner.

„Haha … alles klar. Wie heißt mein Bewacher denn?"

„Wer?"

„Na du. Geht's dir gut?", fragt sie. Die ganze Situation verwirrt mich dermaßen, dass mein Kopf total leer ist. Moment, sie hat mich nach meinem Namen gefragt – das krieg ich hin.

„Kirian. Ich heiße Kirian Nicro."

„Kirian … hübscher Name. Ich bin Neena Lone. Wieso bin ich eigentlich hier?"

„Kannst du dich nicht erinnern? An den Patron? Und deinen Sprung?"

Ihr Gesicht wird plötzlich blass, blitzschnell setzt sie sich auf und sucht nach irgendetwas. Ah, bestimmt sucht sie nach ihren vielen Waffen, die wir ihr weggenommen haben, man weiß ja nie. Ich mache mir ernsthafte Sorgen um sie, sie sollte sich noch nicht so ruckartig bewegen. Ich könnte ja einfach zu ihr hingehen und sie zurück ins Bett drücken, aber dafür bin ich zu feige. Stattdessen hebe ich entschuldigend die Hände und sage: „Du brauchst deine Waffen hier nicht. Keiner tut dir was."

„Da bin ich mir nicht so sicher. Du bist bestimmt ein Patron oder ein Haifisch oder ein Barrakuda … ach was weiß ich! Ich will meine Waffen!", faucht sie mich zornig an.

„Weder ein Patron noch ein Haifisch und schon gar kein Barrakuda – so was gibt es bei der F. O. doch gar nicht. Du kannst deine Waffen wiederhaben, wenn du dich vollständig erholt hast. Immerhin bist du ein Mensch und brauchst mehr Ruhe."

„Die Scheiße wieder! Wieso denkt jeder beschissene, männlicher Strange One, dass Menschen schwach sind?"

„Das hab ich doch gar nicht gesagt. Ich meine doch nur, dass die Kräuter nicht für Menschen gemacht wurden, und es deswegen länger dauert", versuche ich sie zu beruhigen. Himmel ist die impulsiv.

„Ach wirklich?"

„Ja, wirklich."

„Das alles hier könnte eine Falle sein."

„Ist es aber nicht. Ich hab dich gerettet, da werd ich dich wohl kaum umbringen."

„Das könnte jeder sagen! Ich traue keinem von euch!"

Irgendwie glaubt sie mir nicht so recht – es wäre besser, wenn einer ihrer Freunde mit ihr reden würde. Mit einem entschuldigenden Lächeln stehe ich auf und tapse zur Tür.

„Hey warte! Wo gehst du hin?", fragt sie plötzlich mit niedlicher Stimme.

„Wolltest du nicht, dass ich gehe?"

„Nein. Hab ich doch nie gesagt. Tut mir leid, dass ich hier so einen Aufstand veranstalte, aber ich bin gerade ziemlich verwirrt", sagt sie und legt sich wieder ihn.

„Hast du Schmerzen?", frage ich besorgt.

„Nein, nur ein Kratzer", scherzt sie. Denkt sie wirklich, dass ich ihr das abkaufe?

„Wo ist meine Schwester?"

„Ähm … deine Freunde sind in den Gästezimmern und schlafen wahrscheinlich. Ihnen geht's gut."

„Allen? Auch dem unsympathischen Kerl mit den roten Augen?"

„Ich hab sie nicht gesehen, aber mir wurde versichert, dass ihnen nichts fehlt."

Wieso fragt sie ausgerechnet nach diesem Typen? Sind die zusammen?

„Wo bin ich jetzt eigentlich?"

„Im Hauptquartier der T. L. Organisation, auf der Behandlungsstation, um genau zu sein."

„Na, das ist ja praktisch! Tazer und Wild wollten sowieso mit eurem Boss reden!"

„Worüber?"

„Keine Ahnung, ich glaub, die wollen ein paar Informationen."

„Wofür?"

„Na, wir gehen nach Ira, um es Kajetan mal ordentlich zu zeigen!"

„Bitte was?! Und du gehst mit ihnen?"

„Spreche ich undeutlich? Ja, ich geh mit."

Meint sie das ernst? Die Patrone an sich können schon gefährlich werden und die wollen sich mit Kajetan anlegen? Sind die verrückt geworden? Nicht mal Tristan legt sich mit ihm an und das heißt was. Hoffentlich kann Tristan sie aufhalten, bevor sie in den Tod rennen – für sie klingt das ja selbstverständlich.

„Du bist echt süß, wenn du mich so geschockt anschaust", lacht Neena und ich spüre, wie ich rot werde. Das wirft mich irgendwie aus dem Konzept. Was ist los mit mir? Tag für Tag rede ich mit Mira oder Katalea und werde weder rot, noch fehlen mir die Worte.

„Willst du da ewig stehen bleiben? Setz dich wieder zu mir, bitte", sagt sie und ich kann nicht anders, als es wirklich zu tun. In den nächsten zwei Stunden reden wir über Gott und die Welt. Sie erzählt mir viel von Nate und der Bar ihres Stiefvaters, bis sie ihre Augen kaum noch offen halten kann. Ich sollte gehen. Doch als ich aufstehen möchte, packt sie mich am Arm und sagt mit geschlossenen Augen: „Ich schlaf noch nicht, du musst warten, bis ich schlafe." Lächelnd setze ich mich wieder und betrachte ihre Hand, die meinen Arm nicht mehr loslässt. Plötzlich wird die Tür aufgerissen und ein großer Typ steht im Rahmen. Seine roten Augen glühen wie Kohlen und sein gesamter Körper ist angespannt. Neena öffnet die Augen und funkelt ihn böse an. Ist das dieser Kerl, den sie vorhin gemeint hat?

„Stör ich vielleicht?", fragt er.

„Ja", faucht sie ihn an.

„Wieso schläfst du nicht?"

„Weil du mich gerade aufgeweckt hast!"

„Musst du immer mir die Schuld an allem geben?"

„Mach ich doch gar nicht!"

Völlig perplex sehe ich zu, wie sie sich streiten, als wären sie ein altes Ehepaar. Hat sie wirklich einen Freund? Hätte sie das dann nicht erwähnt? Aber irgendwas ist zwischen den beiden, das könnte ein Blinder mit einem Krückstock sehen. Es enttäuscht mich irgendwie, aber ihre Hand liegt immer noch auf meinem Arm, was ich als gutes Zeichen deute. Ach, ich weiß es doch auch nicht!

„Und was macht der Flügelmann hier?", fragt er abschätzend. Soll ich das sein?

„Wer?"

„Ich denke mal, dass ich gemeint bin." Ich lächle sie freundlich an und kassiere einen verwirrten Blick. Stimmt, sie war ja schon bewusstlos, als ich sie aufgefangen habe – also hat sie meine Flügel nicht gesehen. Ich erkläre ihr, dass meine Fähigkeit Engelsflügel sind und ich sie damit gerettet habe. „Zeig her!", fordert sie aufgeregt, echt niedlich.

Kichernd stehe ich auf und entferne mich ein paar Schritte, um nichts kaputt zu machen. Danach schließe ich kurz die Augen, fühle den leichten Hauch, als sie sich ausbreiten. Gott sei Dank ist das Behandlungszimmer ziemlich groß, sodass ich meine Flügel fast ganz ausbreiten kann. Mit offenem Mund starrt Neena mich an, ihre Augen leuchten vor Begeisterung.

„Das ist ja irre! Machst du mit mir einen Rundflug?", fragt sie mit hoher Stimme.

„Klar, wenn es dir besser geht", verspreche ich kichernd.

Plötzlich reißt sie die Decke weg, hüpft aus dem Krankenbett und kommt lächelnd auf mich zu. Unfassbar, dass sie sich überhaupt bewegen kann – für einen normalen Menschen wie sie dürfte das eigentlich unmöglich sein. Ein echt interessantes Mädchen, aber hat sie keine Schmerzen mehr? Neena steht nun vor mir, stemmt die Hände in die Hüfte und meint, dass es ihr schon viel besser gehe. Hinter mir nehme ich ein Schnauben wahr, klingt irgendwie nach einem kranken Tier.

„Hast du sie noch alle? Auf dem Weg hierher konntest du dich kaum auf den Beinen halten und jetzt willst du deinem Körper noch mehr zumuten? Irgendwann spielt er gar nicht mehr mit und dann stehst du nur noch im Weg! Immerhin bist du ein normaler Mensch", höre ich den Typen hinter mir und kann es kaum fassen. Wieso redet er so herablassend mit ihr? Klar, ich bin auch der Meinung, dass sie nicht mehr mit ihnen reisen sollte, aber nicht, weil sie keine besonderen Fähigkeiten hat, sondern weil ihr Körper wirklich irgendwann schlappmacht – aber das hätte er auch netter sagen können. Ich sehe in Neenas Gesicht, sie wirkt irgendwie verletzt und steuert wieder aufs Bett zu. Ohne weitere provozierende Worte legt sie sich wieder hin und dreht uns den Rücken zu. Meine Flügel lasse ich wieder verschwinden und drehe mich zu dem Kerl um. Es ist mir eine Genugtuung, dass er einen irritierten Gesichtsausdruck hat. Einige Minuten bleibt es still, keiner macht einen Laut.

„Könntet ihr mich bitte allein lassen? Ich würde gerne schlafen." Ihre Stimme klingt eisig. Ich stoße fast mit dem unsympathischen Kerl zusammen, bevor ich das Zimmer verlasse. Nach ein paar Schritten bleibe ich stehen und lausche.

„Du auch, Wild", sagt Neena – woher weiß sie, dass er noch nicht weg ist?

„Ich hab dir von Anfang an gesagt, dass du nur Ballast sein wirst. Kein Grund, deine Wut auf mich zu projizieren", antwortet er gelassen. Was ist denn das für ein Arschloch?

„Wieso hast du mir dann geholfen?"

„Was meinst du? Als ich dich getragen habe? Ich wollte nicht, dass du die Gruppe aufhältst."

Ich höre, wie sie sich aufsetzt, und kann mir ihren wütenden Blick vorstellen.

„Jetzt hör mir mal gut zu! Es ist meine verfickte Entscheidung! Mein verfickter Körper! Und mein verficktes Leben! Was gibt dir das Recht, mich wie den letzten Dreck zu behandeln, nur weil ich keine Fähigkeiten habe? Du bist schlimmer als die verdammte F. O.! Und ich bitte dich jetzt ein letztes Mal freundlich, mich schlafen zu lassen, sonst wird es ziemlich ungemütlich hier!"

Zwar ist ihre Stimme leise, dennoch bekomme ich am ganzen Körper Gänsehaut. Wild scheint sich keinen Zentimeter zu rühren, was ist los mit ihm? Hat er sie noch nicht genug geärgert?

„Lass deinen Frust jetzt ja nicht an mir aus! Tazer hat dich bestimmt nur aus Mitleid mitgenommen, damit du bei Nate bleiben kannst!", sagt er. Ein Rumpeln lässt mich aufmerksamer werden. Wahrscheinlich ist sie aus dem Bett gesprungen und sucht nach irgendetwas. In die Schublade des Nachtkästchens habe ich ihre nutzlosen Handschuhe sowie die andere Kleidung hineingelegt. Der Klang eines Klettverschlusses gibt mir zu verstehen, dass sie die Handschuhe wohl angezogen hat – wofür macht sie das?

„Sag das noch mal", gibt Neena von sich, ich erkenne ihre Stimme kaum wieder.

„Na ist doch wahr! Dein menschlicher Körper wird uns noch ein Hindernis werden und alles versauen! Ich verstehe nicht, wie Tazer so viel Mitleid zeigen kann für einen normalen Mensch wie …" Weiter kommt er nicht, denn im nächsten Augenblick explodiert etwas im Krankenzimmer und schleudert ihn mit gewaltiger Wucht gegen die Steinwand im Flur. Geschockt stürme ich ins Zimmer, um nach Neena zu sehen. Sie steht unversehrt an der gleichen Stelle wie vorher und atmet schwer. Den rechten Arm hat sie nach vorne gestreckt, ihre Haltung ist etwas gebückt. Es sieht so aus, als hätte sie gerade mit aller Kraft einen Ball geworfen. Warte … war sie das mit der Explosion? Der lederne Handschuh raucht und stinkt nach Schwarzpulver, doch nicht so unnütz diese Dinger.

„A… Alles okay bei dir?", frage ich trotzdem. Sie richtet sich sofort auf, strafft die Schultern und antwortet ruhig: „Klar. Könntest du mich vielleicht zu meiner Schwester bringen?"

„Natürlich."

„Gut. Ich kann besser schlafen, wenn sie in der Nähe ist. Kann ich nur schnell meine Sachen anziehen? In diesem Kittel komme ich mir seltsam vor."

„Kein Problem, ich warte draußen", sage ich und verlasse erneut das Krankenzimmer. Wild sitzt noch immer an der gleichen Stelle und reibt sich den Kopf. Die sandfarbene Steinwand hat einige Risse. Wie kraftvoll diese Explosion war! Hammer! Er scheint eine Platzwunde an der Stirn zu haben, die aber schon zu heilen beginnt. Als er mich sieht, springt er abrupt auf und stürmt mit finsterer Miene davon. Kurz darauf kommt Neena und ich führe sie durch das Gebäude zu den Gästezimmern. Dabei passieren wir den großen Gemeinschaftsraum und ich kassiere verwunderte Blicke von meinen Kollegen.

Am Anfang des Flures bleibe ich stehen und sage: „Da sind wir! Ich hab aber keine Ahnung, in welchem Zimmer deine Schwester ist."

„Ach, kein Problem. Danke, dass du mich hergebracht hast."

„Gerne. Wir sehen uns dann beim Abendessen, es wird euch irgendwer abholen."

„Okay. Danke noch mal! Nate!"

Wie aufs Stichwort öffnet sich eine Tür und das Mädchen mit den blauen Haaren steckt ihren Kopf heraus. Sie sieht Neena wirklich ähnlich, mit feinen Unterschieden bei den Gesichtszügen. Sie lächelt ihr entgegen und hält die Tür auf, danach verschwinden beide im Zimmer. Als ich mich umdrehe und in mein Zimmer gehen möchte, steht Riley plötzlich vor mir und erschreckt mich zu Tode. Wie jedes Mal. „Hey Riley, was machst du hier? Hast du Lust auf ein paar Brettspiele?", frage ich. Vielleicht gar keine so schlechte Idee, denn beim Spielen werde ich wohl kaum ihr

Gesicht vor mir sehen. Riley quietscht vergnügt, schnappt sich meine Hand und zieht mich auch schon davon.

„Du bist glücklicher als sonst … und auch verwirrter", sagt er.

„Was meinst du?"

„Du hast neue Gefühle, ich kann sie sehen. Sie scheinen gut zu sein, doch ich traue ihnen nicht." Bei seiner Antwort muss ich schmunzeln, er klingt schon wie sein Vater. Riley hat die erstaunliche Fähigkeit, die Gefühle von jedem Lebewesen zu sehen und sogar zu beeinflussen, wenn es sein muss. Vielleicht ist es gerade diese Fähigkeit, die ihn so reif wirken lässt. Aber er hat recht, es gibt neue Gefühle in mir – eine kleine Schwärmerei für Neena, nichts anderes. Denke ich zumindest.

Nutzloser Fakt #13

Bis heute weiß man nicht,
warum sich in der Winterwüste,
dem Land der kalten Sonne,
dem Sommernachtsland
und dem Tautropfenland
die Jahreszeiten nie ändern.

Kapitel 14

Neena

Was bildet sich dieser verdammte Idiot eigentlich ein? Denkt er wirklich, dass er so viel besser ist als ich? Wieso ist er so ätzend zu mir? Gut, dass ich meine Waffen nicht habe, denn sonst würde ich ihn erschießen!

„Wenn er so ein beschissenes Problem mit Menschen hat, soll er sich doch der F. O. anschließen und mich in Ruhe lassen. Er hat es doch verdient, eine geknallt zu bekommen, so, wie er mit mir gesprochen hat. Er meinte, dass Tazer mich nur aus Mitleid mitgenommen habe, damit ich bei dir bleiben kann. Das würdest du mir doch sagen, oder?", frage ich Nate, die mir im Schneidersitz gegenübersitzt. Das Bett ist wirklich gemütlich, ich habe Mühe, mich nicht darauf auszubreiten und bis morgen früh zu schlafen.

„Natürlich würde ich dir das sagen", meint sie – ihre Stimme klingt immer ein bisschen fröhlicher, wenn wir allein sind.

„Ich verstehe Wild einfach nicht! Es kann ihm doch so was von egal sein, ob ich dabei bin oder nicht. Oder denkt er wirklich, dass ich die Gruppe aufhalten werde?"

„Wahrscheinlich."

„Was wahrscheinlich? Denkst du auch, dass ich die Gruppe aufhalte?"

„Nein, das meinte ich nicht. Wahrscheinlich denkt er das nur."

„Bin ich denn wirklich so schwach? Sei bitte ehrlich, denn wenn ich es von dir höre, mache ich mich sofort auf den Weg nach Hause."

„Du bist stärker als manche Strange Ones mit Gefahrenstufe 5. Dein Körper leistet Unglaubliches und du wächst immer über dich hinaus."

„Also denkst du wirklich, dass ich die Reise schaffen kann? Und komm mir jetzt ja nicht mit so einem, *wenn du willst, kannst du alles schaffen*, Scheiß. So was will ich gar nicht hören."

„Hab ich so etwas je gesagt?", kichert Nate und vertreibt mit einem Mal die Schatten aus meinem Herzen.

„Nein, hast du nicht. Wäre echt schlimm, wenn du so wärst. Das passt gar nicht zu dir", lache ich.

„Ob du es schaffst oder nicht, hängt ganz von dir ab."

„Es hat irgendwie wehgetan, als er die Sachen zu mir gesagt hat", gebe ich beschämt zu.

Nate antwortet nicht, sie umarmt mich lange und verschwindet anschließend im Badezimmer. Was würde ich nur ohne sie machen? Im Nu ist sie fertig und ich kann endlich unter die heiße Dusche, keine Ahnung, wie sie das so schnell macht. Vorsichtig löse ich den Verband und ein seltsamer Geruch nach Kräutern steigt mir in die Nase, riecht nicht gerade gut. Aber es hilft – die Schmerzen sind schon um einiges geringer geworden, sodass ich mich wieder normal bewegen kann. Die Dusche ist riesig, der heiße Wasserstrahl plätschert wie Regen auf mich herab. Woher die wohl so viel Geld haben? Das kann ja alles nicht billig sein. An der Wand befindet sich ein rechteckiges Ding mit vielen Knöpfen drauf. Neugierig, wie ich bin, drücke ich herum. Plötzlich wird es dunkler im Raum, die Projektion eines Wasserfalles erscheint an der Wand und aus irgendwelchen Boxen erklingen angenehme Töne – Entspannungsmusik. Großzügig verteile ich das nach Granatapfel duftende Duschgel, wasche meine Haare gleich mit. So ein exklusives Badezimmer und kein Haarshampoo? Witzig. Mit der Entspannung ist es allerdings vorbei, als sich Wild's Worte in meinem Kopf ständig wiederholen. *Tazer hat dich bestimmt nur aus Mitleid mitgenommen. Dein menschlicher Körper wird uns noch ein Hindernis werden und alles versauen.* Seit wann kümmert es mich denn, was andere denken? Na ja, das ist nicht ganz richtig. Es kümmert mich nur, was Wild von mir denkt, aber ich kann mir einfach nicht erklären, warum. Er war von Anfang an nicht gerade nett zu mir, die Ausnahme war, als er mich getragen hat. Ein angenehm warmes Gefühl breitet sich in mir aus – igitt! Was bin ich denn für eine? Definitiv keine Romantikerin, so weit kommt's noch! Wut steigt in mir hoch, verteilt sich in meinen Körper und bildet Tränen. Ich muss die Hände ballen, um einen Wutschrei zu unterdrücken. Zitternd stehe ich unter dem heißen Regen. „Du kennst ihn doch gar nicht, Neena. Du kannst ihn nicht mögen, das ist unmöglich", murmele ich vor mich hin. Keiner braucht mir zu erzählen, dass man sich innerhalb so kurzer Zeit in jemanden verliebt. Liebe auf den ersten Blick – pah! Hab ich wirklich *verliebt* gedacht? Oh mein Gott, jetzt ist alles aus! Ich muss krank sein, anders kann ich mir das nicht erklären. Krank im Hirn! Mit ganzer Kraft schlage ich gegen die Mauer der Dusche, der Hintergrund verschwindet. Ich schlage ein zweites Mal, ein drittes Mal. So lange, bis Blut aus meinen Knöcheln sich mit dem Wasser vermischt. Schwer atmend ändere ich die Temperatur auf 15 Grad Celsius und empfange die kalten Tropfen. So habe ich das Gefühl, dass auch mein Zorn weggespült wird. „Stell dich nicht an wie ein kleines Kind!", tadle ich mich selbst und verlasse die dämliche, große Dusche. Nach dem Abtrocknen lege ich erneut den Verband an und husche in Unterwäsche ins Nebenzimmer. Nate sitzt wieder im Schneidersitz am Bett und zippt durch die Programme. Ein Flachbildfernseher? Echt jetzt? Haben die zu viel Geld? Neben ihr entdecke ich einen kleinen Erste-Hilfe-Koffer, der schon geöffnet ist. Sie lächelt mich an und nimmt etwas zum Desinfizieren und einen Verband heraus. Kopfschüttelnd setzte ich mich zu ihr und strecke die Hand aus.

„Was trägst du da?", frage ich. Die Kleidung, die sie trägt, kenne ich gar nicht – ein dunkelgrünes Wickelshirt sowie eine lockere Jeans.

„Aus dem Schrank. Hab dir ein Kleid rausgesucht."

Sorgfältig legt Nate den Verband an, danach verschwinde ich noch mal ins Badezimmer, um mir die Haare zu föhnen. Plötzlich steht sie neben mir – Himmel, die erschreckt mich immer –, hält mir ein beigefarbenes Etuikleid hoch. Eigentlich sollte ich mich fragen, warum diese Organisation so schöne Kleidung hat, doch ich lass es lieber.

„Nicht wirklich mein Stil, oder?", sage ich blinzelnd.

Sie mustert das Kleid ernst und läuft ins Schlafzimmer zurück. Ich kann gar nicht sagen, wie lieb ich sie hab. Damit ich nicht wie ein Pudel aussehe, binde ich mir einen Pferdeschwanz. Nate kommt mit einer Jeans im Destroyed-Look und einem schwarzen Shirt wieder.

„Perfekt. Passt auch gut zu den Stiefeln. Den U-Boot-Ausschnitt finde ich schön. Aber sieht das nicht ziemlich groß aus?"

Sie drückt mir die Sachen einfach in die Hand und verschränkt die Arme vor der Brust. Kichernd ziehe ich mich an und muss feststellen, dass sich das Shirt sowie die Hose perfekt an meinen Körper schmiegen. Ohne zu zwicken oder zu kratzen – wie eine zweite Haut.

„Sollte ich fragen, warum das so ist?", frage ich Nate, obwohl ich die Antwort schon weiß.

„Hat ein Strange One angefertigt."

Als es an der Tür klopft, will ich das Bad verlassen, doch Nate hält mich zurück und zeigt auf die Dusche. Was soll ich da jetzt sehen?

„Sieh genau hin, dort, wo die Bilder projiziert werden", sagt sie.

Ich sehe genau hin, gehe sogar auf die Wand zu und entdecke eine leichte Delle sowie Sprünge.

„Ja, da hab ich hin geschlagen, ist doch nichts Besonderes", meine ich.

„Diese Wand ist so ähnlich wie Stein, man bekommt sie nicht so leicht kaputt."

Ah, jetzt versteh ich, was sie meint. Übermütig umarme ich sie und sage dabei: „Danke, Nate." Es klopft erneut an der Tür, ein Mädchen mit violetten Haaren steht davor, um uns abzuholen. Auf den ersten Blick wirkt sie sehr freundlich, kann aber auch alles nur gespielt sein – man weiß ja nie. Im Flur treffen wir auf Tazer und Wild, Tazer hüpft ungeduldig auf und ab. Natürlich, es geht ja ums Essen. Wild sieht mich mit unergründlicher Miene an, er hat eine Schramme an der linken Wange, die aber schon verheilt. Tja, die Chemikalien im Sprengstoff und meine Munition sind nicht einfach zu verarbeiten für einen Strange One. Ich kann es mir nicht verkneifen und schenke ihm ein zuckersüßes Lächeln. Jetzt wirkt er verwirrt. Ha!

„Hey Neena! Alles klar bei dir?", fragt Tazer und grinst wie ein Honigkuchenpferd.

„Natürlich. Unkraut vergeht nicht", scherze ich.

Die Violetthaarige führt uns durch etliche Flure, Stufen hinauf, Stufen hinab, was soll das? Endlich scheinen wir angekommen zu sein, eine hypermoderne, gläserne Schiebetür öffnet sich automatisch, als wir eintreten. Für mich sieht es so aus, als würde das Esszimmer gar nicht zum restlichen Gebäude gehören. Es fühlt sich alles so modern und irgendwie steril an, doch in diesem Raum herrscht heimische Atmosphäre. Der Boden besteht aus hellem Parkett, in der Mitte des Raumes liegt ein großer, runder Teppich. Wie auch die Wand hält er sich in einem zarten Orange. An den Wänden hängen zahlreiche Bilder, Zeichnungen und Pflanzen. Die Fotos sind wie auch die Fenster rund – was haben die bloß mit dieser Form? Gibt es irgendwelche Nachteile an eckigen Sachen? Hinter dem riesigen – natürlich runden, was sonst – Tisch knistert Feuer in einem – endlich eckigen – Kamin und wärmt den Raum. Am Kopf des Tisches, soweit ich das anhand dieser Form beurteilen kann, sitzt die Frau, die mich behandelt hat. Ich kann mich zwar nicht wirklich daran erinnern, was sie gesagt hat, aber ihr Gesicht konnte ich deutlich erkennen. Sie hat kurze, hellblonde Haare, grüne Augen und ein warmes Lächeln. Rechts neben ihr sitzt ein kleiner Junge, welcher sich mit seinem Sitznachbarn unterhält. Erst beim zweiten Hinsehen erkenne ich Kirian, er wirkt irgendwie anders, entspannter. Mit seinen rotblonden Haaren und dunkelgrauen Augen sieht er schon recht gut aus, sein Körperbau ist sportlich. Jedoch hat er nicht so starke Muskeln wie Wild – heilige Scheiße, wieso vergleiche ich ihn mit Wild? Hilfe! Neben Kirian sind noch zwei Plätze frei. Er winkt mich zu sich, als er uns entdeckt. Nate und ich setzen uns neben ihn, ich neben Kirian und Nate neben dem Mädchen mit den violetten Haaren. Die Jungs setzen sich auf die freien Plätze neben Lavinia. Sie begrüßt uns freundlich. So viele Gesichter starren uns an, dass ich stur auf meinen noch leeren Teller blicke. Ich hab ja nichts dagegen, wenn mich jemand kurz ansieht, aber gegen Starren hab ich wirklich was.

„Die starren so blöd, weil sie nicht verstehen, wie ein so hübsches Mädchen neben mir sitzen kann", flüstert mir Kirian zu. Ich lächle ihn dankbar an, woraufhin er rot wird. Ach Gott, wie süß! Nate unterhält sich mit ihrem Sitznachbarn über Haarfarben. Ja, die zwei haben intensive Farben.

„Wie geht's dir? Ich meine, deinem Oberkörper … äh, deinen Prellungen?", er wirkt nervös.

„Meinem Oberkörper geht's besser, danke. Es tut fast nicht mehr weh, das heißt, du kannst mich gern auf einen Rundflug mitnehmen", sage ich und zwinkere ihm zu.

„Können wir gerne machen. Was ist mit morgen? Natürlich nur, wenn es dir nicht unangenehm ist."

„Wieso sollte mir das unangenehm sein? Ich hab ja damit angefangen."

„Na, wegen dem komischen Kerl", flüstert er und nickt zu Wild. So was von auffällig!

„Was soll mit dem sein? Kümmere dich gar nicht um ihn, an dem prallen positive Strahlungen sofort ab."

Kirian sieht mich komisch an, irgendwie erleichtert. Muss ich das verstehen? Wie aus dem Nichts erscheinen Kellner, die jeden eine cremige Suppe hinstellen – Zucchini. Nate und ich tauschen einen vielsagenden Blick aus und hauen ordentlich rein, immerhin hat Mama sie einmal in der Woche für uns kochen müssen. Beim Essen ist es absolut still. Tazer ist selbstverständlich als Erster fertig und bekommt einen Nachschlag. Wie kann man nur so verfressen sein und gleichzeitig so sportlich aussehen? So was von unfair! Als Hauptspeise wird Steak mit Babykartoffeln und Gemüse serviert, die Vegetarier bekommen überbackenen Emmentaler und Gemüse. Das Essen zieht sich in die Länge. Nach vier Steaks hat auch Tazer genug und lehnt sich in seinen Sessel zurück. Die Gespräche beginnen wieder und ich fange an, mich mit Kirian zu unterhalten. Ich mag ihn irgendwie, er ist nett, intelligent und freundlich. Das genaue Gegenteil von Wild – haha – hör auf, das zu denken! Als die Frau mit den kurzen Haaren sich erhebt, sind alle still und warten.

„Bevor der Nachtisch kommt, möchte ich noch kurz etwas sagen. Es freut mich, euch unsere Gäste vorzustellen. Tazer Warden,

Wild, Neena und Nate Lone. Wir gewähren ihnen einen Unterschlupf, bis Tristan zurückkommt. Natürlich habe ich ihn über die Verhältnisse verständigt, er macht sich sofort auf den Weg zu uns. Er müsste in drei Tagen eintreffen, dann könnt ihr gerne mit ihm sprechen." Die anderen am Tisch lächeln uns freundlich als Begrüßung an. Vielleicht sind die von Natur aus nett, soll es auch geben.

„Ich möchte mich und meine Kollegen gerne vorstellen, wenn ihr nichts dagegen habt. Also mein Name ist Lavinia Kronos, ich bin die Stellvertreterin der T. L. Organisation, und das ist Riley Kronos, mein Sohn. Neben ihm sitzt Kirian Nicro, dann kommen Mira Heart, Suna Branek, Tony Fergison, Kenji Major, Katalea Lost und zu guter Letzt Hunter Senpai. Jaja, viele Namen, viele Gesichter, aber es ist verständlich, wenn ihr euch das alles nicht merkt. Unsere restlichen Mitarbeiter sind entweder schon zu Hause oder arbeiten in ihren Abteilungen, aber ich denke, das reicht für den Anfang", beendet Lavinia ihre Ansprache, genau richtig zur Nachspeise.

„Ich liebe Schokolade!", rufe ich freudig aus, als ich den Schokokuchen vor mir sehe. „Und was hast du?", frage ich Kirian, als ich ein anderes Tortenstück auf seinem Teller sehe.

„Malakofftorte. Ich bin nicht so der Schokoladentyp", meint er.

„Was? Wie kann man Schokolade nicht mögen? Dann hast du aber noch nie einen guten Schokokuchen gegessen, probier mal!"

Ich halte ihm eine Gabel voll vor den Mund, er läuft zwar total rot an, isst das Stückchen trotzdem.

„Und?"

„Nicht schlecht. Aber meine Torte ist besser."

„Glaub ich nicht. Darf ich kosten?"

„Klar, gerne."

Als ich mich zu ihm lehne, berühren sich unabsichtlich unsere Schultern und er versteift sich.

„Ziemlich lecker, aber mit Schokolade kann einfach nichts mithalten. Und was hast du, Nate?" Ich koste von ihrer Erdbeertorte und bin im siebenten Himmel, ich liebe Süßes! Als ich so in die Runde sehe, merke ich, dass Wild mich anstarrt. Im ersten

Moment wirkt er leidend, doch dann verfinstert sich sein Ausdruck. Was für eine Spaßkanone! Nach dem Essen versammeln wir uns vor dem Kamin auf der gemütlichen Couch, trinken Bier und lauschen den Geschichten der anderen. Bis Tony, glaube ich zumindest, eine Gitarre aus dem Schrank zaubert und völlig unmusikalisch darauf spielt.

„Da bekommt man ja Ohrenkrebs! Gib her", sage ich und reiße ihm die Gitarre aus der Hand. Sie ist ein bisschen verstimmt, aber in einem guten Zustand. Es dauert nicht lange und alles hört sich wieder richtig an.

„Du kannst spielen?", fragt Kirian.

„Ja. Unsere Eltern lieben Musik, und da ich nicht so gut singen kann wie Nate, blieb mir nur die Gitarre."

„Nate kann singen?", fragen Tazer und Wild gleichzeitig, sodass ich kichern muss.

Ich beginne zu spielen und versuche, mich an die Noten unseres Lieblingsliedes zu erinnern, more than words von Extreme. Als Nate anfängt zu singen, bekomme ich eine Gänsehaut, obwohl ich ihre Stimme so gut kenne. Sie klingt so rein und richtig … einfach unbeschreiblich schön. Aus Gewohnheit übernehme ich an manchen Stellen den Backgroundgesang, hört sich nicht schlecht an. Während ich spiele, spüre ich die Blicke von Kirian und Wild, sie scheinen mich zu durchbohren. Am Ende bekommen wir jede Menge Applaus und Jubelrufe, sodass ich mich irgendwie unwohl fühle. Es dauert nicht lange, bis ich mich zurückziehe, ich kann die Augen kaum noch offen halten. Da Nate noch bleiben möchte, besteht Kirian darauf, mich auf mein Zimmer zu bringen, ich würde mich wahrscheinlich allein verlaufen.

„Also wenn es für dich passt, würde ich dich morgen nach dem Mittagessen abholen", sagt Kirian, als wir vor meiner Tür stehen, dabei tritt er nervös von einem Fuß auf den anderen.

„Toll. Freu mich schon. Ich wünsch dir eine gute Nacht."

Keine Ahnung, welcher Teufel mich da reitet, aber ich gebe ihm einen kurzen Kuss auf die Wange und verschwinde im Zimmer. Aaah! Was ist los mit mir? Dämliches verliebt sein! Dämliches verwirrt sein! Dämliches alles! Genervt von mir selbst schnappe ich mir Jogginghose und Shirt aus meinem Rucksack, putze noch schnell die Zähne und falle anschließend in einen Tiefschlaf.

Keine Ahnung, wann Nate gekommen ist, aber als ich um 11:00 Uhr aufstehe, liegt sie tief schlafend neben mir. Sie redet zwar nicht viel, ist aber trotzdem gern unter Menschen und es freut mich, wenn sie Spaß hat. Verschlafen gehe ich zuerst ins Bad, um zu duschen, danach verlasse ich das Zimmer, um meinen knurrenden Magen zu beruhigen. Am Ende des Flurs steht ein Rollwagen, wie man es aus einem Hotel kennt, mit ziemlich viel Essen – in der Mitte steckt eine Karte mit unseren Namen drauf. Vorsichtig schiebe ich den Wagen in unser Zimmer und decke den kleinen Tisch mit Kaffee, Gebäck und Marmelade, den Rest schiebe ich wieder hinaus. Mit kleinster Lautstärke schaue ich fern, während ein Brötchen nach dem anderen in meinem Mund verschwindet. Als ich das benutzte Geschirr auf einen Haufen stelle, setzt Nate sich auf und schaut mich mit zusammengekniffenen Augen an. Ihre Haare sind verrutscht, sodass ich einen seltenen Blick auf ihr anderes Auge erhaschen kann. Im Prinzip ist es nichts Besonderes, deswegen mach ich auch kein Drama draus. Seufzend lässt sie sich wieder zurückfallen und zieht die Decke über den Kopf. Danach klopft jemand an die Tür. Beim Öffnen kann ich jedoch keinen entdecken, lediglich ein schwarzes Stück Stoff liegt auf dem Boden. Ich hebe es auf und entdecke den kleinen Zettel:

Zieh das bitte an, damit du nicht frierst.
Kirian

Und der Fetzen soll mich vor der Kälte schützen? Haha, der war gut. Meine Neugier siegt und ich ziehe das Teil wirklich an. Es ist ein einfacher, schwarzer Einteiler – nichts weiter. Gerade als ich mich im Spiegel betrachte, verändert sich der Stoff und plötzlich trage ich Jeans und einen Pullover. Uuuh! Das ist ja mal was Tolles! Wenig später klopft es erneut an der Tür und dieses Mal steht Kirian persönlich davor, um mich abzuholen.

„Ich geh dann mal, Nate", verabschiede ich mich, ihre Antwort ist nur eine Art Winken.

„Danke für den Fetzen! Versteh ich das richtig, dass sich dieser Stoff in jede Kleidung verändert, die ich gerade brauche?"

„Nicht nur das, man muss ihn auch nicht waschen oder reinigen lassen. Bis auf Blut gehen alle Flecken problemlos wieder raus. Frag mich jetzt bitte nicht, wieso gerade Blut nicht rausgeht, das weiß ich auch nicht", antwortet er gut gelaunt.

Draußen angekommen, teste ich gleich mal den Stoff und erhalte sofort warme Kleidung. Was will man mehr?

„Also, bist du bereit? Hast du überhaupt noch Schmerzen?"

„Nein, alles in Ordnung. Kann losgehen."

„Okay … gut … dann warte. Ähm … ich heb dich hoch und du hältst dich an mir fest, okay?"

Seine Nervosität wirkt extrem niedlich und ich kann nicht anders, als ihn strahlend anzulächeln. Er ist so anders als Wild und ich mag ihn. Wie besprochen hebt er mich hoch, ich halte mich fest und im Nu fliegen wir gen Himmel. Zu unserem Glück schneit es heute nicht und so fliegen wir eine Zeit lang herum. Irgendwie ist es nicht so spektakulär, wie ich es mir vorgestellt habe, hätte mehr erwartet. Die meiste Zeit blicke ich nach vorne, oben oder seitlich, doch als ich den Blick nach unten schweifen lasse, verkrampft sich mein Körper. Das Bild, wie ich in den Abgrund springe, taucht vor meinen Augen auf und lässt mich nicht mehr los.

„Alles klar bei dir? Du bist so blass."

„Könnten wir bitte wieder landen?"

Sofort steuert er wieder auf das Gebäude der T. L. Organisation zu und landet sachte. Meine Beine zittern, als er mich absetzt, sodass ich mich kurz an ihm festhalten muss.

„Hast du Höhenangst?", fragt er besorgt.

„Normal nicht. Keine Ahnung, was da gerade los war. Wollen wir nicht was Warmes trinken gehen?", schlage ich vor, um nicht weiter darüber zu reden. Er willigt ein und so folge ich ihm in sein Zimmer, wo er nervös ein paar Sachen wegräumt. Seine Kleidung hat sich in etwas Bequemes verändert, genauso wie meine.

Nutzloser Fakt #14

Außer Gitarre kann Neena
auch Geige und Klavier spielen.

Kapitel 15

Kirian

„Möchtest du Tee?", frage ich sie. Kaum zu glauben, dass so ein hübsches und nettes Mädchen sich mit mir abgibt.

„Ja, gerne."

„Früchte- oder Kräutertee?"

„Egal, was du gerne trinkst. Dein Zimmer ist ganz schön groß."

Sie lässt sich auf der kleinen Couch nieder und sieht sich interessiert um. Ich verbrühe mich fast, als das Wasser gekocht ist und ich es in Tassen gieße, Honig-Salbei-Tee.

Eigentlich ist meine Couch ideal, um nah bei ihr zu sitzen, aber ich bin zu feige. Deshalb ziehe ich mir den Schreibtischstuhl zum Wohnzimmertisch.

„Schmeckt gut. Wie lange bist du eigentlich schon hier?"

„Seit meiner Kindheit, sie sind zu meiner Familie geworden."

„Warst du denn ein Waisenkind?"

„Nicht ganz", sage ich zögerlich, ich will über dieses Thema nicht sprechen.

„Ach okay. Und was ist deine Aufgabe hier? Außer mich zu retten natürlich", scherzt sie.

„Nun ja, du musst wissen, dass die ersten zehn Mitarbeiter in eine Art Hierarchie eingeteilt sind. Wir sind immer um Tristan und seine Familie herum, dafür gibt es Krieger und Wächter. Die Krieger sind für Angriffe zuständig und Wächter für die Verteidigung. Als erster Wächter ist es zum Beispiel meine Aufgabe, im Notfall Lavinia und Riley mit meinem Leben zu beschützen."

„Ist so ein Fall schon mal eingetreten? Ich meine, musstest du die beiden schon mal richtig beschützen?", fragt sie interessiert.

„Nicht wirklich. Aber ich bin für den Fall gut trainiert, sonst flieg ich einfach mit ihnen davon."

„Und von welchen Angriffen hast du gesprochen?"

Na toll – und was sag ich ihr jetzt? Das würde ihr bestimmt nicht gefallen …

„Ich darf darüber leider nicht reden."

„Ah, top secret oder so. Kein Problem."

Wir unterhalten uns noch eine Zeit lang. Es macht mich glücklich, in ihrer Nähe zu sein und ihr Lachen zu hören. Wie kommt sie nur auf die schwachsinnige Idee, nach Ira zu gehen? Vielleicht kann ich es ihr ausreden, vielleicht würde sie bei mir bleiben – wer's glaubt. Als ich ihre Tasse nehme, verrutscht mein Shirt ein Stück, sodass die hässliche Narbe auf meinem Schlüsselbein zu sehen ist. Neena legt den Kopf schief und mustert sie. Schnell richte ich mich wieder auf und bringe ihre Tasse zur Kochnische. Sie steht knapp vor mir, als ich mich wieder umdrehe, sieht mir eindringlich in die Augen.

„Woher hast du die?"

„Ich hatte einen Unfall, als ich klein war." Meine Stimme hört sich komisch an.

„Wie weit geht diese Narbe?"

„Ich glaube nicht, dass du das sehen willst."

Wie flüssiges Gold leuchten ihre Augen, während sie bedacht nickt. Wie kann man da Nein sagen? Nach einem tiefen Atemzug ziehe ich mein Shirt hoch, sodass die ganze Narbe zu sehen ist – die ganze hässliche Narbe, die bis zu meinem Nabel reicht. Ich halte die Luft an, als sie leicht mit ihrer Hand darüberstreicht, sie immer wieder nachzeichnet.

„Wieso lügst du mich an?", fragt sie mich.

„Ich lüge nicht", lüge ich.

„Doch, das tust du. Kann mir nicht vorstellen, dass es als Unfall zählt, wenn man mit einem Schwert angegriffen wird."

Mir fehlen die Worte. Es war zwar kein Schwert, aber sie hat recht. Im Gefängnis hat mich ein Wachmann mit einem Dolch angegriffen, die Erinnerung lässt den Schmerz zurückkehren.

„Was ist passiert?", bohrt sie weiter.

„Ist das wichtig?"

„Für mich schon. Jeder, der ein Kind verletzt, bekommt es mit mir zu tun!"

„Du musst nicht meine Heldin spielen", lache ich.

Endlich hebt sie ihren Kopf, um mir direkt in die Augen zu sehen, die Hand verweilt auf meiner Brust. Kann ich es wirklich riskieren, ihr alles zu erzählen? Dann überlegt sie es sich noch mal und bleibt bei mir, könnte doch sein.

„Na gut. Als ich klein war, hab ich meine Flügel noch nicht unter Kontrolle gehabt und bin auf einen Patron gefallen. Der hat das natürlich als Angriff gesehen und so bin ich ins Gefängnis gekommen. Drei Monate war ich dort in einer feuchten, kalten Zelle, bis Tristan mich rausgeholt und mitgenommen hat. Reicht dir das?"

Anstatt einer Antwort schlingt sie die Arme um meinen Nacken und umarmt mich fest. Ich kann nicht anders, als sie auch zu umarmen, es hat etwas so Tröstliches an sich.

„Bitte geh nicht mit ihnen weiter. Ich weiß, dass deine Schwester dabei ist, aber Ira ist kein guter Ort für Freunde von Kriminellen", sage ich, während ich mein Gesicht in ihren Haaren vergrabe.

„Ich geh sicher nicht zurück."

„Dann bleib hier. Bei mir. Bitte."

Sie lässt mich los, weicht ein paar Schritte zurück und sieht mich traurig an. Dann sagt sie: „Mein Vater sitzt im Gefängnis, weil ich Scheiße gebaut habe. Ich muss dort einfach hin, es gibt keine andere Möglichkeit."

„Doch, die gibt es. Ich kann mit Tristan sprechen, vielleicht kann er was machen", widerspreche ich ihr, sie überlebt diese Reise nicht.

„Es war mein Fehler, den ich wiedergutmachen muss, das bin ich ihm schuldig. Außerdem geht alles viel schneller und unkomplizierter, wenn Tristan uns sagt, wie man am besten unbemerkt herein- und wieder herauskommt. Ich schaff das schon."

Glaubt sie das wirklich? Wütend fahre ich mir durch die Haare, tigere unruhig auf und ab. Neena ist für einen Menschen äußerst stark, keine Frage, aber die F. O. ist kein einfacher Gegner. Sie kennen kein Mitleid, keine Gnade, kein Verständnis. Allein der Gedanke daran, dass Neena in einer Zelle festsitzt, verletzt und hilflos, macht mich krank.

„Ich verstehe dich vollkommen", beginne ich, „aber zu 98 %
werdet ihr es nicht mal bis nach Iras Hölle schaffen. Die Patrone
im Sommernachtsland sind sehr stark, nicht mal wir legen uns
mit denen an. Das kann einfach nicht gut gehen."

Sie blickt mich lange mit ausdruckloser Miene an, dann
schüttelt sie traurig den Kopf.

„Zwei Prozent reichen aus, besser als nichts. Du unterschätzt
uns gewaltig! Tazer und Wild sehen vielleicht nicht stark aus,
doch ihr solltet euch nicht vom Äußeren täuschen lassen."

Darauf will sie hinaus. Tazer und Wild sind nichts weiter als
Verbrecher mit einer falsch eingeschätzten Gefahrenstufe, mehr
nicht. Warum muss sie auch Wild erwähnen?

„Du gehst wegen ihm mit, hab ich recht?", sage ich kühl.

„Wegen wem?"

„Wild."

„Was? Wie kommst du denn auf den Schwachsinn? Falls du es
noch nicht mitbekommen hast, wir mögen uns nicht besonders.
Ich mache das für meinen Vater!", zischt sie.

„Es bringt deinem Vater nichts, wenn du tot bist!", brülle ich
sie nun an. Sie will es einfach nicht verstehen.

„Ich werde nicht sterben." Ihre Stimme ist ruhig, aber bestimmt.

„Wenn nicht mal ein Strange One gegen die Patrone ankommt,
wird es ein Mensch erst recht nicht schaffen! Bitte überleg es dir
zumindest! Hier bist du sicher, hier bist du in meiner Nähe!"

Für einen kurzen Moment huscht ein verletzlicher Ausdruck
über ihr Gesicht, verschwindet jedoch sofort wieder.

„Gut, ich überleg es mir. Ich sollte jetzt gehen, danke für
den Tee."

Neena macht auf den Absätzen kehrt und verlässt mit schnellen
Schritten mein Zimmer.

Verdammt!

Nutzloser Fakt #15

Iras Hölle wurde
vor der „Herrschaft" von Kajetan
Iras Paradies genannt.

Kapitel 16

Wild

Der Streifschuss an meinem Bein ist schön verheilt, jedoch langsamer als sonst. Neenas Munition verlangsamt wirklich die Heilung, ihr Schlag ins Gesicht tut immer noch weh. Hätte nicht gedacht, dass sie selbst im Sprengstoff diese Chemikalie hat – schlaues Mädchen. Irgendwie hab ich ein schlechtes Gewissen, weil ich ihr diese hässlichen Sachen an den Kopf geworfen habe, aber sie muss einfach hierbleiben. Zu meiner Schande muss ich mir eingestehen, dass ich sie mag, sehr sogar, aber genau das ist das Problem. Nie wieder möchte ich dieses zerrissene Gefühl spüren, welches mich bei Neenas Sprung überfallen hat. Auch wenn das heißt, dass sie wahrscheinlich mit dem verfickten Flügelmann zusammenkommt – ich mag keine Schönlinge. Es wird bestimmt nicht leichter werden, im Gegenteil – unsere Gegner werden immer stärker.

Tazer, dieser Vollpfosten, lacht mich aus: „Sie hat dir richtig ins Gesicht geschlagen? Das hätte ich gerne gesehen! Wieso ärgerst du sie auch immer?"

„Tu ich doch gar nicht, so bin ich eben. Sag mal, weißt du eigentlich, was mit dem Patron passiert ist? Sie haben ihn doch hierher gebracht, oder?"

„Richtig, das hätte ich ja fast vergessen. Was sie wohl mit ihm gemacht haben?"

„Sie haben zumindest kein Wort mehr über ihn verloren, seltsam", sage ich nickend.

Nate, die bis jetzt mit Tazer Karten gespielt hat, springt vom Bett und geht auf die Tür zu. Dort dreht sie sich um und sagt: „Mir ist langweilig, wir suchen ihn."

Gute Idee, so denke ich jedenfalls nicht ständig an Neena und den Flügelmann. Gerupft würde er mir bestimmt besser gefallen, so viel steht fest.

Tazer und ich folgen Nate eine Wendeltreppe nach oben und ich frage mich, wo sie hingehen will.

„Wieso gehen wir nach oben? Sind Kerker oder Gefängniszellen nicht normalerweise im Keller?", fragt Tazer.

„Sie sind intelligenter, als sie aussehen", antwortet Nate knapp. Wie schafft sie es nur, die Menschen zu durchschauen? Nach fünf Stockwerken stoßen wir auf eine verschlossene, massive Stahltür – hier soll wohl niemand weitergehen. Gerade, als ich sie eintreten möchte, legt Nate eine Hand in die Mitte der Tür und schließt für einen kurzen Moment die Augen. Was tut sie da? Ihre Verrücktheit nervt mich, sie soll mich doch einfach machen lassen.

„Trete hierhin, Wild", sagt sie und deutet auf die Stelle knapp über der Türschnalle. Ohne weitere Fragen zu stellen, tue ich, was sie sagt, und die Tür fliegt wie nichts auf. Tazer applaudiert wie ein kleines Kind, lästiger Blitzheini. Die Treppe verändert sich und besteht nun aus festem Stein, genauso wie die Wände. Es wirkt gar nichts mehr modern oder steril, es herrscht ein abgestandener Gestank und die winzigen Fenster sind voller Spinnweben.

„Willkommen im Kerker", murmelt Nate.

„Woher wusstest du das?", fragt Tazer überrascht.

„Die Tür in der Tiefgarage war nicht abgeschlossen. Das ist Absicht."

„Du meinst, falls jemand einen Gefangenen befreien möchte, kann er ohne Weiteres rein? Was ergibt das denn für einen Sinn?", frage ich und Tazer verschränkt die Arme vor der Brust. Nachdem er nachgedacht hat, antwortet er: „Er müsste durch das gesamte Gebäude, um zu den Zellen zu kommen, was ihm nicht gelingen wird. Es sind zu viele Mitarbeiter hier und im Notfall gibt es ja noch die Stahltür. Spätestens bei dieser Tür haben sie ihn, zwei Fliegen mit einer Klatsche."

Nate nickt zustimmend und wir setzen unseren Weg fort. Die ganze Zeit über habe ich mich hier nicht wohlgefühlt, jetzt weiß ich, warum: Denen kann man nicht trauen. Bis auf das Geräusch unserer Schuhe ist nichts zu hören, eine unangenehme

Stille. Plötzlich vernehmen wir einen schmerzerfüllten Schrei – Tazer will natürlich sofort lossprinten, doch Nate hält ihn an seinem T-Shirt zurück, schüttelt den Kopf und bedeutet ihm, leise zu sein. Der Schrei ertönt erneut und geht durch Mark und Bein, definitiv eine männliche Stimme. Ob das der Patron ist? Ich meine, ich hab ja echt nichts dagegen, wenn jemand wie er ein bisschen gefoltert wird, aber das hört sich nicht mehr ganz menschlich an.

„Wo ist Kajan jetzt?", fragt eine mir bekannte Stimme. Wie heißt der noch mal? Dummer … Hummer … Hunter. Hunter! Hätte ihn nicht für so einen harten Typen gehalten, falls er derjenige ist, der den Patron quält. Wieder schreit dieser auf, seine Stimme versagt jedoch bereits.

„Weiß ich nicht. Ich weiß nicht mal, wie der Kerl aussieht! Bis auf Yasha und Ronny weiß das keiner von uns", quengelt er.

„Für wie blöd hältst du uns eigentlich? Wir wissen, dass nur die Patrone über Kajan Bescheid wissen und du bist doch so ein dämlicher Patron."

„Woher habt ihr denn diesen Schwachsinn? Kajetan vertraut so gut wie niemandem, wenn es um seinen Sohn geht!"

„Wieso glaub ich dir das nicht?"

„Weil du anscheinend nicht klug genug bist."

Wieder ertönt ein Schrei voller Schmerzen, warum provoziert er Hunter auch?

„Und was hat Kajetan als Nächstes vor? Irgendwelche Befehle? Was ist mit Tazer und seinen Anhängern?"

„Kajetan spielt Hindernislauf."

„Hä? Mir doch egal, was er spielt, ich will seinen Plan!"

„Den hätt ich auch gern! Er spielt mit Tazer Hindernislauf und die Patrone sind die Hindernisse."

„Und was ist mit den vielen Strange Ones, die ihr verhaftet habt?"

„Was soll mit ihnen sein? Sie sind entweder weggesperrt oder tot."

„Die meisten sind aber unschuldig!"

„Jeder hat Leichen im Keller. Ihr seid da keine Ausnahme."

Hunter quält ihn wieder, als Nate Tazer und mich an den Armen packt und uns abwärts zerrt. Erst als wir in ihrem Zimmer sind, lässt sie uns los. Neena ist inzwischen zurück und sieht uns vom Bett aus mit gerunzelter Stirn an. Sie fragt, wo wir gewesen wären, und so erzählt Tazer ihr alles. Irgendwie sieht sie heute anders aus, zerbrechlich. Etwa noch immer wegen mir? So sensibel hätte ich sie gar nicht eingeschätzt, aber das erleichtert mir mein Vorhaben erheblich.

„Kirian hat mir erzählt, dass er als Kind im Gefängnis von Ira eingesperrt war und Tristan ihn rausgeholt hat. Also kennen die einen Weg dahin. Besser kann es für uns doch gar nicht laufen, oder?", erzählt Neena.

„Richtig. Soll Kajetan doch mit uns spielen, ich hoffe nur, er ist kein schlechter Verlierer." Tazer knackt mit seinen Fingerknöcheln. „Hat er sonst noch was gesagt?"

„Nur dass ich bei ihm bleiben soll, aber das kommt gar nicht infrage!"

Bevor ich mit ihr zu streiten beginne, verlasse ich lieber das Zimmer und kehre in meines zurück. Der Flügelmann ist wohl doch nicht so dämlich, selbst er versteht die Situation. Sie sollte wirklich bei ihm bleiben, das wäre das Beste für alle. Und wieso fühlt sich das dann so beschissen falsch an?

Der Tag vergeht langsam, die Zeit will einfach nicht vergehen. Wir sitzen wieder im Esszimmer, doch dieses Mal ist die Atmosphäre eine andere. Zwar wird viel geredet und gelacht, doch Neena ist erstaunlich ruhig und sieht irgendwie kaputt aus. Dieses Mal sitzt Nate neben Kirian, welcher auch nicht besser aussieht. Haben die sich gestritten? Freut mich ja einerseits, aber ich hab hier nichts zu melden. Es ist das erste Mal seit einer sehr, sehr langen Zeit, dass mir eine andere Person wichtiger ist als ich selbst. Wir verziehen uns früh und gehen alle zu Bett, doch ich kann nicht schlafen. Ich liege auf dem Rücken und schaue die Decke an, welche wie ein Sternenhimmel aussieht. Woher zum Teufel haben die so viel Geld? Was machen die eigentlich? Wäre ja echt interessant, darüber nachzudenken, womit sie ihr Geld verdienen. Zumindest ist es besser, als dauernd an

Neena zu denken. Ob Nate noch mehr weiß? Mit dem Kerker im obersten Stockwerk hatte sie ja recht, vielleicht sollten wir der Sache mal auf den Grund gehen. Ich traue ihnen nicht, diese gespielte Freundlichkeit und Aufrichtigkeit geht mir am Arsch vorbei. Tazer hat das sicher nicht bemerkt, dieser Vollpfosten, sieht alles zu optimistisch. Wie aufs Stichwort klopft es an der Tür und Tazer steht davor mit einem ernsten Gesichtsausdruck. Da ich nur sein freundliches Gesicht wirklich kenne, lasse ich ihn neugierig herein. Anstatt sich hinzusetzen, stellt er sich zu der großen Fensterwand, steckt die Hände in seine Hosentaschen und schweigt. Und das kann er bei sich im Zimmer nicht machen?

„Was gibt's?", frage ich und setze mich aufs Bett.

„Was der Patron gesagt hat, lässt mir einfach keine Ruhe."

„Was meinst du?"

„Jeder hat Leichen im Keller."

„Du traust ihnen auch nicht?"

„Nein, hier ist irgendwas faul. Wie können sie sich das alles leisten? Woher kommt das viele Geld? Warum lässt Kajetan sie in Ruhe?"

„Das hab ich mich auch schon gefragt. Ich wollte eigentlich mal mit Nate darüber reden …"

„Hab ich schon. Sie sagt wie immer nicht viel, aber sie meint, dass Tristan uns unsere Fragen ohne Zweifel beantworten wird."

„Dauert ja nicht mehr lange, bis er da ist."

„Das ist nicht mein Problem – sie lassen uns nicht raus", sagt er mit ruhiger Stimme.

„Wie bitte? Was soll das heißen?"

„Nate und ich wollten uns in der Nähe umsehen, doch sie haben uns nicht rausgelassen. Die Tür zur Tiefgarage war verschlossen und zwei Wachen standen davor."

„Ganz toll", schnaufe ich sarkastisch.

„Anscheinend wollen sie unbedingt, dass wir mit Tristan reden. Unser Plan ändert sich somit nicht, nur müssen wir aufpassen."

„Worauf? Dass wir sie nicht töten?"

„Niemand wird hier getötet! Es hat oberste Priorität, dass wir auf Neena aufpassen und sie nicht zu nah an sie ranlassen. Sie ist viel zu impulsiv und angriffslustig, um die Sache nüchtern zu betrachten. Wenn sie auch nur eine falsche Bewegung macht, sind wir geliefert."

„Dann machen wir sie fertig, wir sind doch eine ziemliche starke Truppe."

„Schon, aber wir sind in der Unterzahl und ich möchte nicht sinnlos jemanden angreifen. Halt dich bitte einfach daran und hab ein Auge auf sie. Nate und ich versuchen, mehr herauszufinden, und haben keine Zeit, um auf sie aufzupassen."

Er dreht sich zu mir um und seine grauen Augen strahlen Macht und Autorität aus, sodass ich einfach nicht anders kann, als ihm zuzustimmen.

„Zu Befehl, Sir!", scherze ich und auch er lacht endlich. Der ernste Tazer ist fast so gruselig wie der wütende, mit beiden möchte ich nicht verfeindet sein. Es ist selten geworden, dass ich jemanden respektiere und seine „Befehle" ausführen möchte.

„Nate und ich wollen uns die oberen Stockwerke noch einmal ansehen. Neena ist ziemlich durch den Wind und drischt auf einen Sandsack im Trainingsraum am Ende des Flures ein. In diesem Zustand kann es leicht passieren, dass sie sich nicht mehr unter Kontrolle hat, also beginnt deine Mission ab jetzt", sagt er, bevor er mit fröhlichem Gesicht mein Zimmer verlässt. Seit wann lasse ich mich so schnell breitschlagen? Die letzten Jahre habe ich auf niemanden gehört, nur das getan, was ich wollte. Ich finde es noch immer nicht richtig, dass Neena uns begleiten soll, aber Tazer scheint es wichtig zu sein. Also stehe ich auf, verlasse mein Zimmer und beginne meine Mission.

Mit einem Zischen geht die Tür zum Trainingsraum auf und gleißend helles Licht blendet mich einen Augenblick. Als Erstes komme ich in einen Raum mit stinknormalen Trainingsgeräten, doch weiter vorne entdecke ich ein Fenster. Ein Fenster mitten in einem Raum? Es scheint eine Art Beobachtungsfenster zu sein, denn unterhalb befindet sich ein riesiger Bereich zum Kämpfen. Von der Decke hängen einige Sandsäcke und Ketten hinunter, der Boden ist aus Stein. Mitten in diesem Bereich sehe ich Neena, die wie eine Wahnsinnige einen Sandsack vermöbelt. An einigen Stellen hat er bereits Risse und Sand rieselt hinab. Selbst von hier oben kann ich die Schweißperlen auf ihrer Stirn und ihren schweren Atem erkennen. Ihre Fäuste sind voller Blut, wieso benutzt sie keine Handschuhe? Es wäre besser, wenn sie endlich jemand aufhalten würde. Schnell finde ich auch die Tür zum Kampfbereich. Nervös laufe ich die wenigen Stufen hinab und stoße laut die Tür auf, doch sie scheint es nicht zu hören.

„Was hat dir der Arme denn getan?", frage ich scherzhaft.

Plötzlich verkrampfen sich alle ihre Muskeln, sie wischt sich über die Stirn und dreht sich um – sie scheint sich nicht das erste Mal übers Gesicht zu wischen, es ist blutverschmiert. Hat sie dabei gar keine Schmerzen? Ich kann ihr keinerlei Empfindungen ansehen, sie geht in die Knie und versucht, wieder normal zu atmen. Gleich neben der Tür befindet sich ein kleiner Erste-Hilfe-Koffer, darin finde ich Verbandsmaterial und etwas zum Desinfizieren. Vor ihr knie ich mich hin, betrachte ihre Hände genauer und sprühe ohne Vorwarnung das Desinfektionsmittel darauf. Blitzschnell hebt sie den Blick, so, als wäre sie gerade aus einem Albtraum erwacht. Sie sieht mir zu, während ich ihre Wunden verbinde, und sagt anschließend: „Autsch."

Ich muss lachen, weil sie wie ein kleines Kind klingt, das sich gerade das Knie aufgeschürft hat.

„Wieso bist du so wütend?", frage ich, obwohl ich die Antwort kenne.

„Geht dich einen feuchten Dreck an!", faucht sie, wieder ganz die Alte. Auf keinen Fall entschuldige ich mich bei ihr, denn im Grunde habe ich recht. Sie ist zwar ein starker Mensch, aber dennoch nur ein Mensch. Natürlich hätte ich das mit Tazer und dem Mitleid nicht sagen sollen, immerhin ist das ja gelogen, aber ich konnte einfach nicht anders. Es ist wohl am besten, wenn sie sich ordentlich auspowert. Deshalb stehe ich auf und ziehe sie beim Pferdeschwanz hoch. Wütend schlägt sie nach mir, jedoch weiche ich aus.

„Wenn du den Sandsack so geschlagen hättest, wie du mich geschlagen hast, würde er nicht mehr so lustlos herumhängen."

Anstatt mir eine Antwort zu geben, blickt sie abwechseln zu mir und dem Sandsack – tut jedoch nichts. Seufzend stelle ich mich hinter sie, dirigiere sie vor den Sandsack und drehe ihren Körper seitlich. Ohne Widerworte lässt sie es sich gefallen, braves Mädchen. Ich hebe ihren rechten Arm und forme ihre Hand zu einer Faust, meine Hand umschließt ihre fast ganz.

„Und jetzt stell dir vor, dass der Sandsack dich gerade derb beschimpft hat. Er hält dich für schwach, einen schwachen Menschen. Schlag mit ganzer Kraft, bewege den Körper mit." Sobald ich ihre Faust loslasse, schlägt sie mit aller Kraft zu und der Sandsack zerlegt sich in der Luft mit einem lauten Knall. „Hast du das gesehen?", fragt sie begeistert und hüpft dabei auf und ab. Sie will zum nächsten eilen, doch ich halte sie an den Schultern zurück – fragend blickt sie mich an.

„Wie wäre es mit einem kleinen Duell? Du gegen mich, ein fairer Kampf."

„Du bluffst doch."

„Glaubst du wirklich, dass ich Frauen gegenüber rücksichtsvoller bin?"

„Nein, aber bin ich nicht viel zu schwach für dich?", ihre Worte klingen voller Hass für mich.

„Werden wir sehen, es gibt drei Runden. Der, der den anderen zuerst zu Boden wirft, gewinnt. Was hältst du davon?"

„Einverstanden, was bekomme ich, wenn ich gewinne?"

„So weit wird es nicht kommen", lache ich sie aus.

„Und wenn doch?"

„Dann kauf ich dir in jedem Dorf, das wir passieren, so viel Schokolade, wie du willst. Aber wenn ich gewinne, gehst du wieder zurück nach Hause."

Geschockt sieht sie mich an. Ja, ich widersetze mich Tazer, aber so ist es einfach am besten. Für einen kurzen Moment wirken ihre Augen traurig, doch dann ist sie entschlossen und sagt: „Abgemacht."

Wir legen keine Regeln fest, es gibt einfach keine. Als der Kampf beginnt, verschwindet sie vor meinen Augen – verdammt, ist die schnell! Trotzdem kann ich ihren Angriffen ausweichen, blocke ihre Tritte und Schläge. Als ich sie angreife, blockt sie meinen Schlag zwar ab, wird aber zurückgeschleudert und verliert das Gleichgewicht. Der erste Punkt geht an mich, sie beschwert sich nicht. Neena scheint ihre Taktik zu ändern, denn anstatt anzugreifen, wartet sie. Die Gelegenheit nutze ich natürlich, und kurz bevor meine Faust ihren Bauch berührt, ist sie wieder verschwunden. Mir bleibt keine Zeit, um mich umzusehen, da hat sie mich schon mit dem Fuß seitlich erwischt und ich verliere die zweite Runde.

„Jetzt wird's spannend, mach dich auf eine Niederlage gefasst."

„Nur, dass ich nicht verlieren werde", gibt sie entschlossen zurück und so beginnt die letzte Runde. Wir scheinen nun komplett auf dem gleichen Niveau zu sein, der Kampf zieht sich in die Länge und sie wird immer schneller. Wie macht sie das? Sie ist doch nur ein Mensch und trotzdem ist sie schneller als ich. Die Lage spitzt sich zu, dank ihrer schnellen Angriffe habe ich keine Zeit, um zurückzuschlagen. Sie erwischt mich einige Male und … Himmel, Arsch und Zwirn tut das weh! Woher hat sie diese Kraft? Plötzlich legt sich in mir ein Schalter um, ich bekomme sie am Handgelenk zu fassen und benutze meine Fähigkeiten als Strange One.

Ich befinde mich auf einem Maisfeld, es ist Nacht. Noch nie war ein Soul Hunter (eine Attacke von mir) so realistisch und intensiv. Gen Osten höre ich Stimmen, denen ich natürlich sofort nachgehe, und sehe die Schwestern als Kinder vor mir. Nate hat genauso rotes Haar wie Neena, sie hängen ihr noch nicht übers Gesicht und neugierig sehe ich ihr in die Augen. Beide sind golden, warum versteckt sie das eine Auge dann immer? Natürlich können mich weder Neena noch Nate sehen, immerhin bin ich in einer Erinnerung. Aus der Entfernung nehme ich Schritte wahr, sie nähern sich den Schwestern. Ein hochgewachsener Mann baut sich vor ihnen auf, er trägt das Zeichen der F. O. auf seiner Hand. Was will der denn bitte von Kindern? Zwar bewegt sich sein Mund, doch ich kann ihn nicht hören – wahrscheinlich hat Neena seine Worte vergessen oder selbst nicht gehört. Plötzlich packt er Nate am Hals und hebt sie hoch, damit ihr Gesicht genau vor seinem ist. Er scheint sie zu würgen,

Nates Augen werden groß. Neena stürmt auf ihn zu und tritt ihn einige Male gegen das Schienbein, leider hat sie damit nicht viel Erfolg. Ich sehe ihre Panik, ihre Angst, ihre Hilflosigkeit. Plötzlich ändert sich ihr Ausdruck und mir läuft es kalt den Rücken hinunter. Sie fasst in ihre kleine Hosentasche und nimmt einen kleinen, schwarzen Beutel heraus. Dann umrundet sie den Mann und wirft ihm den Beutel auf den Rücken. Die Explosion erhellt einen Augenblick die Umgebung und der Mann lässt Nate los. Diese fällt zu Boden, Neena läuft auf sie zu und hilft ihr auf die Beine. Dabei verliert sie einen weiteren schwarzen Beutel, der jedoch um einiges größer ist als der vorige. Gerade, als die beiden weglaufen wollen, bemerkt Neena ihren Verlust und will ihn sich wieder holen. Der Mann steht stöhnend auf und kommt auf sie zu. Nate zieht ungeduldig an der Hand ihrer Schwester, doch diese bewegt sich keinen Millimeter. Der Mann nähert sich dem Beutel, plötzlich reißt sich Neena los und stürmt auf den Mann zu. „Stopp!", schreit sie. Will sie ihn schützen? Dann geht alles ganz schnell. Neena ist nur wenige Zentimeter vom Beutel entfernt, als der Mann draufsteigt und dieser explodiert. Blitzschnell zieht Nate ihre Schwester weg, sie hat nur wenig abbekommen. Dann laufen sie, so schnell sie können.

Zitternd steht Neena vor mir, die Augen sind vor Schreck geweitet und ihr Atem klingt abgehackt. Was hab ich da nur angerichtet? Als die erste Träne über ihre Wange kullert, ziehe ich sie in meine Arme und drücke sie fest an mich. „Es tut mir leid", hauche ich, doch es beruhigt sie nicht. Ja wie auch? Hilfe suchend klammert sie sich an mein Shirt und ich lasse sie nicht los. Ich bin wirklich ein Monster …

Nutzloser Fakt #16

Wild verlor seine Jungfräulichkeit
mit 16 Jahren.

Kapitel 17

Tazer

Die ganze Sache gefällt mir immer weniger, der Patron ist nicht mehr da. Nate und ich sind wieder in ihrem Zimmer und warten auf Neena und Wild.

„Ich will einfach nicht glauben, dass sie ihn haben laufen lassen", sage ich.

„Haben sie auch nicht", antwortet Nate und schaltet den Fernseher ein.

„Du weißt viel über sie, oder?"

„Ja."

„Und wieso verrätst du es uns nicht?"

„Hab ein bisschen Geduld."

„Haben sie wirklich Leichen im Keller?"

„Eher im obersten Stockwerk."

„Sie haben den Patron getötet?"

„Ja."

„Woher weißt du das?"

„Ich weiß es."

„Und wo ist die Leiche jetzt?"

„Weg."

„Du bist komisch."

„Ja."

Aber genau das mag ich an ihr, ich kann ihr blind vertrauen, obwohl ich sie noch nicht lange kenne. Mein Bauchgefühl hat immer recht!

„Du solltest schlafen gehen", sagt Nate.

„Und was ist mit Neena und Wild?"

„Die kommen nicht so schnell zurück."

„Na dann gute Nacht."

Auch sie wünscht mir eine gute Nacht und ich verschwinde in meinem Zimmer. Ich habe nicht gemerkt, dass beziehungsweise ob sie die Leiche weggeschafft haben, obwohl ich die Anwesenheit der meisten Strange One inzwischen wahrnehmen kann. Es fehlt keine, vielleicht hab ich den Patron einfach nicht gespürt. Trotzdem stimmt irgendwas nicht. Wieso töten sie einen von Kajetans Leuten, ohne dass etwas passiert? Mir ist schon klar, dass sie so eine Art Waffenstillstand haben, aber töten gehört doch zu so etwas nicht dazu, oder? Hoffentlich hat Nate recht und dieser Tristan beantwortet alle meine Fragen. Was für ein Typ er wohl ist? Seine Frau und sein Sohn scheinen sehr freundlich zu sein, doch niemand hier gibt uns Grund, ihnen zu trauen – die Freundlichkeit ist einfach zu perfekt.

Am nächsten Morgen frühstücken wir alle in Nates Zimmer, um die Lage zu besprechen. Neena sieht extrem müde und zerstört aus. Wild's Schuld? Es ist nicht so, dass ich ihm nicht traue, aber er scheint nicht zu wissen, ob er mir wirklich trauen kann oder nicht. Solange er so im Zwiespalt ist, wird er meinen Anweisungen nie hundertprozentig nachkommen und das finde ich schade. Immerhin ist er ein guter Mensch, auch wenn er das selbst nicht glauben will. Irgendwie hat es einen bitteren Beigeschmack, wenn ich jemandem Anweisungen gebe, aber ich bin der, der die Verantwortung für alle trägt. Als ich jedoch Wild von der Seite mustere, wird mir klar, dass auch er nicht viel besser aussieht – oje.

„Sie haben den Patron umgelegt", sagt Nate mit vollem Mund.

„Was?", fragen Neena und Wild gleichzeitig.

„Tristan sollte morgen endlich hier eintreffen, dann werden wir ihn einfach fragen", werfe ich ein.

„Denkst du wirklich, dass der uns die Wahrheit sagt? Wie naiv bist du denn?", faucht Wild.

„Ich bin nicht naiv, ich vertraue Nate. Außerdem hätte er nichts davon, uns anzulügen, denn wir sind in der Unterzahl."

Mir gefällt das genauso wenig, aber ich habe nicht vor, sinnlos jemanden anzugreifen.

„Und was schlägst du vor, sollen wir jetzt machen?", fragt Neena, ihre Augen sind leer.

„Gar nichts. Wir könnten trainieren, fernsehen, Karten spielen, was jeder will, soll ja nichts Besonderes werden. Ich hätte noch eine Frage an dich, Neena."

„Die wäre?"

„Hat Kirian irgendetwas Genaueres über die Organisation erzählt?"

„Hm … er hat mir nur erklärt, dass es unter ihnen Wächter und Krieger gibt, aber er wollte mir nicht sagen, wofür die Krieger da sind. Aber es war definitiv so gemeint, dass die Krieger für ihre Arbeit ausschließlich außer Haus sind."

Welcher Arbeit gehen diese Krieger denn nach? Was können Krieger schon großartig? Vom Kämpfen mal abgesehen. Aber hier gibt es doch keinen Krieg oder so etwas in der Art.

„Sag mal, Nate, denkst du nicht auch, dass die Krieger dann die Haupteinnahmequelle sind?"

„Korrekt."

„Aber wieso nennt man sie dann nicht einfach Arbeiter? An einem Kampf verdient man doch nichts", schlussfolgere ich.

„An einem Kampf nicht, nein."

„Wieso heißen sie dann Krieger? Aaah! Das macht mich wahnsinnig!"

„Weil Killer recht auffällig klingt", meint Wild.

„Also sind sie Auftragskiller?", ich sehe fragend zu Nate.

„Korrekt."

Wild beschwert sich darüber, dass Nate uns nicht gleich alles erzählt, was sie weiß. Aber sie kichert nur und sagt knapp: „Wenn es wichtig ist, erwähne ich es."

Trotzdem kann ich mir beim besten Willen nicht vorstellen, dass sie uns aus dem Weg räumen sollen – das hätten sie längst getan. Aber wenn Tristan den anderen verboten hat, uns umzubringen, weil er das selbst machen will, verteidigen wir uns auf alle Fälle.

„Hört zu, sollte der unwahrscheinliche Fall eintreten, dass Tristan uns umlegen will, wehren wir uns mit allem, was wir haben. Sie werden nicht zulassen, dass Neena Waffen bei sich trägt, aber es wäre echt spitze, wenn du trotzdem ein Messer oder eine Pistole reinschmuggeln könnest. Ich versuche dann, alle mit meinen Blitzen zu lähmen, und ihr haut ab, verstanden?"

Alle drei sehen mich mit hochgezogenen Augenbrauen an und beginnen lauthals zu lachen. Hab ich was Falsches gesagt?

„Wieso sollten wir weglaufen wie kleine Mädchen? Den Spaß lass ich mir bestimmt nicht entgehen", lacht Neena und klingt dabei fast normal. Wild und Nate stimmen ihr zu, irgendwie hab ich mit einer solchen Antwort schon gerechnet. Denn obwohl wir uns erst eine kurze Zeit kennen, sind wir schon gute Freunde.

„Du als unser *Anführer* solltest gar nicht erst an so einen Schwachsinn denken", sagt Neena.

„Anführer? Wieso bin ich der Anführer?"

„Du gibst uns immerhin Befehle", mault Wild.

„Bei dir klingt das ja so, als wäre das was Schlechtes. Also mir ist es lieber, ich bekomme gesagt, was ich tun soll. So kann ich wenigstens nichts verschlimmern." Neena grinst mich spitzbübisch an. Es freut mich zwar, dass sie so denkt, aber ich glaube kaum, dass sie sich allzu genau an meine Worte hält.

„Und was ist, wenn ich was falsch mache?", frage ich.

„Dein Bauchgefühl hat immer recht, das wissen wir jetzt schon. Also kannst du nicht viel falsch machen, und wenn doch, findest du sicher einen Weg, alles wieder hinzubiegen." Neena scheint echt an mich zu glauben.

„Dann sind wir ja so was wie eine Familie – ich bin der große Bruder und ihr seid die jüngeren Geschwister", lache ich.

„Ich bin aber älter als du, warum bin ich nicht der große Bruder?", regt Wild sich auf und endlich scheinen die beiden wieder normal zu sein.

Der Tag vergeht eigentlich recht schnell. Wir trainieren eine Zeit lang und spielen Karten. Wild und Neena zanken sich wieder wie ein altes Ehepaar, also können Nate und ich gar nicht mehr aufhören zu lachen. Wir gehen früh zu Bett und hoffen, dass Tristan bereits am Morgen anreist, damit wir schnell von hier wegkommen.

Viel Schlaf bekomme ich trotzdem nicht, mir ist heiß und ständig träume ich von Kai. In diesem Traum steckt er in Schwierigkeiten.

Er sitzt im Gefängnis und ist an die Wand gekettet. Neben ihm Mr. Strong und meine Mutter. Um 5:00 Uhr gebe ich es auf, dusche kalt und gehe anschließend in Wild's Zimmer. Er schläft tief und fest, also setze ich mich an die Bettkante und rüttle ihn an der Schulter.

„Wild! Wach auf. Wild!"

„Was ist?", knurrt er, öffnet jedoch seine Augen nicht.

„Mir ist langweilig."

„Nicht mein Problem."

„Ich weiß aber nicht, was ich machen soll."

„Such dir was zum Spielen und lass mich schlafen."

„Es gibt nichts zum Spielen."

„Dann schau dir einen Film an und halt deine dämliche Klappe."

„Gute Idee", sage ich, schalte seinen Fernseher ein und zappe durch das Programm. Verschlafen setzt er sich auf, sieht zwischen dem Fernseher und mir hin und her.

„Ich meinte, dass du in deinem Zimmer fernsehen sollst!"

„Ach so. Na, wenn ich schon mal hier bin … du siehst echt gruselig aus, wenn du gleichzeitig so verschlafen und mürrisch bist."

Er blinzelt ein paar Mal, fährt sich mit den Handflächen übers Gesicht und strampelt schließlich die Decke weg – mich gleich mit. Wild sucht sich aus seinem Rucksack frische Sachen und verschwindet im Bad. Während er duscht, mache ich es mir auf seinem Bett gemütlich und sehe mir eine echt witzige Sitcom an. 20 Minuten später kommt Wild mit nassen Haaren zurück und setzt sich an den kleinen Esstisch.

„Wieso schläfst du nicht? Sonst bist du innerhalb einer Sekunde weg und man bekommt dich nicht mehr wach."

„Hab schlecht geträumt. Tristan ist doch ein Strange One, oder?"

„Ja, denke schon. Aber frag mich nicht nach seiner Fähigkeit, er hat nicht mal einen Steckbrief in diesem Buch der First Organisation. Mich würde ernsthaft interessieren, warum Kajetan ihn einfach so eine Organisation voller Auftragskiller machen lässt."

„Das würde mich auch interessieren. Erinnerst du dich, wie seine Frau reagiert hat, als wir uns vorgestellt haben? Das kam mir ziemlich merkwürdig vor, auch wenn man von uns gehört hat."

„Bei deinem Namen hat sie sowieso sehr komisch dreingeschaut, ich kann mir einfach nicht erklären, warum. Was willst du eigentlich alles von Tristan wissen? Hergekommen sind wir ja nur wegen des Weges ins Gefängnis."

„Das ist schon richtig und das ist auch der Hauptgrund, aber ich möchte ihn auch fragen, warum er rund um sich Killer versammelt hat. Doch vielleicht hast du recht und wir sollten nur nach dem Weg und einer Karte fragen und dann abhauen", sage ich und gehe zum Fenster. Draußen ist es noch dunkel, meine Gedanken schweifen wieder ab. Kai geht es bestimmt gut, niemand wird ihn verhaften und es wird ihm auch nichts geschehen. Es ist schon länger her, dass ich so etwas geträumt habe, dennoch war es immer nur meine Mutter, die festgekettet war. Wild schaltet auf die Nachrichten um und saugt scharf die Luft ein.

„Tazer? Du wolltest doch ursprünglich nach Siu gehen, oder?"

„Ja, wieso?"

„Sieh dir das an."

Ich drehe mich um, während Wild die Lautstärke voll aufdreht und auf dem Bildschirm das Schild des Dorfes zu sehen ist. Im Hintergrund rennen eine Menge Haifische nervös auf und ab, als würden sie nach jemandem suchen. Eine Frau, die aus ihrem eigenen Haus geworfen wurde, wird interviewt. Dabei stellt sich heraus, dass es sich um eine Art Razzia handelt, aber niemand genau weiß, wonach gesucht wird. Die Haifische sind schwer bewaffnet, und wenn ich mich nicht täusche, sehen sie immer wieder in ihr schlaues Büchlein. Leider kann man den Steckbrief, den sie studieren, nicht sehen. Seit wann machen die so einen Aufstand, wenn mal ein Strange One nicht zu Hause ist? Es ist schon öfter vorgekommen, dass die Haifische warten mussten, bis der gesuchte Strange One wieder zu Hause war. Nur wenn jemand untergetaucht ist, wurde im Fernsehen darüber berichtet. Ob das der Fall ist? So viel Haifische wegen einem einzigen Strange One? Da stimmt was nicht. Wen zum Teufel suchen die?

„Hast du jemandem außer mir erzählt, dass du ursprünglich nach Siu wolltest?", fragt Wild, vielleicht kann er sich das erklären.

„Nicht wirklich, wieso?"

„Dann ist die Wahrscheinlichkeit zwar nicht besonders groß, aber ich denke, dass sie dich suchen."

„Mich? Wie kommst du darauf?", frage ich irritiert.

„So viele Haifische auf einem Haufen, da stimmt was nicht. Das kann kein normaler Strange One sein, sie würden dann nicht so einen Aufstand machen. Aber wenn du es niemandem erzählt hast, kann das auch Zufall sein. Vielleicht werden Dörfer jetzt stichprobenartig durchsucht."

Gerade, als ich antworten will, gewinnt ein Licht meine Aufmerksamkeit. Schnell drehe ich mich um und entdecke mehrere Schneemobile. Da muss Tristan dabei sein, endlich können wir von hier abhauen – ich sitze nicht gerne im goldenen Käfig. Sofort mache ich auf dem Absatz kehrt und stürme lautstark in das Zimmer der Mädchen. Neena sitzt putzmunter am Esstisch und sieht ebenfalls fern, Nate dagegen schnarcht leise vor sich hin.

„Was ist los?", fragt sie verwirrt.

„Tristan ist da, los, weck Nate auf!"

„Auf keinen Fall! Sie ist gruselig, wenn man sie aufweckt. Außerdem können wir nicht einfach so auf ihn zu stürmen, so empfängt er uns nie."

Stimmt, daran hab ich gar nicht gedacht, aber trotzdem möchte ich jetzt gehen. Wild kommt ebenfalls ins Zimmer und fragt, was los ist. Auch ihm sage ich, dass Tristan da ist und wir jetzt gehen sollten, aber auch er ist dagegen. Bäh. Also beschließen wir (oder eher die anderen), dass wir erst am Nachmittag zu ihm gehen – sie begründen es damit, dass nicht jeder so ein Typ ist wie ich. Keine Ahnung, was das heißen soll, aber ich akzeptiere ihre Entscheidung.

Zwei Stunden später hocken wir alle in Nates Zimmer, welche noch immer wie ein Stein schläft, und warten aufs Frühstück. Mein Magen hört gar nicht mehr auf zu knurren, ich kann mich kaum noch aufs Kartenspiel konzentrieren und verliere jede Runde. Plötzlich klopft es an der Tür, sofort renne ich hin und schmecke schon förmlich mein Frühstück. Doch es ist nur Kirian, der vor der Tür steht, kein Essen. Enttäuscht frage ich: „Hast du etwas zu essen dabei? Ich verhungere."

„Nein, aber ihr sollt zum Frühstück in den Speisesaal kommen. Danach erwartet Tristan euch in seinem Büro", antwortet er und verschwindet gleich wieder.

Als ich mich umdrehe, sitzt Nate im Schneidersitz auf dem Bett und schaut uns grantig an. Das meinte Neena wohl mit gruselig – sie kann glatt mit Wild mithalten.

Nachdem sie endlich aus dem Bad gekommen ist, gehen wir in den Speisesaal, so hungrig war ich schon lange nicht mehr. Eigentlich habe ich erwartet, die gleichen Personen wie immer am Tisch zu sehen, doch Lavinia und Riley sind die Einzigen, die frühstücken.

„Guten Morgen! Mein Mann muss nur noch ein bisschen Papierkram bearbeiten, dann hat er Zeit für euch. Aber inzwischen könnt ihr ruhig zugreifen", begrüßt sie uns. Das lass ich mir nicht zweimal sagen. Ich lade für den Anfang sechs Brötchen auf meinen Teller, Schinken und Käse dürfen natürlich auch nicht fehlen – und hart gekochte Eier gibt es auch, lecker! Keine Ahnung, ob nebenbei ein Gespräch stattfindet, ich bin viel zu sehr mit dem Essen beschäftigt.

„Wir gehen, Tazer!", sagt Wild irgendwann.

„Wohin? Ich bin noch nicht fertig."

„Zu Tristan. Und hör endlich auf zu essen, das ist ja nicht normal, wie viel du verdrückst."

Traurig lasse ich mein letztes Brötchen zurück und folge den anderen in den Flur hinaus. Hoffentlich hat Neena irgendwo eine Waffe versteckt, wie es besprochen war. Wir gehen eine Weile die Wendeltreppe nach oben (was haben die gegen einen Fahrstuhl?), bis wir vor einer massiven Holztür stehen bleiben. Lavinia schließt sie auf und lässt uns eintreten, danach werden wir durchsucht. Neena gibt sage und schreibe zehn Waffen ab, Pistolen und Messer. Trotzdem lächelt sie mich an, was mir bestätigt, dass sie ihr eine nicht abgeknöpft haben. Eine weitere Tür wird aufgerissen und wir kommen in ein großes Büro mit einem dunklen Holztisch und riesigem Bücherregal. Vor dem Schreibtisch steht eine weiße Ledercouch, der Holzboden ist ebenfalls dunkel. Wie in fast jedem Zimmer besteht eine Wand nur aus Glas – nichts Besonderes also. Hinter dem Schreibtisch sitzt ein Mann Ende 40, der uns freundlich anlächelt und auf die Couch deutet. Nur Wild bleibt hinter Neena stehen, Nate und ich wissen, wieso.

„Na, wen haben wir denn da? Einen Rebellen, einen Verbannten, eine Psychopathin und deren zu allem fähige Schwester – interessante Kombination. Was kann ich für euch tun?", fragt der Mann, der mir so verdammt bekannt vorkommt.

Nutzloser Fakt #17

Tazer hat früher Kais Bücher
auf den Bäumen versteckt,
um ihn zu ärgern.

Kapitel 18

Nate

Neenas Körper verkrampft sich, Wild legt ihr eine Hand auf die Schulter und auch ich greife nach ihrer geballten Faust.

„Tut mir wirklich leid, dass wir Sie belästigen müssen, aber wir hätten gerne ein paar Informationen über Ihren Einbruch in Iras Gefängnis", sagt Tazer höflich, doch innerlich kocht er.

„Und ich hätte gerne den Körper eines 20-Jährigen. Das Leben ist kein Wunschkonzert, mein Junge. Wofür braucht ihr diese Informationen?"

„Wofür denken Sie denn?", fragt Wild verärgert.

„Tja, ich gebe meine Informationen nicht gerne an Dritte weiter. Nur an meine Mitarbeiter."

Kirian, der hinter Tristan am Bücherregal lehnt, zieht die Augenbrauen zusammen und mustert Neena.

„Gut, dann vielen Dank für Ihre Zeit und Gastwirtschaft", sagt Tazer ruhig und steht auf. Keine Frage, wenn er keine Informationen bekommt, sucht er selber den Weg.

„So schnell gebt ihr auf? Ich würde sie euch gerne geben, aber das verstößt gegen den Vertrag mit Kajetan. Wenn ihr allerdings für mich arbeiten würdet, wäre das kein Problem. Ihr müsstet nicht mal ständig hier sein. Ich könnte so starke Strange Ones hier gut gebrauchen."

„Nein danke", sagt Tazer, setzt sich allerdings wieder.

„Und wieso nicht?"

„Weil ich kein Auftragsmörder bin, so einfach ist das."

Kirian wirft Neena einen nervösen Blick zu, welche ihn jedoch stur ignoriert – Wild's Hand ruht noch immer auf ihrer Schulter.

„Dann bekommt ihr eben andere Aufträge, muss ja kein Mord sein."

„Nein danke, wir haben etwas anderes vor. Hören Sie, es ist Ihre Sache, ob Sie sich mit Kajetan vertragen oder nicht, das interessiert mich nicht. Aber ich möchte ihn um jeden Preis von seinem ach so geliebten Thron stoßen. Also entweder geben Sie uns jetzt die Infos oder nicht." Tazers Stimme ist etwas lauter als zuvor.

„Ich vertrage mich nicht mit ihm, ich bin neutral. In unserem Vertrag wurde vereinbart, dass er uns in Ruhe lässt und ich ihn, so einfach geht das. Außerdem, stellst du dir dein ganzes Vorhaben so leicht vor? Kajetan ist kein einfacher Gegner."

„Ich bin nicht hier, um mir dieselbe Leier wie immer anzuhören. Und wie sieht's mit den Infos aus? Schön langsam verliere ich die Geduld!"

„Hm … schwierig. Ein Vorschlag: Ihr erledigt einen einzigen Auftrag für mich und ich gebe euch alle Infos, die ich niedergeschrieben habe. Wie hört sich an?"

„Ich sagte, ich bin kein Auftragsmörder."

„Es handelt sich auch nicht um einen Mord, beruhige dich, Junge! Ihr müsstet für mich nur einen Strange One holen. Er heißt Liam Bones und lebt im Tautropfenland. Wir brauchen ihn hier dringend, doch er antwortet einfach nicht auf meine Einladung."

„Und was macht er dann hier?", fragt Wild skeptisch.

„Das ist etwas, worum ihr euch nicht kümmern bzw. sorgen müsst", sagt Tristan und blickt Tazer mit zugekniffenen Augen an. Tazer überlegt lange, ich spüre die statische Aufladung, die von ihm ausgeht.

„Abgemacht. Sobald dieser Liam hier ist, geben Sie uns alles, was Sie haben, verstanden?"

„Aber Tazer …", mischt Neena sich ein, ich halte ihr jedoch den Mund zu. Das muss jetzt keiner hören.

„Natürlich. Eure neuen Rucksäcke sind bereits gepackt, alle nötigen Informationen zu Liams Person findet ihr darin und auch ein anpassbarer Anzug wird euch zur Verfügung gestellt. Sollen wir euch mit den Schneemobilen zur Grenze bringen?"

„Das wäre nett, vielen Dank. Wir kommen so schnell wie möglich wieder zurück."

Wir stehen auf, schütteln Tristan die Hand und verlassen sein Büro. Im Türrahmen bleibe ich stehen, drehe mich zu ihm um und frage: „Wann werden Sie es ihm sagen?"

„Wem was sagen?", fragt er mit gespielter Verwirrung.

„Muss ich das wirklich laut sagen?"

Er macht eine Handbewegung, was mir zu verstehen gibt, dass er gerade die Zeit der anderen angehalten hat – seine Fähigkeit.

„Woher weißt du davon?"

„Ist das wichtig? Er weiß es nicht."

„Muss ich es ihm überhaupt sagen?", fragt er. Dieses Mal ist seine Emotion nicht gespielt – er ist traurig.

„Darauf kann ich Ihnen keine Antwort geben."

„Du bist ein schlaues Mädchen, Analytik nehme ich an?"

Da ich ihm darauf keine Antwort gebe, lässt er die Zeit der anderen wieder weiterlaufen und ich verlasse den Raum.

In Tazers Zimmer schreit Neena ihn fast an: „Hast du sie noch alle?! Du willst doch nicht ernsthaft einen Auftrag für diese dubiose Organisation erledigen! Die sind doch einen Scheißdreck besser als die First Organisation!" Wild versucht, ihr zu erklären, dass Tazer das nur gesagt hat, um den Jungen zu beschützen.

„Also helfen wir diesem Liam?"

„Natürlich! Was denkst du denn, du dumme Kuh!"

Tazer stoppt den Streit der beiden und wir gehen in unser Zimmer, um den angepassten Anzug anzuziehen. Anschließend treffen wir uns in der Tiefgarage mit Kirian, Mira, Hunter und Tony – sie übergeben uns die Rucksäcke. Bevor sich jemand beschweren kann, setze ich mich ans Steuer des Schneemobils und starte den Motor. Tony lässt sich hinter mir fallen und krallt sich in meinen Anzug. Kaum sind wir draußen, verwandelt dieser sich in eine feste Winterkleidung und es macht richtig Spaß, mit diesem Ding rumzudüsen. Es dauert nur ein paar Stunden, da sind wir auch schon bei der Grenze zum Tautropfenland angekommen.

„Lass mich bitte los." Kirian hält Neena am Arm fest.

„Das kann doch nicht dein Ernst sein?! Du wirst sterben, wenn du mit ihnen gehst."

„Nein, werde ich nicht! Außerdem werden die anderen wohl kaum zulassen, dass mich irgendjemand tötet", antwortet sie leise.

„Sei mir bitte nicht böse, aber das kann doch nichts werden. Ich weiß, du liebst deine Schwester, aber sie ist eine Psychopathin, keiner weiß hundertprozentig, was in ihrem Kopf vorgeht. Die anderen beiden sind Kriminelle."

Weiter kommt er nicht, denn Neena zieht ihre Pistole aus der Jackentasche, entsichert diese und setzt sie an seiner Brust an.

„Als könntest du mich erschießen … du bist ein guter Mensch", meint Kirian.

„Hast du deinen Boss nicht gehört? Ich bin zu allem fähig! Und niemand, absolut niemand redet so von meiner Familie. Also verpiss dich oder ich drücke ab!"

Ich sehe ihre versteckten Tränen, sie mag ihn – aber nicht genug, um bei ihm zu bleiben.

„Lass gut sein, Kirian", sagt Tony und zieht ihn von Neena weg. Sie kommt auf mich zu und ich nehme ihre Hand, dann machen wir uns auf den Weg.

Nutzloser Fakt #18

Nate hat weder Visionen,
noch kann sie in die Zukunft sehen.

Kapitel 19

Liam

Ich sitze im Krankenzimmer und warte darauf, dass Emily endlich kommt, um mich zu verarzten. Die anderen Jungen im Waisenhaus haben mich wieder einmal verprügelt, wie so ziemlich jeden Tag – nur, weil ich nicht kämpfen will. Seit ich einem Jungen aus Versehen den Arm gebrochen habe, halte ich mich von allen fern. Wie sehr ich meine Fähigkeit doch hasse, ich hasse es, ein Strange One zu sein. Im Prinzip ist meine Fähigkeit ganz hilfreich, denn ich kann gebrochene Knochen heilen und auch den Schmerz reduzieren – doch leider funktioniert das auch andersherum. Zwar kann ich es jetzt schon ziemlich gut kontrollieren, aber trotzdem fällt es mir schwer, mich jemandem zu nähern. Emily ist die Einzige, die mir immer Mut macht, auch wenn sie es auf ihre Weise tut. Endlich kommt sie ins Krankenzimmer und sieht mich böse an, danach seufzt sie übertrieben.

„Ach Liam … was soll der Scheiß? Warum wehrst du dich nicht? So werden die anderen nie aufhören!"

„Ich will mich nicht wehren, dabei könnte ich sie schwer verletzen!"

„Und sie auch gleich wieder heilen! Du kannst dich nicht dein Leben lang vor deiner Fähigkeit verstecken, du könntest viel Gutes tun", sagt sie, setzt sich vor mir auf den Stuhl und beginnt, mein Gesicht zu begutachten. Man sieht ihr die 40 gar nicht an, sie sieht immer noch wie eine junge Frau aus mit langen, kastanienbraunen Haaren und grünen Augen.

„Also wenn das das Leben ist, seh ich keinen Grund für mich, weiter …"

Bevor ich den Satz beende, gibt sie mir eine Ohrfeige und beginnt zu schreien. „So etwas will ich gar nicht hören! Das Leben ist ein Geschenk, du solltest es ehren, egal, wie beschissen es ist. Haben wir uns verstanden?"

Sie hat leicht reden, ein normaler Mensch zu sein, ist ein Geschenk in meinen Augen – wie könnte sie das schon verstehen?

Ziemlich unsanft klebt sie mir ein Pflaster auf die Stirn und entlässt mich auf mein Zimmer. Aufgrund meiner Fähigkeit habe ich ein Einzelzimmer, niemand will in meiner Nähe schlafen.

Resigniert lege ich mich aufs Bett, starre die schmutzige Decke an und versuche, mich auszuruhen. Seit ich mich erinnern kann, bin ich in diesem Waisenhaus. Laut meiner Akte starben beide Elternteile bei einem Unfall und andere Verwandte scheine ich nicht zu haben. Bones ist auch nicht mein richtiger Nachname. Keine Ahnung, warum sie mir einen falschen Namen verpassten, aber es schien ihnen wichtig zu sein. Ich schließe die Augen, bin an der Grenze zum Traumland, als die Tür mit voller Wucht aufgestoßen wird und ein Bär von einem Mann darin steht. Sein Gesicht sieht irgendwie komisch aus, er hat eine schiefe Nase und eng beieinander stehende Augen. Sein blaues Hemd hat er bis zum Ellbogen hochgekrempelt, sodass das Zeichen der F. O. deutlich zu sehen ist.

„Liam Bones?", fragt er mit lächerlich hoher Stimme. Armer Mann!

„Ja?"

„Pack deine Sachen, unser Boss möchte dich gerne bei uns aufnehmen."

„Und wieso sollte ich auf das hören, was dein Boss will?", frage ich aufmüpfig – für meine Verhältnisse bin ich heute sehr mutig.

„Ich denke, ich muss dir nicht erklären, was das für eine Ehre ist", meint er ruhig.

„Trotzdem bleibe ich hier, ich will nicht für die F. O. arbeiten."

„Du würdest auch nicht direkt für Kajetan arbeiten, er möchte dich bloß zu einem Arzt ausbilden und dich in seiner Krankenstation unterbringen. Damit könntest du vielen helfen."

„Ich könnte vielen helfen?"

„Aber natürlich! Deine Fähigkeit ist ein Geschenk, viele Ärzte träumen davon, Frakturen so leicht behandeln zu können."

Eigentlich habe ich von der F. O. bis jetzt noch nicht viel gehört, Emily jedoch hat nur negativ über sie erzählt. Sollte ich auf sie hören und hierbleiben? Allerdings ist es mein Traum, Menschen zu helfen. Dadurch kann ich doch kaum böse werden, oder?

„Hör nicht auf den Armleuchter, Liam", sagt Emily und baut sich hinter dem Typen auf, „ich weiß zwar nicht, wie Sie hier reingekommen sind, aber das ist kein öffentliches Gebäude. Bitte verlassen Sie es unverzüglich."

Der Mann mustert sie hochnäsig, dreht sich zu ihr um und geht auf sie zu.

„Hören Sie, das hier geht Sie nichts an. Wissen Sie nicht, was passiert, wenn man den Befehl von Kajetan verweigert?"

„Und wie ich das weiß, trotzdem bleibt Liam hier! In wenigen Minuten kommt der Sicherheitsdienst, also sollten Sie jetzt wirklich gehen."

Seit wann haben wir denn einen Sicherheitsdienst? Erst jetzt merke ich, dass Emily nervös ist, denn sie kaut auf ihrer Lippe herum – was sie immer bei Nervosität macht.

Der Typ öffnet die obersten Knöpfe seines Hemdes, fasst hinein und zaubert eine Axt hervor. Was hat er denn vor?

„Hör zu, Bürschchen, pack deine Sachen und wir verschwinden von hier. Ansonsten geht die Sache ziemlich blutig aus."

„Ist ja gut." Meine Stimme zittert, als ich aufstehe und nach einem Rucksack suche. Er kommt ein paar Schritte näher, meine Angst wächst. Plötzlich kracht etwas gewaltig und der Typ fällt nach vorne. Schwer atmend steht Emily hinter ihm mit der schweren Stehlampe in der Hand. Blitzschnell packt sie mich an der Hand, zieht mich vom Schrank weg und gemeinsam stolpern wir aus dem Zimmer.

„Wo willst du hin?", frage ich sie nervös, doch sie gibt mir keine Antwort. Jemand packt mich am Bein, sodass ich falle, und hält mich fest. Als ich mich umdrehe, entdecke ich den Mann, ihm scheint rein gar nichts zu fehlen – die Axt hält er mit seiner linken Hand fest.

„So leicht kommst du mir nicht davon! Solange ich dich lebend zum Hauptquartier bringe, bekomme ich keine Schwierigkeiten", sagt er, holt aus und trifft mein rechtes Bein genau unterm Knie. Der Schmerz durchfährt mich, ich kann einen Schrei nicht zurückhalten. Hat er mir gerade wirklich das Bein abgehackt? Ich habe zu viel Angst, um nachzusehen, doch Emilys Gesichtsausdruck spricht Bände. Hinter uns höre ich viele aufgeregte Stimmen, Getrampel und Hilferufe. Emily zieht mich auf ihren Rücken und läuft weiter, ohne zurückzusehen. Sie stürmt die Treppen hinab, rennt ins Freie Richtung Wald. Ihr Atem geht schwer, doch ihr Tempo verlangsamt sich nicht. Der eisige Wind peitscht uns ins Gesicht, hinterlässt ein unangenehmes Prickeln auf der Haut. Irgendwann erreichen wir eine Höhle und ab da verliere ich das Bewusstsein …

Schweißgebadet wache ich auf, sitze kerzengerade im Bett und das Shirt klebt widerlich an meiner Haut. Seit diesem Vorfall sind fünf Jahre vergangen und trotzdem träume ich jede Nacht davon. Die Träume wurden sogar noch realistischer, als Emily vor einem Jahr an einer Krankheit starb, sie fehlt mir sehr. Sie hat meine Wunde versorgt, mich gesund gepflegt und mir beim Bau einer Prothese geholfen. Gemeinsam haben wir nach intakten Stücken von Maschinen gesucht und ich habe mir, so gut es ging, eine Beinprothese daraus geschaffen. Je älter ich wurde, umso mehr perfektionierte ich sie, sodass sie kaum noch Mängel aufzeigt. Meinem technischen Wissen bin ich dafür sehr dankbar, auch wenn ich keine Ahnung habe, woher es kommt. Routinemäßig befestige ich die Prothese, ziehe mich an und verdrücke ein paar Karotten. Im Tautropfenland gibt es nicht viel zu essen, hin und wieder finde ich Gemüse, ansonsten versuche ich, Fische oder Vögel zu fangen. Mit einem Speer kann ich inzwischen ziemlich gut umgehen. Was man nicht alles lernt, wenn man Hunger hat. Trotzdem bin ich unterernährt und das, obwohl Emily noch weniger zu sich nahm als ich. Deswegen starb sie auch an einer einfachen Grippe – ihr Körper hatte keine Kraft mehr, um sich gegen die Bakterien zu wehren. In den vier Jahren lehrte sie mich alles über Medizin, was sie wusste, und dafür bin ich ihr dankbar, denn nun bin ich auf dem Stand eines normalen Arztes. Theoretisch kann ich mich selber behandeln falls nötig, doch irgendwie werde ich nie krank. Vielleicht hängt das mit meiner Fähigkeit zusammen. Noch nie im Leben hatte ich Fieber oder Symptome einer Krankheit. Ich schlüpfe in meine kniehohen Stiefel, steige die Leiter hinunter und klettere durch das Fenster aufs untere Dach der Kirche. Schon unzählige Jahre lebt keiner mehr im Tautropfenland. Das Wasser stieg von Tag zu Tag, bis alle Häuser unter Wasser standen. Der Glockenturm war der einzige trockene Ort, den wir finden konnten, und jetzt dienen mir die Dächer als eine Art Straße. Früher war die Hauptstadt Pra dicht bewohnt und so gibt es genügend Dächer, um mich fortzubewegen. Man sagt, dass die Melodie Hügel einst zum Tautropfenland gehörte, beide waren Jahreszeitenländer und verkörperten den Frühling. Doch da es genau an die Winterwüste grenzt, schmolz die Sonne immer mehr Schnee (welcher dort ja einfach nicht aufhört zu fallen) und setzte es unter Wasser. Danach wurden die Länder aufgeteilt und beide gelten nun als verlassene Gegenden. Es gibt eine gewisse Strömung, die zum Meer führt, und so habe ich auch Emilys Leiche „entsorgt" – vergraben kam ja nicht infrage.

Wie jeden Tag mache ich mich auf die Suche nach Fischen, erkunde die mir unbekannten Wasserpflanzen und mache es mir anschließend auf einem flachen Dach gemütlich. Gemütlich ist in diesem Fall natürlich relativ, normal findet man Beton nicht gerade bequem. Die Vögel zwitschern für meinen Geschmack viel zu fröhlich und auch die Sonne spielt die angenehme Atmosphäre nur vor. Ich bin allein, kann mit keinem reden und nie wieder zurück. Keine Ahnung, ob die F. O. mich noch haben will, aber diese andere Organisation schickt mir ständig diese dämliche Brieftaube mit einer Einladung. Ich will für keine beschissene Organisation arbeiten und Schluss! Und sollte mich doch einmal jemand zu fassen bekommen, töte ich mich selbst. Plötzlich höre ich Schritte und setze mich abrupt auf. Eine junge Frau mit blauen Haaren und ebenfalls blauen Augen kommt auf mich zu. Sie trägt lediglich ein kurzes Sommerkleid – so warm ist es hier aber nicht.

„Hallo?!", sage ich skeptisch.

„Schönen guten Tag, Liam!"

Hm … woher kennt die meinen Namen? Es gibt nur zwei Möglichkeiten …

„F. O. oder T. L. Organisation?"

„Sie haben mir gesagt, dass du ein intelligentes Bürschchen bist. Was wär dir denn lieber?", fragt sie mit engelsgleicher Stimme.

„Keines von beiden!"

„Schade, dabei könntest du so viel Gutes tun."

„Der Letzte, der das sagte, hackte mir danach mein Bein ab …"

„Jaja, hab davon gehört, aber ich hack dir sicher nichts ab. Versprochen! Wir sollten das auf zivilisierte Weise machen. Mein Name ist Marigold Silver, ich arbeite für die First Organisation und wir würden uns freuen, dich in unserem Team begrüßen zu dürfen." Ihr Lächeln wirkt freundlich, trotzdem traue ich ihr nicht.

„Eher sterbe ich!", schreie ich sie an, woraufhin sie laut loslacht.

„Das wirst du dann auch, mein lieber Junge. Kajetan hat lange genug gewartet und mir die Erlaubnis gegeben, dich im Notfall zu töten. Also sei ein braver Junge und komm mit mir, dir wird es an nichts fehlen."

Wie kann ich sie aufhalten? Zeit schinden? Soll ich weglaufen? Die Angst lähmt mich und meine Gedanken. Was bin ich doch für ein Feigling!

„Warum will Kajetan mich als Arzt haben? Es gibt genügend Ärzte in Cinaria", sage ich, Zeitschinden erscheint mir gerade am logischsten.

„Aber es gibt niemanden, der deine Fähigkeiten hat. Kajetan ist der Meinung, dass er mehr Erfolg hat, wenn seine Mitarbeiter nicht wegen Frakturen außer Gefecht gesetzt sind. Du wirst sehen, er ist ein ausgezeichneter und humaner Boss."

„Und wenn mich die T. L. Organisation schon unter Vertrag genommen hat?"

„Davon hätte mich jemand in Kenntnis gesetzt. Aber wenn das der Fall wäre, müsste ich dich töten. So ist es im Vertrag zwischen den beiden vereinbart und daran halte ich mich."

Wie bitte? Gibt es überhaupt noch Organisationen, die nicht willkürlich Leute töten, entführen oder einsperren? Gibt es denn überhaupt noch gute Menschen bzw. Strange Ones? Was soll ich jetzt nur tun? Würde Emily weglaufen oder kämpfen?

„Jetzt stell dich nicht so an! Du tust ja so, als wäre das alles der Weltuntergang, dabei handelt es sich nur um eine Arbeit. Sieh dich doch mal an, du bist schwach und ausgehungert, so hast du bestimmt keine hohe Lebenserwartung. Bei uns bekommst du reichlich zu essen, Geld und einen richtigen Schlafplatz. Du willst doch nicht ernsthaft dieses erbärmliche Leben weiterführen?", versucht sie mich zu überzeugen, kommt auf mich zu und hilft mir aufzustehen. Dann lächelt sie mich freundlich an, es sieht ziemlich glaubwürdig aus. Doch bevor ich mich endgültig entscheide, taucht Emilys Gesicht vor meinem inneren

Auge auf und sie hätte nicht gewollt, dass ich mit ihr gehe. Nicht umsonst ist sie mit mir geflohen. Ihr Beweggrund spielt keine Rolle für mich – ich konnte ihr immer blind vertrauen. Aber wie kann ich mich gegen Marigold verteidigen? Ich habe weder ein Messer noch sonst irgendeine Waffe, mit der ich sie zumindest bedrohen könnte. Nie im Leben würde ich einen Menschen töten, auch keinen Strange One. Theoretisch könnte ich ihr ohne Probleme ein Bein brechen, doch so leicht komme ich nicht an sie ran und nicht mal dazu hätte ich den Mut bzw. würde es übers Herz bringen. Sie packt mich am Arm und zerrt mich gen Norden, klar, sie will nach Ira. Jetzt könnte ich es tun, eine Berührung und der Knochen in ihrem Arm bestünde nur noch aus Splittern. Meine Hände zittern, wieso kann ich es nicht? Ich verdammter Angsthase! Sollte ich mir selbst die Beine brechen, damit ich nicht mehr laufen kann? Vermutlich würde sie mich dann tragen oder einfach weiterziehen. Meine Fähigkeit hat mir bis jetzt nichts Gutes gebracht und bei der F. O. würde sich das bestimmt nicht ändern.

„Töte mich …", sage ich und bleibe stehen.

„Wie bitte?", fragt sie irritiert.

„Töte mich. Bitte."

„Wieso sollte ich das tun?"

„Weil ich nicht zur F. O. möchte und du vorhin behauptet hast, dass du mich in diesem Fall töten darfst."

„Ach Kleiner, mach es dir nicht schwerer, als es ist. Warum bist du so depressiv? Manche wollen leben und können nicht, also halt die Klappe und beweg dich", ihre Stimme klingt irgendwie traurig.

Bilde ich mir das nur ein oder höre ich wirklich Stimmen? Unmöglich, hier ist seit Jahren keiner mehr gewesen.

„Sag noch einmal, dass ich einen fetten Arsch habe, und ich jag dir eine Kugel in deinen dämlichen Schädel! Du behinderter Hornochse, du!", schreit eine Frauenstimme.

„Nie hab ich gesagt, dass dein Arsch fett ist! Ich habe nur gemeint, dass du besser durch diesen blöden Spalt gekommen wärst, wenn du nicht so ein üppiges Hinterteil hättest", schreit eine tiefe

Männerstimme zurück. Was ist da los? Auch Marigold bleibt stehen, dreht sich um und beobachtet mit zusammengekniffenen Augen die Umgebung.

„Du hast es nur sachlicher ausgedrückt, mehr nicht! Hey Tazer, hab ich einen fetten Arsch?"

„Im Vergleich zu deiner schmalen Taille schon, aber sonst sieht er ganz normal groß aus", lacht eine weitere Männerstimme.

„Sind das Kollegen von dir?", frage ich Marigold, als vier Personen zu erkennen sind.

„Nein … zumindest keine, die ich kenne."

Einige Meter entfernt von uns bleiben sie stehen und ich mustere sie. Zwei Mädchen, die sich ziemlich ähnlich sehen, ein großer, gruseliger Typ und irgend so ein fröhliches Kerlchen. Was wollen die hier? Das Mädchen mit den roten Haaren legt den Kopf schief und fragt: „Ist das nicht der Junge, den wir suchen?"

„Nö, der sieht irgendwie anders aus", antwortet das fröhliche Kerlchen.

„Er ist nur abgemagert, ansonsten sieht er genauso aus wie auf dem Foto. Also echt, Tazer, wie dämlich bist du eigentlich?", schnauft der Gruselige. Das Mädchen mit den blauen Haaren kichert nur vor sich hin.

„Ach ja? Hey du, ist dein Name Liam Bones?", fragt Tazer und starrt mich skeptisch an.

„Ähm … ja …", antworte ich leise. Warum können die mich nicht einfach in Ruhe lassen?

„Was wollt ihr von ihm?", fragt Marigold und stellt sich vor mich hin, meinen Arm lässt sie allerdings nicht los.

„Nichts Besonderes. Wir möchten ihn nur gerne mitnehmen, damit ihn die T. L. Organisation nicht in die Finger bekommt. Und du?"

„Musst du das gleich so rausposaunen, Tazer?" Der Gruselige ist anscheinend genervt.

Marigold zieht die Augenbrauen zusammen und fragt, von welcher Organisation sie kämen, wenn nicht von der T. L. Alle vier lachen gleichzeitig los, kriegen sich gar nicht mehr ein — was ist daran so lustig? Seltsame Gestalten sind sie schon.

„Als ob wir einer Organisation angehören würden, witzig", lacht Tazer.

„Sie ist von der First Organisation." Endlich spricht auch die Blauhaarige.

Aber woher weiß sie das? Marigold hat die Hand mit dem Zeichen der F. O. hinter dem Rücken versteckt.

„Dann kommen wir ja gerade richtig! Sei so lieb und lass den Jungen los, sonst wird's ungemütlich für dich", provoziert das Mädchen mit den roten Haaren und zieht eine Pistole aus einer komisch aussehenden Hosentasche. Täusche ich mich oder hat sie sich wirklich eine Bazooka auf den Rücken geschnallt? Echt toller Tag heute …

Nutzloser Fakt #19

Liam hat Angst
vor Exhibitionisten.

Kapitel 20

Wild

So eine dumme Kuh! Wie kann man nur so unglaublich nervig und selbstsicher sein? Die macht mich wahnsinnig! Warum zum verfickten Teufel bedroht sie gerade eine Mitarbeiterin der First Organisation? Das soll sie doch einfach uns überlassen, die dumme Gans kommt noch irgendwann um vor lauter Dummheit! Ich trete neben sie, packe ihre Hand, in der sie die Pistole hält, und drücke sie nach unten. Mit ihrem bösesten Blick sieht sie mich an, verflucht mich wahrscheinlich stumm – soll sie nur.

„Was gedenkst du da zu tun?", frage ich sie leise.

„Ähm … ich will ihm helfen!"

„So? Bist du dumm?"

„Wieso nicht? Dich hat meine Kugel doch auch verletzt, also lass mich in Ruhe."

Die junge Frau der F. O. lacht laut auf, wahrscheinlich hat sie Neena gehört und denkt nun, dass ihr so oder nichts passieren könne.

„Versuchs ruhig, du Bauerntrampel", sagt sie.

„Bauerntrampel?", wiederholt Neena mit wütender Stimme. Oje, das hört sie gar nicht gern. Von einer Sekunde auf die andere reißt sie sich aus meinem Griff, ihre Hand schnellt nach oben und da drückt sie auch schon ab. Sie trifft ihre Gegnerin am Bein und diese geht in die Knie. Verwundert sieht sie uns der Reihe nach an und fragt: „Wie zum Teufel hast du das gemacht? Normal kann mich keine Waffe verletzen." Fragend sehe ich Nate an, wie meint sie das?

„Es ist ähnlich wie bei dir, nur dass ihre Fähigkeit das Wasser ist. Normale Kugeln gleiten ohne Weiteres durch sie hindurch", erklärt Nate wie aufs Stichwort.

Blitzschnell macht die F. O. Tussi eine Handbewegung und prompt baut sich eine Welle auf. Sie bricht genau über Neena zusammen und zieht sie von uns weg. Ich wusste es! Kaum sind wir von einem fast tödlichen Unfall weg, stolpert sie auch schon in den nächsten – zieht sie das irgendwie an? Nate rennt aufs Ende des Daches zu, springt hinunter und landet im Wasser. Dieses verdammte Zeug ist hier ja überall. Nach wenigen Sekunden taucht sie mit einer noch wütenderen Neena auf.

„Bring Neena auf ein anderes Dach. Wild, hilf ihnen", sagt Tazer ernst.

„Und was ist mit dir? Ich will auch mal Spaß haben …", maule ich ihn an. Immer darf er sich mit allen prügeln, das ist nicht fair. Ich bekomme keine Antwort von ihm, ach Gott!

„Bin ja schon weg", fauche ich, springe zu den Mädels ins Wasser und gemeinsam suchen wir ein trockenes Dach auf. Wenige Dächer weiter werden wir auch schon fündig und klettern hinauf.

„Wie kann man nur so dumm sein?", schreie ich Neena an.

„Ich bin nicht dumm!", schreit sie zurück.

„Und wie! Du kannst doch nicht einfach unüberlegt jemanden anschießen, bevor du nicht seine Fähigkeiten kennst! Das Bad eben geschieht dir schon recht!"

„Ich schieße auf wen und wann ich will, verstanden?"

„Bitte! Dann schieß doch einfach willkürlich Leute an, anscheinend machen das die Bauerntrampeln so!"

„Bah! Wenn man aus der Stadt kommt, ist man kein Bauerntrampel, du Miesepeter!"

Gerade, als ich antworten will, drückt Nate mich und Neena auf den Boden und sagt: „Haltet die Klappe, beide. Es fängt an."

Gleichzeitig blicken wir zu Tazer. Er bemüht sich, ruhig zu bleiben, was ihm nicht so gelingt – immer wieder zucken ein paar Blitze um ihn herum.

„Hör zu, mein Name ist Tazer Warden und ich steh echt nicht drauf, eine Frau fertigzumachen. Also bitte tu mir den Gefallen und lass Liam los, er geht jetzt mit uns", sagt er.

„Ich bin Marigold Silver und auf keinen Fall lass ich ihn mit euch gehen", antwortet sie lachend.

Hm … das wird sie morgen bitter bereuen, denn so einen Blitz steckt man nicht so einfach weg. Warum tut er nichts? Er hätte sie schon längst erledigen können. Was hält ihn zurück?

„Warum tut er nichts?", fragt Neena an meiner Stelle.

„Solange sie Liam festhält, kann er nichts machen, denn sonst würde auch er seine Blitze abbekommen", erklärt Nate. Eine Zeit lang tut sich gar nichts, beide starren sich nur böse an und warten auf irgendetwas.

„Ich will mit keinem von euch mitgehen!", brüllt Liam auf einmal. Puh, hat der schlechte Laune.

„Ich verstehe, dass du uns nicht traust, aber wir wollen dir nichts Böses. Bevor die T. L. Organisation dich bekommt, wollte ich dich von hier wegschaffen – nicht mehr und nicht weniger. Es ist deine Entscheidung, entweder du lässt dich von Marigold nach Ira schleifen oder du gehst mit uns, bis du einen sicheren Platz gefunden hast. Denk dran, wenn ich dich wirklich töten wollte, hätte ich das schon längst getan. Solltest du mit uns gehen wollen, müsstest du dich nur aus ihrem Griff befreien", sagt Tazer sachlich. Manchmal kann er echt intelligent klingen, aber nur manchmal.

Liam scheint zu überlegen, vielleicht könnte er sich schneller entscheiden, wenn Neena vorhin nicht einfach geschossen hätte. Der muss ja denken, sie hätte sie nicht alle – da könnte er durchaus recht haben. Wie sie da so sitzt! Die nassen Haare kleben in ihrem Gesicht, gespannt sieht sie zu Tazer hinüber … mit den goldenen Augen … den schönen, goldenen Augen … Halt, das geht jetzt in die falsche Richtung. Reiß dich zusammen, Wild! Aber die Wassertropfen unter den Augen erinnern mich an ihre Tränen und daran, was für ein Monster ich bin. So etwas darf nie wieder passieren, nie wieder will ich sie so sehen – auch wenn das heißt, dass ich mich von ihr fernhalten muss. Ihre Reaktion nach meiner Attacke war sehr verwirrend, sie hat sich einfach die Tränen weggewischt und gelächelt. *Gelächelt!* Warum?

„Hab ich irgendwas im Gesicht?", zischt sie zu mir herüber. Und schon ist es vorbei mit der lieben Schwärmerei. Auf dem anderen Dach tut sich einfach nichts, sie starren sich alle nur dämlich an und das ist äußerst langweilig. Ich hätte das binnen Sekunden erledigt, würde da nicht so herumscheißen.

„Aber … ich will ihr nicht wehtun …", sagt Liam zu Tazer.

Bei diesem dämlichen Satz kann ich mich nicht zurückhalten und pruste los, was ist denn das für einer?

„Das Leben ist kein Wunschkonzert", antwortet Tazer hart, wusste gar nicht, dass er auch so sein kann. Das widerspricht irgendwie seiner freundlichen, ruhigen und hilfsbereiten Art – so wird er mir immer sympathischer.

„Das ist neu …", murmelt Nate. Ich versuche gar nicht erst, das zu hinterfragen, verwirrt mich nur noch mehr. Auch Neena scheint überrascht zu sein, doch auch sie hält den Mund.

„Mit meiner Fähigkeit will ich eigentlich nur Gutes tun!", brüllt der Junge wieder. Ach du meine Fresse, ist das ein Schisser.

„Dann geh mit ihr, werde ein Mitarbeiter der First Organisation. Heile die Knochenbrüche von den Leuten, die zuvor wahrscheinlich einen unschuldigen Strange One eingesperrt haben. Wenn es das ist, was du unter gut verstehst, solltest du wirklich gehen."

Wo er recht hat, hat er recht. Soll der Junge doch mit dieser Marigold mitgehen, mich schert das nicht wirklich und Tazer anscheinend auch nicht. Doch plötzlich packt Liam Marigolds Arm und ein lautes Krachen ist zu hören. Gänsehaut läuft mir den Rücken hinab. Sie lässt ihn los, greift nach ihrem – ich schätze mal gebrochenen – Arm und schreit sich die Seele aus dem Leib. Zitternd geht er auf Tazer zu und sagt: „Lass sie bitte, okay? Ihr rechter Arm besteht nur noch aus Knochensplittern, die kann mir nichts mehr tun."

„Und was willst du jetzt tun?"

„Ich dachte … na ja … ihr nehmt mich mit?"

„Dir muss aber klar sein, dass du manchmal kämpfen musst, wenn du mit uns unterwegs bist. Wir sind nicht deine Bodyguards."

„Damit hab ich gerechnet."

„Na dann, herzlich willkommen in unserer Familie. Du bist der Hund oder so", lacht Tazer und ist somit wieder ganz der Alte.

Nate lacht natürlich mit, zwei Verrückte auf einem Haufen. Tazer will, dass wir wieder aufs andere Dach kommen, aber wir weigern uns. Also schwimmt er mit Liam zu uns.

„Und wo geht's als Nächstes hin?", frage ich in die Runde.

„Anu!", rufen Nate und Neena gleichzeitig.

„Was machen wir in Anu?", fragt Tazer aufgeregt.

„Da findet jedes Jahr um diese Zeit ein Autorennen statt, natürlich kein normales. Es ist so was von illegal, also kann uns dort auch niemand verpfeifen oder so. Man tritt in Zweierteams an und bekommt einen Jeep zur Verfügung gestellt. Gewonnen hat man erst, wenn man unbeschadet ins Ziel kommt, und erlaubt sind alle Waffen. Das macht echt Spaß! Nate und ich haben die letzten beiden Jahre gewonnen. Da müssen wir unseren Titel dieses Jahr natürlich verteidigen", erklärt Neena.

Ist das ihr verfickter Ernst? Kann sie eigentlich irgendetwas Normales, Ungefährliches machen? Wie Tee trinken oder shoppen gehen, das wär mädchenhaft. Tazer ist natürlich sofort begeistert von dem Rennen und kann es gar nicht erwarten hinzukommen.

„Der Erste gewinnt immer ganz tolle Sachen. Vor zwei Jahren haben wir eine Zugfahrt nach Lai gewonnen und haben dort auch noch drei Tage gratis in einem Hotel gewohnt. Und letztes Jahr haben wir einen Jahresvorrat an Schokolade gewonnen, aber ein Jahr hat der irgendwie nicht gehalten …", meint Neena und stutzt. Wundert mich nicht bei der Menge Schokolade, die sie verdrückt.

„Liam sollte was essen", sagt Nate plötzlich. Ja, das würde ihm bestimmt nicht schaden, so dünn, wie der ist. Keiner rührt sich.

„Gib ihm was", sagt Tazer zu mir, dieser verfressene Sack.

„Gib du ihm doch was", gebe ich zurück.

Schließlich gibt Nate ihm was von ihrem Essen und wuschelt durch seine dunkelblonden Haare. Liam lehnt nicht ab und frisst das ganze Zeug binnen Sekunden in sich hinein, er muss wirklich ziemlich hungrig sein. Auch Neena gibt ihm etwas von ihrem Proviant und auch mir tut er ein wenig leid, aber Essen gebe ich ihm deswegen nicht. Dann bringt uns Liam zu seinem zu Hause, damit wir die Nacht dort verbringen können. In dem Glockenturm haben wir nicht alle Platz, deswegen schlafen Tazer und ich draußen.

Am nächsten Morgen beginnen wir mit der Reise nach Anu. Es dürfte so um die vier Tage dauern, wenn wir ohne Pause marschieren. Wegen Neena wird das wohl nicht gehen, also rechne ich mit einer guten Woche, wobei wir auch noch einen Riesenbogen um die Winterwüste machen müssen. Die Reise verläuft eigentlich ganz ruhig, bis auf die Streitereien zwischen Neena und mir. Einmal trage ich sie sogar, als sie schläft, damit wir weiterkommen und sie sich nicht dagegen wehrt. Das ist der einzige körperliche Kontakt, den ich mir gestatte, und ich genieße es viel zu sehr. Da uns nichts dazwischenkommt, sind wir bereits nach fünf Tagen in Anu angekommen. Wir nehmen uns Zimmer in einem heruntergekommen Motel und schlafen erst mal eine Runde. Liam hat für seine Verhältnisse gut mitgehalten, Nate hat ihn auch mal getragen, aber er ist doch stärker, als ich dachte. Am nächsten Morgen ziehen Neena und Nate los, um sich für das Rennen anzumelden. Tazer und Liam bleiben in ihrem Zimmer, um fernzusehen, und ich gehe tiefer in Stadt. Das Wetter hier ist ziemlich gewöhnungsbedürftig, außer man mag den Herbst. Eigentlich ist Anu eine schöne Stadt – alte Gebäude, Museen und ein riesiger Park, was will man mehr. Ich gehe in die nächste Bar, bestelle mir ein Bier und schnappe mir die Tageszeitung. Ach du Scheiße! Auf der Titelseite wird auf uns hingewiesen und auch unsere Steckbriefe plus Foto sind drauf. Gott sei Dank sind die Fotos alt und verschwommen, sonst hätte ich hier einige Probleme. Warum hab ich mich auch darauf eingelassen? Ich hätte einfach weiterreisen sollen und somit meine Ruhe gehabt, aber nein. Der gute Wild folgt ja einem Spast, der sich mit der größten Organisation anlegen will. Natürlich bin auch ich kein Fan von ihnen, aber seine Idee erscheint mir doch etwas naiv. Falls wir überhaupt so weit kommen – was bitte will er dann machen? Es scheint mir äußerst unglaubwürdig, dass er jemanden töten kann, aber was will er dann mit Kajetan machen? Ihn zum Tee einladen und höflich bitten, keine schlechten Dinge mehr zu tun? Vielleicht sollte ich mich einfach vom Acker machen, ich habe ihm gegenüber keinerlei Verpflichtung. Aber was wäre dann mit Neena? Dann sehe ich sie höchstwahrscheinlich nie wieder. Für sie ist das zwar besser, aber für mich? Seit ich mit denen unterwegs bin, bin ich richtig weich geworden – igitt! Tja, bis ins Sommernachtsland kann ich sie ja begleiten und mir dann immer noch überlegen, ob ich weiter mit ihnen gehe. Genau. So mache ich das. Nachdem ich mein Bier ausgetrunken und die Bar verlassen habe, kaufe ich mir im nächsten Laden eine Zeitung, um sie den anderen zu zeigen. Jetzt können wir nicht mehr einfach so herumwandern. Man könnte uns erkennen und ich habe echt keine Lust, ständig Haifische zu verprügeln – auf Dauer wird das auch langweilig. Zurück im Motel zeige ich Tazer die Zeitung, woraufhin er nur fragt: „Sie warnen ernsthaft die Bevölkerung vor uns? Wieso? Wir tun ihnen doch nichts."

„Aber wir tun der F. O. was. Zumindest wollen wir das und haben auch schon ein paar ihrer Patrone fertiggemacht."

„Schon, aber was hat das mit der Bevölkerung zu tun?"

„Sie wollen uns die Leute auf den Hals hetzen und stellen uns als Bösewichte hin", beantwortet Liam Tazers Frage.

Neena und Nate kommen zurück und wir zeigen ihnen die Zeitung.

„Bitte wenden Sie sich umgehend an die First Organisation, wenn besagte Personen Ihnen über den Weg laufen. Unternehmen Sie sonst nichts, sie sind äußerst aggressiv und angriffslustig", liest Neena laut vor.

„Sogar ich bin schon dabei, aber bei diesen schlechten Fotos erkennt uns wahrscheinlich keiner", meint Liam.

„Ja, das glaube ich auch. Zumindest sollten wir gleich nach dem Rennen abhauen. Wann fängt es denn an?", frage ich.

„Morgen um 19:00 Uhr. Nate und ich müssen natürlich früher dort sein, aber bei euch reicht 18:45 Uhr."

„Warum müssen wir kommen? Ich hab keine Lust darauf", sage ich und ein neuer Streit pirscht sich an.

„*Dich* will ich da sowieso nicht sehen! Aber Tazer und Liam sind herzlich eingeladen, uns in Aktion zu erleben, das wird euch gefallen."

„Passt du überhaupt mit deinem nicht ganz normal großen Arsch in das Auto?"

„Ich werd dich gleich mit meinem fetten Arsch dermaßen verprügeln, dass du noch 14 Tage von ihm träumen wirst."

Als ob ich das nicht längst tun würde! In letzter Zeit träume ich nur mehr von ihr und manchmal ist das nicht ganz jugendfrei.

„Wir kommen gerne!", freut Tazer sich. War ja klar, wie kann dieser kindische Idiot manchmal so ernst und gefährlich sein? Wie zum Teufel macht er das?

Auch Liam verspricht zu kommen, freut sich aber nicht halb so laut wie Tazer.

„Und was machen wir heute noch?", fragt Neena in die Runde, sieht mich allerdings nur böse an.

„Solltest du dich nicht für morgen ausruhen?", frage ich skeptisch.

„Solltest du nicht endlich die Klappe halten?!"

Mir reicht es! Ohne ein weiteres Wort verlasse ich das Motel und gehe verloren in der Stadt herum. Ich komme an vielen Geschäften vorbei, hier scheint man viel von Mode und diesem Zeug zu halten. Und da entdecke ich etwas, was meine Laune aufhellt – ich muss es haben.

In meinem Zimmer verstecke ich es, als würde wirklich jemand reinkommen. Haha! Aber es macht mich irgendwie scheißglücklich, ich kann den morgigen Tag gar nicht abwarten. Die anderen sind nicht in ihren Zimmern, Tazer hat mir einen Zettel hinterlassen.

Sind im Kino

Sie gehen ernsthaft ins Kino? Haben die denn keine Angst, erkannt zu werden? Ach, ich vergaß, Tazer ist ja strohdumm und furchtbar sorglos. Gut, wie sie wollen, ich leg mich schlafen. Diese Nacht schlafe ich wie ein Stein, ohne Traum und ohne Schmerzen – ich fühle mich wie neu geboren am nächsten Tag. Auch wenn ich die anderen durch die dünnen Wände hören kann, bleibe ich doch für mich und betrachte meinen Einkauf vom Vortag. Glaube kaum, dass es sich um echtes Gold handelt, aber es passt perfekt. Nur muss ich es schnell machen, bevor ich es mir anders überlege. Um 18:00 Uhr verlassen Nate und Neena ihr Zimmer, ich schlendere zu Tazer. Liam ist bei ihm und gemeinsam lachen sie über eine dumme Serie. Kindisch und dumm.

„Was hast du da?", anscheinend hat Tazer damit gerechnet, dass ich doch mitkomme.

„Einen Glücksbringer", antworte ich und halte ihn hoch.

„Sieht aber irgendwie nicht so aus."

Keine zwei Minuten hier und schon nervt er mich – er ist ein Naturtalent! Alle fünf Minuten schaue ich auf die Uhr und werde nervös, als wir gehen. Nate hat uns eine Karte dagelassen, denn weil dieses Rennen illegal ist, findet man die Route nur schwer. Es dauert länger als gedacht, zu dem versteckten Ort im Wald zu kommen. Nate und Neena warten allerdings schon auf uns. Als sie mich sieht, hellt sich ihr Gesicht zuerst auf, jedoch verzieht sie es schnell zu einer Grimasse. Ihr Anzug der T. L. Organisation hat sich in einen schwarzen Einteiler verwandelt. Sie hat ihre Haare zu einem schlampigen Dutt zusammengebunden und sieht verdammt gut aus – wie immer. Wir unterhalten uns kurz mit ihnen, dann werden die Kandidaten von einer lästigen Stimme aufgerufen. Tazer und Liam drehen sich um und auch Nate geht schon voraus, als ich Neenas Namen sage und ihr den Glücksbringer zuwerfe.

„Viel Glück, so tollpatschig, wie du bist, brauchst du das sicher!", murmele ich und folge den anderen.

Nutzloser Fakt #20

Wild schlief mit einem Plüschhäschen,
bis er 13 Jahre alt war.
Danach war das Häschen kaputt.

Kapitel 21

Neena

Ungeschickt fange ich das goldene Ding auf, Wild murmelt etwas von viel Glück und verzieht sich. Es handelt sich um eine Kette mit einem Anhänger, der wie ein vierblättriges Kleeblatt aussieht. Auf jedem Blatt ist ein grün glänzender Stein eingearbeitet. Ich liebe es! Mein Herz springt fast aus meiner Brust, glücklich lege ich es mir um und folge Nate zu den Autos.

„Nett von ihm", sagt Nate und mustert den Anhänger, natürlich weiß sie, von wem das Geschenk ist.

„Da kann ja gar nichts mehr schiefgehen", lache ich und steige in den Jeep, um meine Waffen zu ordnen. Eigentlich sind es umgebaute Jeeps und werden Shootcars genannt, da es kein Dach und eine spezielle Halterung für den Schützen gibt.

„Wenn das nicht die Winner-Twins sind!", ruft eine mir bekannte Stimme.

„Hey Evan!", rufe ich dem grünhaarigen Idioten zu. Neben ihm taucht seine Schwester Annie auf, auch sie hat sich ihre Haare grün gefärbt. Letztes Jahr bevorzugten sie Violett und im Jahr davor Grau – zu ihren fast weißen Augen passt so ziemlich jede Haarfarbe.

„Ich sage dir jedes Jahr, dass Nate ein Jahr älter ist als ich", korrigiere ich ihn, während wir uns umarmen.

„Und ich sage dir jedes Jahr, dass mir das schnuppe ist", lacht er.

Nate umarmt Annie und unterhält sich mit ihr über ihre neue Haarfarbe. Ja, Nate und Haarfarben – dauert bestimmt nicht lange, dann will sie eine andere Farbe. Ich umarme auch Annie und wir unterhalten uns kurz über das Rennen. Beide belegten immer den zweiten Platz und aus Rivalen sind Freunde geworden.

„Die Kandidaten bitte in ihre Shootcars und an den Start. Das Rennen beginnt in Kürze!", ruft der Moderator, er hat eine unangenehm hohe Stimme.

„Dieses Mal gewinnen wir!", lacht Annie.

„Das glaub ich weniger, viel Glück", gebe ich zurück.

Nate setzt sich hinters Steuer, ich befestige die Gummischnüre der Halterung an meinem vorgefertigten Gürtel – somit kann man sich ziemlich frei bewegen. Danach bekommen wir noch die übliche Kamera am Shootcar. Sie wird an einer Stange am Ende des Autos befestigt und kann sich in alle Richtungen drehen. Nur so hat man uns immer im Auge, denn die Route ist nicht gerade kurz. Dann stellen wir uns auf unseren Startplatz und warten. Ich schaue in das Publikum rechts und links und entdecke die Jungs in der ersten Reihe. Tazer und Liam winken uns aufgeregt zu, Wild steht mit verschränkten Armen neben ihnen und mustert das Auto. Unwillkürlich umfasse ich den Anhänger und lächle ihn an, egal, ob er mich ansieht oder nicht.

„Herzlich willkommen beim shoot and drive! Es ist mir eine Ehre, ein weiteres Jahr den Kommentator zu spielen und am Ende den Preis zu vergeben. Dieses Jahr wird der Hauptgewinn geheim gehalten, damit etwas mehr Spannung in der Luft liegt. Der zweite Preis ist eines unserer begehrten Shootcars und der dritte ist ein Preisgeld von 1.000 Schilling! Die anderen sieben Teams bekommen nichts. Dann strengt euch mal an! Für die, die das erste Mal bei diesem Rennen sind, erkläre ich es kurz. Wer als Erster unbeschadet ins Ziel kommt, hat gewonnen. Klingt einfach, was? Tja, ist es aber nicht! Jedes Team hat einen Fahrer und einen Schützen und natürlich hat jeder seine eigenen Waffen zur Verfügung. Jeder Schütze versucht, die anderen Teams auf-zuhalten, mit allen Mitteln. Es gibt lediglich eine Regel, um das Ganze interessanter zu gestalten: Rückwärtsfahren ist verboten! Solltet ihr euch in einer Sackgasse befinden oder euch frontal ein-bauen, seid ihr automatisch ausgeschieden. Eine 360°-Drehung geht in Ordnung, solange man wieder in die richtige Richtung fährt. Jeder hat sich die Route eingeprägt, Abweichungen gelten, solange man ins Ziel kommt. Neben euren Bordkameras begleitet euch auch eine selbstständig fliegende Kamera, um den Zuschauern einen besseren Blickwinkel zu ermöglichen. Auf der großen Leinwand werden die Bilder ausgestrahlt, wobei auch die Namen der Kandidaten aufscheinen. Apropos Kandidaten, wen seh ich denn da? Das Team Jäger mit Evan und Annie und ihre ewigen Rivalen Neena and Natalie Lone! Das wird ein Spaß, Leute! Aber ich will euch hier keinen Vortrag halten, lasst uns loslegen. Auf die Plätze – fertig – los!", brüllt der Moderator und das Rennen beginnt.

Im Hintergrund ertönt die mir bekannte Musik von Rammstein, das Publikum klatscht und johlt.

„Kaum hat das Rennen begonnen, sind auch schon zwei Teams ausgeschieden, beide wurden vom Team Jäger aus dem Weg geräumt. Evan ist ein ausgezeichneter Fahrer und Annie darf man aufgrund ihrer schmalen Statur nicht unterschätzen, die Kleine hat ihre Waffen im Griff! Aber wo ist das Team Lone? Kann das sein? Sie stehen immer noch auf ihrer Startposition und unterhalten sich locker. Was haben die beiden vor? Eine neue Taktik? Ich bin so aufgeregt, meine Damen und Herren!", brüllt der Moderator, ein dämlicher Lackaffe. „Hast du eine Strecke ausgesucht?", frage ich Nate und spiele an meinem Maschinengewehr herum, das ich von der T. L. Organisation geklaut habe.

„Ja, los geht's."

Sie tritt voll aufs Gas und wir rasen davon. Das Publikum ist total aus dem Häuschen, wobei Tazer und Liam am lautesten sind – gar nicht peinlich oder so. Schon bald haben wir die Ersten eingeholt, ich ziele auf ihre Reifen und schalte sie dadurch aus.

„Team Scarting und Team Role sind aus dem Rennen! Nur noch sechs Teams übrig!"

Die Strecke geht endlich in den Wald über. Die meisten gehen vom Gas runter, doch Nate ist da anders. Wir preschen an den meisten vorbei, überholen auch Annie und Evan. Als wir an ihnen vorbeifahren, zeige ich ihnen die Zunge und lasse das Maschinengewehr fallen.

„Jetzt!", ruft Nate und ich werfe die Rauchgranate genau vor Evans Auto. Danach biegt Nate scharf ab, sodass einige gegen Bäume fahren und somit ausgeschieden sind.

„Der Wahnsinn! Team Lone hat eine eigene Route eingeschlagen und entfernt sich umso mehr von den anderen. Was werden sie als Nächstes tun? Es ist so aufregend, meine Damen und Herren!"

Als Nächstes schnappe ich mir meine Wurfaxt und sehe mich gespannt um. Evan und Annie sind sicher hinter uns her, nicht umsonst war es bis jetzt immer ein Kopf-an-Kopf-Rennen.

„Wie weit sind wir von der normalen Route entfernt?", frage ich meine Schwester.

„Nicht weit, nur eine kleine Abweichung. Ein anderes Team ist uns auf den Fersen, halt die Augen offen."

Kaum beendet sie diesen Satz, tauchen auch schon zwei Teams hinter uns auf und versuchen, uns abzuschießen. Allerdings zielen sie nicht auf die Reifen, sondern auf uns. Geschickt weicht Nate aus und wir kommen ins Schleudern.

„You spin me right round baby right round", singt Nate fröhlich.

Sobald wir uns wieder gefangen haben, treffe ich mit der Axt den Reifen eines Teams, das andere entfernt sich von uns.

„Wir haben fast die Hälfte erreicht, jetzt wird es erst interessant", stelle ich fest.

Die zweite Hälfte ist eigentlich die gefährlichste, denn nicht nur die Strecke an sich wird schwer zu bewältigen, auch die anderen Teams werden hinter uns her sein. Laut Plan sollte nach dem Waldstück ein offenes Feld auftauchen, dort sind wir ein leichtes Ziel. Danach kommen eine Steinlandschaft, anschließend ein paar Kilometer mit Sand und zum Schluss eine offene Straße.

„Kaum zu glauben, meine Damen und Herren! Wir haben gleich Halbzeit, und wie Sie sehen können, gibt es nur noch vier Teams. An erster Stelle befindet sich Team Jäger, gefolgt von Team Lone und Team Harp! Das Team Salterin ist an letzter Stelle!", schreit der Moderator. Kann der nicht mal die Klappe halten?

„Wir kommen gleich aufs Feld, Annie und Evan befinden sich dort", warnt Nate mich vor.

Schnell greife ich wieder nach dem Maschinengewehr und mache mich bereit. Aufgrund des Sonnenunterganges sieht die Landschaft wunderschön aus, doch bald wird es dunkel und allein mit den Scheinwerfern wird es schwieriger. Das ist wirklich seltsam am Land der kalten Sonne, immer Herbst und doch geht die Sonne erst gegen 20:00 Uhr unter. Nicht so wie bei uns, wo es dann schon um 17:00 Uhr dunkel wird.

„Links", sagt Nate und reißt mich damit aus meinen Gedanken.

Einige Meter vor uns fahren Annie und Evan, sie zielt bereits auf uns, aber so leicht werden wir es ihnen nicht machen. Nate fährt Schlangenlinie, um Annie das Schießen zu erschweren – scheint zu funktionieren. Doch auch ich hab somit meine Probleme, immerhin will ich sie nicht erschießen! Trotzdem feuere ich los, versuche, die Reifen zu treffen. Natürlich wäre es viel zu einfach, sie gleich zu erwischen, Evan weiß, was er tut. Viel zu schnell ist das Feld vorbei und wir rumpeln durch die Steinlandschaft. Sie entfernen sich immer weiter von uns und im Hintergrund nehme ich ein weiteres Motorengeräusch wahr. Blitzschnell drehe ich mich um, doch zu meiner Verwunderung zielen sie nicht auf uns, sondern auf die Kameras. Mit gezielten Schüssen zerstören sie alle Kameras um uns herum, auch ihre sind nicht mehr da. Ich verwette alles, was ich habe, darauf, dass auch Team Salterin keine Kameras mehr hat. Was bringt ihnen das denn?

„Etwas Furchtbares ist geschehen, meine Damen und Herren! Wir sind nun blind! Team Harp zerstört mutwillig die Kameras, sodass wir nur auf den Sieger warten können! Das einzige Team mit Kamera ist Team Jäger – ob sie wohl gewinnen werden? Was für ein Rennen!"

Auch Team Salterin taucht auf, sie werden jedoch sofort abgeschossen und ihr Auto explodiert mit einem lauten Knall. Seit zwei Jahren gab es keine Toten mehr bei dem Rennen, vielleicht haben sie es auch überlebt.

„Ach du meine Güte! Meine Damen und Herren, irgendetwas scheint explodiert zu sein! Was es wohl war? Oder besser gefragt, wer war es? Ich kann mich gar nicht halten vor lauter Aufregung!"

„Halt doch endlich deine blöde Fresse!", rufe ich ihm zu. Natürlich kann er mich nicht hören, aber er nervt einfach.

„Sie haben einen Flammenwerfer, wir sollten aufpassen", informiere ich Nate, als ob sie das nicht wüsste. Haha!

Team Harp holt immer mehr auf, die beiden sind echt nicht schlecht, aber auch gefährlich. Sie wollen wirklich mit allen Mitteln gewinnen. Nate tritt das Gaspedal durch, einige Male sitzen wir auf Steinen auf, aber das schert uns einen Dreck. Vor uns können wir trotz der angebrochenen Dunkelheit Annie und Evan erkennen, wir fahren auf sie zu.

„Annie! Wir haben ein Problem!", rufe ich ihr zu.

Wir fahren nebeneinander her, während ich ihr von Team Harp, den kaputten Kameras und der Explosion erzähle.

„Dann sollten wir sie vielleicht ausschalten", meint Evan und verlangsamt sein Tempo.

Nate tut es ihm gleich, während Annie und ich gespannt nach hinten sehen.

„Seht euch das an, meine Damen und Herren! Trotz ihrer Rivalität halten sie in solchen Fällen zusammen. Ist das nicht herzzerreißend?", schluchzt der Moderator.

„Ich zerreiße ihm gleich was anderes", zickt Annie und ich muss lachen.

Schon nach wenigen Minuten sind sie hinter uns, doch etwas stört mich an dem Fahrer. Er hat den Pullover hochgekrempelt und irgendetwas befindet sich auf seinem Unterarm. Ein Tattoo? Welches Tattoo besteht denn nur aus einem Kreis und komischen Strichen ... ach du Scheiße!

„Annie! Das sind Haifische! Haut ab, wir kümmern uns darum! Na los!", rufe ich.

Widerwillig geben sie Gas und verschwinden in der Dunkelheit. Ob die Haifische hinter uns her sind?

„Was sollen wir machen?", frage ich meine Schwester.

„Abschießen."

Nun gut, aber dafür benutze ich die Bazooka! Ich bücke mich, um sie aufzuheben, da höre ich einen Knall und werde nach links gedrückt – schlage mir den Kopf an.

„Was zum Teufel …", beginne ich, als ich mich wieder aufrichte. Doch weiter komme ich nicht. Annies und Evans Auto steht in Flammen, beide liegen schwer verletzt auf den Steinen und rühren sich nicht mehr.

„Wir müssen was tun!", schreie ich Nate panisch an.

„Die Kamera hat alles gefilmt, ein Rettungsteam ist schon auf dem Weg. Mach dir keine Sorgen um die beiden."

Ich wusste es schon immer! Haifische sind durch und durch schlechte Menschen, egal, ob sie im Dienst sind oder nicht. Tja, im Prinzip gibt es keine Regel, die so einen Angriff verbietet, also hab ich kein Recht, mich zu beschweren. Wir haben den Teil der Strecke erreicht, der eine Wüste simulieren soll. Da wird es nicht leicht für uns, das Auto ist im Sand schwerer zu steuern und Ausweichmanöver können voll nach hinten losgehen.

„Wie lang ist die Strecke mit dem Sand?"

„Sieben Kilometer. Du schießt aber erst, wenn wir den letzten Teil der Route erreicht haben, ist das klar, Neena?"

„Glasklar. Dann gib mal ordentlich Stoff."

Team Harp unternimmt nichts, um uns anzugreifen, wahrscheinlich warten auch sie auf den letzten Teil. Es erscheint mir nicht logisch, dass sie hinter uns her sind, denn dann hätten sie uns bestimmt vor dem Rennen schon angegriffen. Das heißt, dass sie nur aus Spaß mitmachen.

„Ich kann euch gar nicht sagen, wie ergreifend die Situation gerade ist! Beide Teams warten auf die Chance zuzuschlagen, um als Sieger ins Ziel zu kommen. Es wurden gerade neue Kameras hingeschickt und auch ein Rettungsteam kümmert sich bereits um die Verletzten. Seht euch den Blick unserer Titelverteidigerin an! Ich übertreibe wohl kaum, wenn ich sage, dass dieses Gesicht bestimmt schon hundert Herzen gebrochen hat!"

„Nur ein Herz hab ich gebrochen …", murmele ich und denke an Kirian.

„It's the heart that really matters in the end", singt Nate und ich fühle mich ein wenig besser, weil sie recht hat.

„Nate, ich hab einen Plan."

„Hör ich gerne."

Team Harp lasse ich keine Sekunde aus den Augen, während ich ihr den Plan erkläre. Sie stimmt zu und so warten wir, bis wir den letzten Teil erreicht haben. Noch immer sind wir an erster Stelle, doch das andere Team holt gewaltig auf, der Schütze hält sich bereit. Ich muss schießen, solange ich noch die Gelegenheit dazu habe, der Plan funktioniert nur ein einziges Mal. Endlich haben wir den letzten Teil erreicht und nichts geschieht. Team Harp fährt immer noch ein Stück hinter uns, anscheinend haben auch sie einen Masterplan.

„Kann's dann losgehen?", frage ich.

„Gleich. Ich sage dir Bescheid."

Hinter uns bereiten sie den Flammenwerfer vor und treten das Gaspedal durch. Sollen sie doch kommen und versuchen, uns zu verbrennen. Ich positioniere die Bazooka auf meiner Schulter, warte auf Nates Signal. Es kann nichts schiefgehen. Wir sind bald am Ziel und wir werden verdammt noch mal gewinnen! Hier geht es nicht mehr um unseren Titel, ich will die Haifische fertig machen! Sie haben mir mein Lieblingsevent versaut und das will ich nicht auf mir sitzen lassen.

„Kann losgehen."

Sobald ich ihre Worte höre, drehe ich mich um, sodass ich den Haifischen den Rücken kehre, und schieße dreimal auf die leere Straße vor uns. Sie ist nicht asphaltiert, es knallt drei Mal und jede Menge Staub wird aufgewirbelt – wir fahren direkt hinein. Nate macht eine Vollbremsung und ich setze erneut die Bazooka an. Das Publikum ist völlig aus dem Häuschen und brüllt unsere Namen, sie klingen schon wie der dämliche Moderator. Und dann kommt auch das andere Team in den Staub, ich drücke ab. Sobald der Schuss abgefeuert ist, tritt Nate voll aufs Gas und rast auf das Ziel zu – wir gewinnen.

„Und euch geht's wirklich gut?", frage ich Evan und Annie. Beide liegen verarztet in einem Wohnwagen. Annie hat es schlimm erwischt, ihre Wirbelsäule wurde verletzt und sie müssen sie sogar ins Krankenhaus bringen.

„Ach, das wird schon wieder. Und nächstes Jahr machen wir euch wirklich fertig", lacht sie, aber die Fröhlichkeit erreicht ihre Augen nicht.

Und das alles nur, weil die Haifische maßlos übertreiben mussten! Bei dem Rennen geht es schließlich nur darum, unbeschadet ins Ziel zu kommen. Wenn jemand einen Unfall hat und dabei verletzt wird, ist das kein Problem. Aber wenn jemand mutwillig auf die Kandidaten schießt, hat er eindeutig das Prinzip des Spiels nicht verstanden.

„Solltet ihr nicht euren Preis abholen?", fragt Evan, er sieht müde aus.

Nate und ich verabschieden uns von ihnen und machen uns auf den Weg zum Wohnwagen des Moderators.

„Hey, wartet auf uns", ruft Tazer und stürmt auf uns zu.

„Ihr wart ja so cool!", meint Liam.

Wild sagt natürlich nichts, jedoch lächelt er mir zu – glaube ich zumindest.

Im Wohnwagen des Moderators quetschen wir uns alle auf eine kleine Couch und warten auf unseren Preis. Sein Aussehen passt überhaupt nicht zu der nervigen Stimme, er ist sehr muskulös und hat kurz geschorene Haare.

„Tja, von nun an gibt es eine weitere Regel, sonst laufen uns die Kandidaten davon", scherzt er.

„Unser Preis?", frage ich genervt.

„Ach ja, richtig. Der erste Preis wurde deshalb nicht angegeben, weil er individuell an den Gewinner angepasst wird. Wenn meine Quellen nicht gelogen haben, seid ihr auf dem Weg nach Ira, habe ich recht?"

Keiner von uns sagt etwas, soll er es doch wissen, denn aufhalten kann er uns sowieso nicht.

„Euer Schweigen deute ich als ein Ja. Also, euer Preis ist eine kostenlose Fahrt nach Lai, denn ihr seid zum Turnier der größten Strange Ones eingeladen. Nur würdige Strange Ones und Menschen werden eingeladen, ansonsten weiß niemand davon. Es wird äußerst geheim gehalten, vier Strange Ones arbeiten an dem Schutz. Ja, ich weiß, dass euch das bestimmt nicht interessiert. Aber ich bin ja noch nicht fertig. Euch steht morgen früh ein Wagen zur Verfügung. Im Zug oder Bus besteht die Wahrscheinlichkeit, dass ihr erkannt werdet. In Lai trefft ihr auf meinen Freund Armin Bloom, der sich selbst bei der F. O. eingeschlichen hat, um nachher die Informationen zu verkaufen. Für euch ist das aber gratis, quasi als Geschenk. Solltet ihr jedoch das Turnier gewinnen, was ich nicht glaube, bringt er euch sogar direkt zum Gefängnis. Na, was sagt ihr dazu?", erklärt er.

Jeder von uns weiß, dass es eine Falle sein kann, und trotzdem widersprechen wir nicht. Sobald es Schwierigkeiten gibt, hauen wir ab.

„Wann geht's los?", frage ich.

„Morgen früh um 7:00 Uhr. Ihr seid dann so um die Mittagszeit in Lai. Sonst noch Fragen?"

„Nein", ich stehe auf und verlasse den Wohnwagen.

Die anderen folgen mir und erst im Motel reden wir über unseren Gewinn.

„Was machen wir, wenn wir während der Fahrt angegriffen werden?", fragt Liam ängstlich.

„Abhauen", antwortet Tazer gelassen.

„Und nehmen wir wirklich an dem Turnier teil?", fragt Wild, irgendwie scheint er sich darauf zu freuen.

„Na klar doch! Da fragst du noch?", war klar, dass Tazer so etwas sagt.

Ich gehe als Erste zu Bett, kann aber nicht einschlafen. Immer wieder tauchen Evans und Annies Gesichter auf, mein Hass auf die F. O. wächst ins Unermessliche! Diese dubiose Organisation beherbergt schlechte Persönlichkeiten, egal ob Menschen oder Strange Ones. Eigentlich war es nur mein Ziel, ins Gefängnis zu kommen, um meinen Vater zu suchen, doch Kajetan alles heimzuzahlen, hört sich ziemlich verlockend an.

„Wieso schläfst du nicht?", fragt Nate, als sie reinkommt.

„Geht irgendwie nicht."

„Hör auf, alles zu zerdenken, und lass es auf dich zukommen", meint sie und ich sehe ihr Lächeln, obwohl es dunkel ist.

„Nate?"

„Hm?“

„Du weißt doch ziemlich viel, oder?“

„Ja.“

„Weißt du auch, ob wir es schaffen? Ich meine, ob wir Kajetan und die F. O. besiegen können?“

Es ist lange still, denkt sie nach? Will sie es mir nur nicht sagen? Für mich nicht wirklich ein Problem, sie hat viele Geheimnisse und ich akzeptiere und liebe sie so, wie ist.

„Nein, das weiß ich nicht“, antwortet sie und ein unbehagliches Gefühl macht sich in mir breit.

Nutzloser Fakt #21

Neenas zweiter Vorname
lautet Sarabi.

Kapitel 22

Tazer

Unsanft lande ich auf dem dreckigen Boden des Motelzimmers, Wild lacht sich einen Ast ab.

„Wieso wirfst du mich jedes Mal aus dem Bett? Wie spät ist es überhaupt?"

„Weil du sonst nicht wach wirst und ich das ziemlich witzig finde. Es ist kurz vor 6:00 Uhr, wenn du was essen willst, solltest du dich beeilen", sagt er und verlässt mein Zimmer wieder. Was für eine unchristliche Zeit, aber soweit ich weiß, sollten wir um halb sieben losgehen. In der Nähe der gestrigen Route des Rennens wartet anscheinend ein Wagen oder so etwas auf uns. Nach der Dusche schlendere ich müde in Nates Zimmer. Sie und Neena waren heute Morgen anscheinend einkaufen, denn auf ihrem kleinen Tisch stapeln sich Brötchen, Obst und weitere Lebensmittel.

„Gott sei Dank müssen wir für die Reise nichts bezahlen, wir sind total pleite", seufzt Neena und lässt sich aufs Bett fallen.

„Wie viel hast du noch?", frage ich Wild.

„Auch nicht mehr viel, hab in letzter Zeit eine Menge ausgegeben."

„Und ich hab noch 20 Schilling. Wo schlafen wir überhaupt in Lai?", frage ich mit vollem Mund.

Meine Freunde überlegen lange und zucken schließlich nur mit den Achseln.

„Ach, wir werden schon was finden", sage ich optimistisch, es ergibt sich immer etwas.

Nate kichert, was ich als gutes Zeichen deute, und nachdem wir die restlichen Lebensmittel eingepackt haben, machen wir uns auf dem Weg. Die Temperatur ist um einiges kälter als gestern und es nieselt vor sich hin. Dank der tollen Fetzen der T. L. Organisation können wir uns entsprechend kleiden, nur Liam zittert. Ich biete ihm einen Kapuzenpullover an, den ich schon seit Beginn meiner Reise im Rucksack habe – hätte ihn fast vergessen.

„Danke", lächelt er mich an.

„Tja, auch ein Hund darf nicht frieren", scherze ich.

„Wieso bin ich ein Hund? Und was seid ihr?"

„Na ja, ich bin der große Bruder und die anderen sind die jüngeren Geschwister und du bist eben der Hund. Du kannst natürlich gerne eine Katze oder ein Meerschweinchen sein, aber aufgrund deiner Fähigkeiten, mit Knochen zu spielen, dachte ich mir, ein Hund wäre am passendsten."

„Und wann werde ich zum Bruder befördert?"

„Wenn du es uns beweist", antwortet Wild an meiner Stelle, recht hat er.

Aber das wird er bestimmt noch tun. Wenn es darauf ankommt, hält er sicher zu uns. Es dauert nicht lange und schon entdecken wir ein großes, schwarzes Auto mit getönten Scheiben. Der Moderator des Rennens steht davor und zündet sich eine Zigarette an. Was macht der hier?

„Guten Morgen, meine Freunde!", flötet er, niemand von uns antwortet.

„Die Freude scheint nur einseitig zu sein, aber na ja … ich habe gute Nachrichten für euch. Ich, der einzig wahre Topmoderator Finnegan Light, werde euch persönlich zu dem Turnier bringen."

Wartet er jetzt auf eine Antwort von uns? Ich mag den Typen nicht, der ist selbst mir zu aufgedreht.

„Und was ist da gut dran?", fragt Wild mürrisch.

„Ach seid doch nicht so miesepetrig! Das wird sicher lustig! Also lasst uns fahren … He, warum seid ihr schon im Auto, da könnt ihr mich ja nicht hören! Wie beleidigend!"

Liam hat den Beifahrerplatz eingenommen, was keinen von uns stört, während Wild, Nate und Neena auf den hinteren Sitzen Platz genommen haben. Ich nehme diesen komischen Deckel zum Kofferraum weg und setzte mich hinein. Angefressen setzt

Finnegan sich ans Steuer, wirft uns allen einen bösen Blick zu und fährt los.

„Was ist das für ein Auto?", fragt Liam neugierig.

„Eine ausgezeichnete Frage, mein lieber Junge! Das ist ein umgebauter SUV Chester Air, ein Prachtstück. Ich selbst hab bei dem Tuning geholfen, er ist mein Meisterwerk. Man könnte sagen, dass ich dieses Auto mehr liebe als meine Frau", scherzt er.

„Du hast ernsthaft eine Frau?", fragt Wild schockiert und wir müssen lachen – auch Finnegan.

„Na ja … eher eine Exfrau … aber egal. Ich will euch jetzt nicht mit Details langweilen, aber dieses Auto hat 1024 PS und einen F22 Motor. Wie ihr sehen könnt, habe ich einen Sternenhimmel eingebaut und erst die Ledersitze …"

„Halt die Klappe oder ich zerkratze dein wertvolles Leder", faucht Neena und reibt sich die Schläfen. Schweigend fahren wir weiter. Bei der Grenze müssen wir kurz haltmachen, weil einige von uns aufs Klo müssen. Eigentlich nur Neena, aber Nate geht natürlich mit. Braucht sie da drin irgendeine komische Unterstützung, die wir Jungs nicht verstehen?

„Mir ist langweilig", jammere ich, als die Fahrt weitergeht.

„Lasst uns was spielen!", ruft Liam aufgeregt. Seine Haut ist nicht mehr so blass wie am Anfang und im Ganzen sieht er schon gesünder aus.

„Aber leise, ich hab Kopfschmerzen", murmelt Neena, schließt die Augen und lehnt sich gegen die Scheibe.

Eigentlich warte ich auf eine Beleidigung von Wild, der scheint aber selber zu schlafen – so ein Langweiler. Nate summt eine fröhliche Melodie vor sich hin und so bleiben nur noch Liam und ich übrig. Wir beginnen mit dem Spiel „Ich sehe was, was du nicht siehst", aber zu zweit ist das nicht gerade aufregend. Dann spielen wir mit Nate Lieder erraten, indem sie eine Melodie pfeift und wir raten müssen, wie der Song heißt und von wem er ist – wir beide sind ziemlich schlecht.

„Meine Fresse, seid ihr begriffsstutzig! Das ist ,Alle meine Entchen …'!", schaltet Neena sich ein, als ihre Schwester das nächste Lied pfeift.

„Musst du so rumbrüllen? Ich versuche, hier zu schlafen", meckert Wild.

„Ja, das muss ich!", schreit sie ihm ins Ohr und so beginnt ein neuer Streit.

„Kannst du einmal normal sein? Nate muss sich ja echt für dich genieren!", beginnt er.

„Ach halt doch deine blöde Klappe!", entgegnet sie schwach.

„Fällt dir nichts anderes ein? Ziemlich lahm!"

„Wie gesagt … ich habe Kopfschmerzen!"

„Dein Kopf würde mir auch wehtun!"

„Jaja, interessiert mich nicht …"

Der Streit hat so ein jähes Ende gefunden und wir schweigen, selbst Finnegan hält seinen Mund. Es ist richtig entspannend, ich nicke sogar ein.

Ein Rumpeln weckt mich wieder, irgendwie habe ich Wild's Fuß in meinem Gesicht – das scheint ihm echt Spaß zu machen.

„Steh auf, wir sind da", sagt er.

Verschlafen klettere ich aus dem Kofferraum, die Luft draußen ist heiß und trocken. Sofort verwandelt sich der besondere Anzug in eine Shorts und ein ärmelloses Shirt.

„Armin! Wie schön, dich wiederzusehen, mein Freund! Wie geht's dir?", ruft Finnegan aufgeregt einem etwa 50 Jahre alten Sack zu. Dieser schlendert mit undurchdringlicher Miene auf uns zu, beginnt dann aber, lauthals zu lachen, und die beiden umarmen sich.

„Finnegan, altes Haus! Mir geht's ausgezeichnet, fühle mich keinen Tag älter als 20! Und dir? Das sind die Gewinner? Sind aber mehr als zwei." Noch einer, der wie ein Wasserfall redet.

„Ja, aber sie haben bestimmt was drauf, denn sie waren in der Zeitung und haben so einige Patrone ausgeschaltet", prahlt er.

„Drei. Drei Patrone", korrigiere ich ihn, übertreiben braucht er auch wieder nicht.

„Sag ich doch! Armin, das wird der Wahnsinn! Aber das bereden wir am besten bei einer Tasse Kaffee. Wo können wir uns denn anmelden?"

„Wir?", fragen wir alle gleichzeitig.

„Ja, na klar, ich bin euer Stratege. Jedes Team braucht so einen, und da ich in nächster Zeit nichts Besseres vorhabe, stehe ich euch hiermit zur Verfügung. Wir nennen uns am besten The Finnegans!"

Ich blinzle ein paar Mal, schlafe ich etwa noch? Wer hat gesagt, dass wir diesen Idioten dabeihaben wollen? Es war ja nicht einmal abgemacht, dass er uns persönlich herbringt – vielleicht sollten wir in k. o. schlagen und uns einfach anmelden gehen. Nate macht uns die Entscheidung allerdings einfach, denn sie geht zu dem Eingang, wo groß Anmeldung steht, und trägt uns mit dem dämlichen Namen ein.

Wenig später bekommen wir von Nate den Schlüssel für unser Gästezimmer, welches sich in diesem alten Gebäude befinden soll. Es ist riesig, bestimmt 50 Meter hoch, und besteht aus großen, braunen Steinen. Irgendwie erinnert es mich an ein Kolosseum, nur ist es viereckig und wirkt doch ziemlich neuwertig. Um ins Zimmer zu gelangen, müssen wir in den dritten Stock und es ist glühend heiß hier drinnen. Als Nate die Tür öffnet, strömt uns angenehm kalte Luft entgegen und wir alle sind von dem modernen Zimmer begeistert. Alles scheint neu zu sein, doch irgendwie sieht es auch alt aus. Zuerst kommen wir in eine Art Wohnbereich, rechts und links davon befinden sich Türen zu den Schlafräumen. In beiden stehen drei Betten und auch ein eigenes Badezimmer pro Schlafraum gibt es. Die Mädchen entscheiden sich für das blaue und wir für das grüne Zimmer, die weißen Wände unterstreichen die Farbe des Teppichs sowie der Bettwäsche.

„Und wo schläfst du?", fragt Neena Finnegan und mustert ihn skeptisch.

„Die Strategen bekommen ein eigenes Zimmer", zwinkert er ihr zu.

Wir atmen erleichtert auf, so eine Quasselstrippe braucht keiner von uns im Zimmer.

„Und was machen wir jetzt? Wann beginnt dieses blöde Turnier eigentlich?", fragt Wild.

„Ihr könnt in die Stadt oder zum Meer gehen oder am Pool entspannen – das ist ganz euch überlassen. Morgen Abend ist eine Party, wo man mit anderen Kandidaten reden kann, aber ihr müsst nicht hin, wenn ihr nicht wollt. Das richtige Turnier findet übermorgen statt, die Uhrzeit wird noch bekannt gegeben", erklärt er uns, endlich kommt mal was Nützliches aus seinem Mund.

„Und wie läuft das dann ab?", frage ich.

„Pro Team dürfen nur vier Kandidaten fix antreten, alle anderen sind Ersatz. Die ersten Einzelkämpfe finden ohne Strange-One-Fähigkeiten statt, da auch Menschen dabei sind, die manchmal viel stärker sind als Strange Ones. Es sind Einzelkämpfe, der Gewinner darf mit seiner Gruppe weiter in die nächste Runde aufsteigen. Sobald es nur noch zehn Teams gibt, darf man seine Fähigkeiten wieder einsetzen."

„Und wie läuft das am Anfang genau ab? Dürfen wir uns einen Gegner aussuchen?", fragt Wild interessiert.

„Nein, der Computer spuckt einfach zwei Namen aus, egal ob Männlein oder Weiblein, Strange One oder Mensch. Am Anfang zieht es sich ein bisschen in die Länge, da wir doch 20 Teams haben. Aber Leute, ich habe echt keine Zeit, mit euch zu plaudern. Armin wartet bereits auf mich, bis später!", sagt Finnegan und verzieht sich. Wer hier plaudert! Wild geht in die Stadt, wir anderen wollen den Strand besuchen – ich hab noch nie einen gesehen.

„Willst du schwimmen gehen?", fragt mich Liam, doch ich lehne ab.

Stattdessen mache ich es mir auf einem Handtuch gemütlich, mein Anzug verwandelt sich in eine Badehose und so genieße ich die Sonne auf meiner Haut. Neena ist natürlich sofort von einem Haufen Jungs umgeben, die bestimmt mit einem anderen Körperteil als ihrem Kopf denken. Stimmt, sie ist hübsch, aber nicht mein Typ – außerdem fühlt es sich wirklich eher nach Familie als nach Liebe oder so an. Nate und Liam spielen mit einem Ball, keine Ahnung, wo die den herhaben, aber es scheint viel Spaß zu machen. Am Himmel tummeln sich ein paar Wolken, trotzdem findet die Sonne ihren Weg und strahlt weiter auf uns herab. Ob wir wirklich teilnehmen sollen? Es geht mir nicht ums

Gewinnen oder Verlieren, eher um unsere Sicherheit. Sollten sich hier Haifische befinden, können wir uns zwar wehren, aber bei den vielen Strange Ones ist es nur eine Frage der Zeit, bis jeder gegen jeden kämpft. Doch eine so einmalige Chance, ins Gefängnis zu kommen, will ich mir auch nicht durch die Lappen gehen lassen. Ach, es wird schon alles gut gehen, bis jetzt hatten wir auch keine großen Schwierigkeiten. Erstaunlich, wie schnell wir hier gelandet sind. Wenn das so weitergeht, ist nächsten Monat alles erledigt. Jedoch sollte ich nicht so naiv denken, Kajetan ist kein leichter Gegner – gerade deswegen kann ich nicht verlieren. Plötzlich werde ich aus meinen Gedanken gerissen, weil Neena irgendwie auf mir sitzt. Wie ist das jetzt passiert?

„Sorry Tazer", entschuldigt sie sich und steht auf. Ihr gegenüber steht ein Mädchen in Nates Alter, ihre weißblonden Haare reichen bis zur Taille und ihre babyblauen Augen funkeln Neena herausfordernd an.

„Pass auf, wo du hintrittst, Mensch", sagt sie herablassend.

„Pass auf, in wen du reinrennst, dumme Gans", stichelt Neena zurück.

„Dumme Gans? Du solltest dir lieber zweimal überlegen, wie du mit mir redest."

„Stimmt, wahrscheinlich muss ich langsamer reden und leichte Wörter verwenden, damit du es verstehst!"

„Dafür sollte ich dir so was von in die Fresse schlagen …"

„Versuchs nur", antwortet Neena und deutet mit ihrem Zeigefinger auf ihr Kinn.

„Aber, aber, meine Damen! Hebt euch das fürs Turnier auf!", schaltet sich ein älterer Herr mit Bierbauch ein. Wahrscheinlich gehört er zu den Schiedsrichtern, wenn man die so nennen kann.

Das blonde Mädchen dreht sich um, dabei streifen ihre Haare Neenas Gesicht, und stolziert hoch erhobenen Hauptes zum Meer. Ich kann mir ein Schmunzeln nicht verkneifen, da haben sich ja zwei gefunden.

„Lach nicht so blöd!", schimpft sie mit mir.

Nate und Liam setzen sich wieder zu uns und wir unterhalten uns über das Turnier und das blonde Mädchen.

„Du meinst die da drüben? Oh mein Gott, ist die schön! Sie hat zwar einen kleineren Busen als du, aber irgendwie sieht das viel proportionierter aus", sagt Liam zu Neena.

Oje, das war ein Fehler. An Neenas Stelle gibt Nate ihm einen kräftigen Klaps auf den Hinterkopf – er kann froh sein, dass es nur ein Klaps war.

„Und wie findest du sie?", fragt er nun mich.

„Na ja, oberflächlich betrachtet ist sie schon ziemlich hübsch, aber nicht ganz mein Typ", antworte ich ehrlich – mir gefällt diese offensichtliche Schönheit irgendwie gar nicht.

Während Liam sich in der Sonne aalt, spielen Nate und ich eine Runde Karten. Neena sitzt nur daneben und starrt aufs Meer hinaus. Ich kann ja verstehen, dass es für sie und Wild nicht einfach ist, aber Nate und ich sind der Meinung, dass wir uns nicht einmischen sollten. Jeder soll das machen, was er selbst als richtig empfindet. Als Nate nicht weiterspielt und nach links schaut, wedle ich mit der Hand vor ihrem Gesicht herum. Bilde ich mir das nur ein oder sieht sie wirklich ein wenig sauer aus? Das wär ja mal was ganz Neues!

„Was ist los?", fragt Neena mit zusammengezogenen Augenbrauen.

Ihre Schwester seufzt und deutet in die Richtung, in die sie schon länger blickt. Oje! Neben dem blonden Mädchen steht Wild, er hat ein Bier in der Hand und unterhält sich locker mit ihr. Sie flirtet eindeutig mit ihm und er steigt voll darauf ein, irgendwie will ich Neena gerade nicht ins Gesicht sehen.

Sie steht auf, wahrscheinlich will sie auf ihn zugehen, hält aber abrupt inne, als Wild dem blonden Mädchen eine Hand um ihre Taille legt und sie an sich zieht – sie gibt ihm einen Kuss auf die Wange und er streichelt ihr übers Schlüsselbein. Man kann den Sprung in Neenas Herzen förmlich hören, irgendwie leide ich mit ihr mit. Endlich sieht Wild zu uns, sein Blick fällt auf Neena und im ersten Moment wirkt er erschrocken. Doch dann kehrt er wieder zu seinem normalen Ausdruck zurück und wendet sich wieder ganz Blondie zu. Selbstverständlich warte ich auf einen Wutausbruch, dass sie ihn beschimpft oder ihn schlägt, doch sie steht einfach nur da. Ihr Gesicht wie betäubt, der Schmerz sitzt tief.

„Neena? Alles okay?", fragt Liam vorsichtig und greift nach ihrer Hand – die sie jedoch sofort wegzieht.

„Klar. Alles bestens. Entschuldigt mich bitte einen Augenblick."

Wie ferngesteuert packt sie ihre Sachen zusammen und geht in Richtung Gebäude zurück, Nate sieht ihr resigniert nach.

„Können wir wirklich neutral bleiben?", frage ich sie unsicher.

„Dir als großer Bruder bleibt nichts anderes übrig."

Auch sie steht auf und geht auf Wild zu. „Wie oft muss ich mir das noch ansehen …", meine ich sie murmeln zu hören. Was meint sie damit? So schlimm war es noch nie, oder hab ich etwa was verpasst?

„Wild!", brüllt sie plötzlich. Oh mein Gott, Nate brüllt!

Sofort lässt er von Blondie ab und dreht sich zu Nate. Er sieht irgendwie nervös aus. Sie packt ihn fest am Arm und zerrt ihn weg, verdammt, muss die stark sein. Vor uns bleibt sie wieder stehen und atmet einmal tief durch, irgendwie macht sie mir Angst. Dann geht alles ganz schnell. Im Bruchteil einer Sekunde legt sie ihre rechte Hand um seinen Hals und wirft ihn (keine Ahnung, wie!) auf den Rücken. Sie kniet sich auf seine Brust, hält ihn immer noch am Hals gepackt.

„Du … willst … mich … nicht … als … Feind. Entscheide dich!", ihre Worte klingen abgehackt, sie kann sich kaum noch zügeln.

Wild ringt nach Luft und nickt erschrocken. Sofort lässt Nate von ihm ab und stampft davon – wahrscheinlich zu Neena. Er setzt sich auf und tastet nach seinem Hals, es sind tatsächlich Abdrücke zu sehen. Auch Liam packt seine Sachen zusammen und geht Nate hinterher. Er hat sie gern, da ist das nur verständlich. Jetzt schaut er ziemlich geknickt drein. Ob er wohl seinen Fehler bemerkt hat?

Als er sich wieder etwas gefangen hat, rauscht auch er ab, aber ich bezweifle, dass er in unser Zimmer geht. Also bin ich allein – ich hab keine Lust zurückzugehen, sonst fällt mir das neutral sein immer schwerer. Plötzlich wird es still, das Kreischen und Lachen hat aufgehört. Irritiert sehe ich mich um und entdecke sofort die Ursache. Ein Mädchen geht an mir vorbei, sie ist klein – bestimmt nicht größer als 160 cm – und hat eine sportliche, schlanke Figur. Sie trägt eine schwarze Dreiviertelhose und ein weißes Top, ihr kohlrabenschwarzes Haar hat sie zu einem hohen Pferdeschwanz zusammengebunden. Sie trägt einen Seitenscheitel, sodass ihr die kürzeren Haare vorne ins Gesicht hängen. Doch nicht deswegen halten alle den Mund und beobachten sie – an den meisten Stellen, an denen man ihre Haut sieht, hat sie dicke, verworrene Linien tätowiert. Selbst über ihren Hals schlängeln sie sich weiter nach oben, über die linke Gesichtshälfte bis zum Haaransatz. Ihre Bewegungen sind geschmeidig und leichtfüßig, ähneln einer Raubkatze. Sie bleibt neben Blondie stehen und unterhält sich mit ihr. Die Aufregung hat sich schon gelegt – das Mädchen hat uns allesamt ignoriert. Blondie gestikuliert wild mit ihren Armen und deutet schließlich auf mich. Das tätowierte Mädchen dreht sich zu mir und ich erstarre. Ihre mintgrünen Augen durchleuchten mich, setzen ein komisches Gefühl in mir frei. Ich habe noch nie ein schöneres Mädchen gesehen …

Nutzloser Fakt #22

Tazers Lieblingsfarbe ist Grün.

Kapitel 23

Vivari

Es gibt eine einzige Regel, um in meiner Welt zu überleben: *Zeige weder Schmerz noch Gnade* – so unter dem Motto, friss oder stirb. Ich spüre ihre Blicke, auch wenn ich stur geradeaus starre, und wünsche diesen dämlichen Gaffern den Tod. Das weiße Shirt klebt an meiner Haut und der Sand brennt sich in meine Fußsohlen. Korona finde ich sofort, ihr weißblondes Haar und die babyblauen Augen kann man nicht übersehen. Ihr Gesicht kommt mir unnatürlich rot vor und so beschließe ich, auf sie zuzugehen. Wir kennen uns schon, seit wir Kinder sind, haben jedoch nie eine tiefere Verbindung miteinander gefunden. „Geht's dir gut?", frage ich und bleibe vor ihr stehen. Theatralisch wirft sie ihr Haar über die Schulter und faucht wie eine Katze. Bin mal gespannt, wer oder was sie so aufgeregt hat.

„Heute ist einfach nicht mein Tag. Zuerst legt sich so eine Rothaarige mit mir an und dann entdecke ich einen hübschen Kerl, welcher mir von einer Blauhaarigen weggenommen wird."

„Einen hübschen Kerl?", frage ich etwas schockiert nach.

„Ja … du hättest sehen sollen, wie die Blauhaarige mit ihm umgegangen ist! Die hat ihn einfach geschnappt und auf den Sand geknallt. Bei denen müssen wir vorsichtig sein. Ich frage Tim später, ob er etwas über die Truppe weiß – der Kerl, der noch da ist, starrt die ganze Zeit zu uns rüber", antwortet sie und zeigt unhöflich auf ihn, sodass ich mich umdrehe. Graue Augen taxieren mich, sein Mund ist leicht geöffnet und er scheint erschrocken zu sein. Automatisch lasse ich die Haare in mein Gesicht fallen, nur unter meinen Tattoos fühle ich mich wohl – vielleicht sollte ich mir die andere Gesichtshälfte ebenfalls tätowieren lassen. Im Prinzip bin ich es gewohnt, dass die Leute mich angewidert oder verblüfft ansehen, aber bei diesem Kerl fühle ich mich extrem unwohl.

„Wo ist Drago?", frage ich und drehe dem Gaffer den Rücken zu. Selbst jetzt spüre ich, wie er mich mit seinem Blick durchlöchert.

„Er und Tim sind im Zimmer und sehen sich irgendeine Sportsendung an, Männer eben. Weißt du schon, was wir bei der Party anziehen?"

„Nein … ich hab ehrlich gesagt nicht vor, hinzugehen."

„Und wie du hingehen wirst! Wir sind ein Team und gehen auch als Team zu der Party. Es ist eine Kostümparty, wir müssen uns ganz was Tolles ausdenken!", ihre Augen leuchten aufgeregt, während sie spricht.

Ich frage sie, was ihr so vorschwebt, bin aber alles andere als begeistert, dass ich auch dorthin muss. Vielleicht tut mir der Bauch weh oder mir wird schlecht – das glauben die mir nie. So unauffällig wie möglich blicke ich über die Schulter und begutachte den nervigen Kerl. Er hat längeres, dunkelbraunes Haar und sein Körperbau sieht trainiert aus, jedoch ist er nicht aufgepumpt wie andere hier. Als er bemerkt, dass ich ihn ansehe, grinst er wie ein Honigkuchenpferd zu mir herüber. Ein seltsames Gefühl steigt in mir hoch, hab ich was Falsches gegessen? Abrupt sehe ich Korona wieder ins Gesicht, sie schwafelt irgendetwas über Elfenkostüme oder so. Nachdem sie mit ihrer Schwärmerei fertig ist, frage ich sie: „Hast du Aaron gesehen? Eigentlich war ich auf der Suche nach ihm."

„Ja, der sitzt dort drüben im Sand. Habt ihr euch gestritten oder so? Normal seid ihr unzertrennlich."

„Ich mag es nicht so gern, wenn mir jemand beim Pissen zusieht", fahre ich sie an, Korona lacht nur. Einige Meter entfernt sehe ich Aaron, mit seinem regenbogenfarbenen Haar ist er leicht zu entdecken.

„Sei nicht so zimperlich, immerhin schlaft ihr miteinander", meint sie mit einem verschmitzten Grinsen.

Ohne ihr eine Antwort zu geben, lasse ich Korona stehen und gehe auf Aaron zu. Es hat einfach keinen Sinn, ihr ein weiteres Mal zu erklären, dass ich weder mit Aaron noch mit sonst irgendwem Sex habe. Es stimmt, wir schlafen im gleichen Bett, aber da läuft rein gar nichts und ich kann mir auch nicht vorstellen, dass jemals romantische Gefühle aufkommen. Dafür ist kein Platz in unserem verkorksten Leben.

„Hey Aaron, was machst du da?", frage ich, als ich neben ihm in die Hocke gehe.

„Nichts Besonderes", antwortet er knapp wie immer, kratzt sich am Arm und schiebt danach den Ärmel wieder runter. Aaron trägt immer ein schwarzes, langärmliges Rollkragenshirt, weil er sich sonst verletzbarer fühlt. Außerdem erträgt er es selbst kaum, seine Narben zu sehen, bei einem Fremden würde er durchdrehen.

„Was hat Korona?", fragt er und sieht mich mit seinen moos-grünen Augen an.

„Ach nichts, Tussi wie immer", lache ich und auch er grinst. Dabei straffen sich die Fäden links und rechts seiner Lippen. Es ist schon Jahre her, dass er beim Training schwer verletzt wurde, wobei ihm Drago fast den ganzen Unterkiefer abgetrennt hatte. Gott sei Dank war nur das Fleisch auf beiden Seiten bis zur Hälfte eingerissen. Aaron lag wochenlang auf der Krankenstation, ich war die Einzige, die ihn besuchen wollte und durfte. Noch immer bin ich die einzige Vertraute in seinem Leben, ich weiß allerdings nicht, was für Gefühle das genau sind. Oft kommt er mir wie ein verwirrtes Kind vor, der soziale Interaktionen nicht versteht. Die Fäden ließ er sich allerdings nicht ziehen, sie sind mit seiner Verletzung geheilt – niemand durfte ihn mehr anfassen. Auch ich darf ihn nur eingeschränkt berühren, Genick und Hals sind ein Tabu. Die Brust und den Bauch darf ich manchmal berühren, wenn er sich verletzt hat. Aaron wurde als Kind derb verprügelt, aber niemand weiß, von wem. Keiner weiß genau, wo er her-kommt. Am ersten Tag bei uns kam er schmutzig und stinkend in den Gemeinschaftsraum, seine Wangen waren eingefallen und er kratzte sich ständig verheilte Wunden auf – was er jetzt auch noch tut. Er war und ist äußerst grob und brutal, kennt keine Gnade seinem Gegner gegenüber und ihm scheint es auch noch Spaß zu machen. Zwar ist er nur ein Jahr jünger als ich, jedoch sieht er aus wie ein schlanker 15-Jähriger.

„Vivari? Das dort drüben ist ein Pärchen, oder?", fragt er und deutet mit dem Kopf auf zwei Verliebte, die Händchen halten.

„Ja, denke schon."

„Wann ist man ein Pärchen? Und wann hält man Händchen?", fragt er mit schief gelegtem Kopf.

„Na ja … wenn man sich eben mag", versuche ich zu erklären – eigentlich weiß ich das selber nicht so genau, ich kenne es nur aus meinen Büchern.

„Warum halten wir uns dann nicht an den Händen?", fragt er verwirrt und starrt seine Hände an.

„Weil das ein anderes Mögen ist … verliebt sein oder Liebe …"

„Vivari, wie ist man verliebt?", fragt er neugierig. Ach du liebe Güte.

„Das weiß ich selbst nicht", gebe ich ehrlich zu.

„Macht nichts. Ich mag dich, also halten wir Händchen." Erwartungsvoll lächelt er mich an, sodass ich nur bejahen kann. Wenn ich ihn so ansehe, den dürren Jungen mit den tiefschwarzen Augenringen und den Fäden an seinen Wangen, fühle ich mich zu Hause.

„Willst du auf die Party gehen?", frage ich.

„Ja!"

Dann bleibt mir nichts anderes übrig, als auch hinzugehen. Ich lasse ihn nur selten und ungern allein. Irgendwie fühle ich mich für ihn verantwortlich, nicht so wie eine überbesorgte Mutter, sondern einfach als … was weiß ich. Ich frage ihn, ob wir nicht wieder ins Zimmer gehen wollen, denn die Sonne brennt sich in meine helle Haut. Er nickt, steht auf und gemeinsam gehen wir zurück. Als wir bei dem seltsamen Kerl vorbeikommen – der mich noch immer nicht aus den Augen lässt –, schnappt Aaron sich meine Hand und verschränkt seine Finger in meine. Im ersten Moment fühlt es sich irgendwie komisch an, doch sein fröhlicher Gesichtsausdruck lässt mich alle Zweifel über Bord werfen.

Im Zimmer angekommen, streiten Drago und Tim sich wegen irgendeines Sportlers, keine Ahnung, wie die alle heißen. Korona hockt am Boden und kritzelt irgendetwas auf zahlreiche Blätter –

wahrscheinlich denkt sie sich irgendwelche Kostüme für uns aus, igitt. Bevor die beiden mich nerven können, zerre ich Aaron in unser Zimmer und verschließe die Tür hinter uns. Wir haben eines der wenigen Zimmer, in denen es nur Einzelzimmer mit fetten Doppelbetten gibt.

„Willst du zuerst ins Bad?", frage ich und lasse seine Hand los.

Aaron starrt jedoch abwesend die blaue Wand an, also gehe ich schulterzuckend ins Bad. Endlich komme ich aus den verschwitzten Sachen raus und drehe die Dusche eiskalt auf. Großzügig verteile ich das Shampoo, ein angenehmer Lavendelduft steigt in meine Nase. Genüsslich schließe ich die Augen und halte das Gesicht in den Wasserstrahl – Duschen ist so ziemlich der einzige Luxus, den ich mir leisten kann. Plötzlich höre ich ein Rumpeln und Geschrei, es kommt eindeutig aus dem Gemeinschaftsraum. Ein ungutes Gefühl steigt in mir hoch, dreht Drago wieder mal durch? Nicht selten, dass er mit Möbeln um sich wirft oder generell alles zerstört, was sich in seiner Nähe befindet. Ich kann meine Abneigung ihm gegenüber einfach nicht abschütteln. Er hat es auf Aaron abgesehen und ärgert ihn, wann es nur geht. Natürlich bin ich die Einzige, der das absolut gegen den Strich geht. Manchmal meldet sich auch Korona, aber nur dann, wenn es wirklich heftig wird. Moment … höre ich Korona herumschreien? Das letzte Mal hat sie so mit den anderen geschrien, als Drago Aaron fast umgebracht hat … fuck! Panisch eile ich aus der Dusche, schnappe mir den Bademantel – den ich unter anderen Umständen äußerst bequem finden würde – und stürme klatschnass in den Gemeinschaftsraum. Tim kann ich nicht entdecken, Drago hat Aaron am Hals gepackt und hebt ihn hoch. Drago ist gut 2 m groß, während Aaron nur um einige Zentimeter größer ist als ich – und ich bin nur 159 cm.

Korona steht vor den beiden und brüllt sich die Seele aus dem Leib, noch nie habe ich sie so panisch gesehen. Aaron versucht verängstigt, die Hände seines Angreifers abzuschütteln, er erträgt die Berührung an der Stelle einfach nicht. Mich packt die blanke Wut, wobei ich selten ausraste und mich aus so ziemlich allem raushalte oder neutral bleibe.

„Was soll das werden?", frage ich mit bedrohlich leiser Stimme.

„Nach was sieht es denn aus? Wir spielen hier friedlich", antwortet Drago provozierend.

„Lass ihn los, sofort!", jetzt werde ich laut.

„Oh, siehst du? Deine Mami ist da, um dir zu helfen." Er packt Aaron noch fester und ich bin kurz davor, die Kontrolle zu verlieren.

„Lass ihn los oder ich schwöre dir, ich töte dich so qualvoll, wie es nur geht!", brülle ich und meine es verdammt ernst – ich habe keine Probleme mit dem Töten.

„Ich bitte darum", fordert er mich heraus, lässt Aaron endlich los. Er ist so ein verdammter Idiot! Aaron kann sich gut allein verteidigen. Wütend stapfe ich auf ihn zu, balle bereits die Fäuste, als Tim wieder ins Zimmer stürmt und uns fragend ansieht.

„Kaum bin ich weg, wollt ihr euch prügeln, oder was? Euch hört man bis ins Erdgeschoss streiten. Wenn ihr euch unbedingt schlagen müsst, dann macht das morgen beim öffentlichen Training – aber ohne Fähigkeiten!", seine Stimme klingt für mich einen Hauch zu fröhlich, doch ich willige ein. Aaron ist schon in unserem Zimmer, als ich wütend hineinstürme. Oje, er hat wieder diesen komischen Blick. Als er mich sieht, nimmt er sofort die Kampfhaltung ein, schlägt nach mir. Er ist verdammt schnell und unerwartet stark – mir bleibt nichts anderes übrig, als ihn auszuknocken. Blitzschnell treffe ich den empfindlichen Punkt an seinem Hals und er sackt in sich zusammen. Das gibt zwar einen ordentlich blauen Fleck, aber sonst hätte er im Nachhinein wieder alles bereut.

„Tut mir leid", flüstere ich, als ich ihn aufs Bett hieve. Ich könnte platzen vor Wut! Um mich zu beruhigen, schlüpfe ich in meinen besonderen Stoff, welcher sich sofort in Sportkleidung verwandelt, und stürme aus dem Zimmer. Vor der Tür binde ich meine nassen Haare zusammen und laufe rekordverdächtig schnell die Treppen hinunter. Dabei stoße ich mit so einer Rothaarigen zusammen. Prompt entschuldige ich mich und sie lächelt mich freundlich an. Mein Weg führt mich zum Strand. Noch immer sind viele Leute dort und starren mich unverblümt an.

Haben die echt nichts Besseres zu tun? Auch der Gaffer von vorhin ist noch da, jedoch sitzen nun drei weitere Personen bei ihm. Ein blonder Junge, ein grimmig dreinblickender Kerl und ein Mädchen mit blauen Haaren. Ich habe eindeutig keine Lust, sie mir genauer anzusehen, und laufe in normaler Strange-One-Geschwindigkeit an ihnen vorbei. Ich laufe und laufe und laufe … Erst als mich bestimmt keiner mehr sehen kann, gebe ich richtig Gas. Gierig sauge ich den Duft des Meeres ein, versuche, mich zu beruhigen – es hat keinen Sinn. Abrupt bremse ich ab, suche mir einen Gegenstand, den ich zertrümmern kann, und entdecke einen Felsen etwas weiter weg. Mit geballten Fäusten renne ich auf ihn zu und zertrümmere den riesigen Fels mit nur einem Schlag. Es fühlt sich sehr befreiend an, schwer atmend lasse ich mich in den Sand fallen. Das Laufen und der Schlag haben mir nicht die Luft geraubt, sondern die brennende Wut in meinem Bauch. Auf dem Rückweg schlendere ich langsam vor mich hin, denke an den schlafenden Aaron. Mir blutet das Herz bei dem Gedanken an seinen ängstlichen Blick, ich werde alles tun, um ihn zu beschützen. Auch wenn das bedeutet, dass ich für uns beide stark sein und mir somit doppelt so viel Mühe geben muss, um nicht von dieser Leere verschluckt zu werden. Ich verbanne jeglichen Hass und Zorn aus meinen Gedanken und trabe langsam zurück. Es ist dunkel, als ich ankomme, der Strand ist menschenleer und auch im Treppenhaus ist es still. Die Tür zu unserem Zimmer ist nicht abgeschlossen, ich schlüpfe hinein und gehe schnurstracks in mein Schlafzimmer. Drago, der mich aus der Ecke anfunkelt, ignoriere ich, so gut ich kann – morgen mache ich ihn sowieso fertig. Im Schlafzimmer ist es stockdunkel, nicht mal der Mond ist hell genug, um etwas zu erkennen.

„Vivari?", höre ich Aarons verschlafene Stimme.

„Ja, ich bin's", antworte ich und taste mich zum Bett vor. Der Strange-One-Stoff verwandelt sich augenblicklich in einen Pyjama und ich schlüpfe neben Aaron unter die Decke. Nachdem sich meine Augen an die Dunkelheit gewöhnt haben, beobachte ich Aarons Profil. Er hat eine niedliche Stupsnase, die ihn noch jünger aussehen lässt.

Er dreht den Kopf zu mir und fragt: „Bist du glücklich?"

„Ich weiß nicht wirklich, was Glück bedeutet", antworte ich zynisch.

„Wir könnten weggehen, weißt du?"

„Weggehen? Wohin denn? Du weißt, was mit Deserteuren passiert."

„Schon, aber wir sind schnell und stark", meint er überzeugt.

„Wieso willst du weg? Wir können nirgends hin und haben uns doch mit diesem Leben abgefunden, oder nicht?"

„Ja, aber manchmal habe ich Angst, von allem hier erdrückt zu werden." Seine Stimme ist kaum noch ein Flüstern – wie gut ich ihn verstehe. Ich verschränke meine Finger mit den Seinen und fühle einen leichten Druck seinerseits.

„Ich sorge dafür, dass dir nichts passiert, versprochen." Auf keinen Fall darf ich ihm sagen, dass ich genau die gleiche Angst habe wie er, ich darf ihn nicht noch mehr verunsichern. Er rutscht ein Stück zu mir und kuschelt sich an mich, meine Hand lässt er dabei nicht los. Schon nach einigen Minuten höre ich seine tiefen Atemzüge und nehme das Muskelzucken wahr. Bin mal gespannt, ob er heute Nacht wieder wach wird oder ob er endlich durchschlafen kann. Seine Medikamente hat er gleichzeitig mit mir genommen und hoffentlich sind es stärkere – worum ich Tim gebeten habe. Ich bin die Einzige von uns, die nur noch leichte Medikamente bekommt und diese nicht immer nimmt, sie vernebeln nur meine Gedanken und machen mich aggressiv. Auch ohne irgendwelche Mittel bin ich eine ausgezeichnete Kämpferin und Tim nennt mich oft die Beste des Teams. Irgendwann fallen mir die Augen zu und ich erwache erst dann, als die Sonnenstrahlen mir unbarmherzig ins Gesicht scheinen. Aaron liegt noch immer in der gleichen Position, also hat er durchgeschlafen – was für ein Glück! Geschickt löse ich mich von ihm und husche ins Bad, um mich fürs Frühstück fertig zu machen. Als ich wieder herauskomme, sitzt er im Schneidersitz auf dem Bett und reibt sich verschlafen die Augen.

„Geh dich anziehen, ich warte draußen", sage ich ihm und gehe in den Gemeinschaftsraum. Im Fernsehen läuft natürlich wieder einmal Sport, Korona und Tim sitzen am großen Esstisch und unterhalten sich angeregt.

„Morgen", sage ich, setze mich neben Tim und fülle meinen Teller.

„Schönen guten Morgen! Wo ist Aaron? Schläft er noch?", fragt Tim.

„Nein, er zieht sich gerade an, aber er hat durchgeschlafen. Danke."

„Keine Ursache, ich bin ja nicht nur euer Stratege, sondern auch euer Mentor und so weiter. Also, sobald Aaron da ist, zeige ich euch den Auftrag."

„Und was ist mit Drago?", frage ich mit vollem Mund.

„Ich hab ihm gestern alles erklärt. Außerdem trainiert er gerade für euren Kampf später." Tim lächelt spitzbübisch.

Blöd nur, dass ihm das Training auch nicht weiterhilft – ich bin stärker als er. Nach ein paar Minuten taucht auch Aaron auf und setzt sich neben mich. Seine regenbogenfarbenen Haare stehen in alle Richtungen von seinem Kopf ab. Korona und ich kichern nur. Tim steht auf und geht auf die Wand mit dem Whiteboard zu. Seit wann hängt das Ding da?

Er befestigt die Steckbriefe und Fotos darauf und beginnt zu erklären: „Also, wie ihr wisst, sind wir hier, um eine bestimmte Gruppe von Rebellen auszulöschen."

Ich sehe mir die Fotos genau an und lasse mein Brot fallen – das sind doch die komischen Typen vom Strand? Der Gaffer und die anderen! Auch Korona sieht baff aus und lehnt sich gespannt zurück.

„Sie nennen sich The Finnegans. Der Anführer ist Tazer Warden, seine Fähigkeit ist die Elektrizität bzw. Blitze. Bei ihm müsst ihr aufpassen, er sieht nicht so gefährlich aus, ist es aber. Seit Kurzem Gefahrenstufe 9, er hat drei Patrone ausgeschaltet, ohne sich groß Mühe zu geben. Der Nächste nennt sich Wild, er ist ein Dämon, also ein Wandler – Gefahrenstufe 5. Er wurde aus seinem Heimatdorf verbannt, aus verschiedenen Gründen. Dann kommt Natalie Lone, sie scheint nicht wirklich gefährlich zu sein. Seid trotzdem vorsichtig, sie ist als Psychopathin bekannt, mit einer mentalen Fähigkeit und Gefahrenstufe 5. Ihre Schwester Neena Lone ist ein normaler Mensch, hat aber als Kind einen Sammler angegriffen und hat so einiges drauf. Gefahrenstufe 7. Und zu guter Letzt haben wir Liam Bones. Er ist ein Angsthase und absolut gegen Gewalt, also wird das ein Kinderspiel. Er darf euch nur nicht berühren, denn sonst bricht er euch mit seiner Fähigkeit die Knochen – es reicht eine winzige Berührung seinerseits. Gefahrenstufe 6. Im Laufe des Turniers schalten wir einen nach dem anderen aus. Die Leiter wurden bezahlt und halten uns bestimmt nicht auf. Verhaltet euch am Anfang noch ruhig, erst, wenn ihr sie in Aktion gesehen habt, beginnen wir, sie aus dem Weg zu räumen. Also erst im Halbfinale. Liam oder Natalie könnt ihr vorher töten, wenn sich die Chance ergibt. Wenn ihr Fragen habt, kommt bitte zu mir, keiner macht einen Alleingang! Ist das klar? Das schafft ihr doch, oder?"

Korona knackt mit den Fingerknöcheln und lächelt zufrieden. Aaron und ich sehen uns vielsagend an – natürlich schaffen wir das, dafür wurden wir schließlich ausgebildet …

Nutzloser Fakt #23

Vivari benutzt ein Männerdeo.

Kapitel 24

Tristan Kronos

„Glaubst du wirklich, dass Tazer mit Liam im Schlepptau zu uns zurückkommt?", fragt Lavinia und setzt sich auf meinen Schoß.

„Nein, wenn er nach seiner Mutter kommt, nicht", antworte ich.

„Wieso hast du ihm dann den Auftrag gegeben?"

„Weil sie den Jungen brauchen, er kann ihnen nützlich sein."

Einige Momente ist es still. Riley ist bereits im Bett und auch ich sollte bald schlafen gehen. Lediglich eine kleine Tischlampe erhellt mein dunkles Büro. Hab ich mir wirklich dieses Leben ausgesucht? Wohl eher nicht, aber jetzt kann ich auch nichts mehr ändern.

„Worüber denkst du nach?", fragt mich meine Frau.

„Über mein tolles Leben mit dir."

„Du alter Charmeur! Würdest du es ändern, wenn du könntest?"

„Lucy hat immer gesagt, *ändere, was du ändern kannst, und akzeptiere, was du nicht ändern kannst.* Nein, mein Schatz, ich würde nichts ändern." Ich sage die Wahrheit, hauche ihr einen Kuss auf die Stirn.

Lucy, Tazers Mutter, hatte immer solche dämlichen Sprüche auf Lager – sie hat mich ständig damit genervt. Sie musste viel zu früh diese Leben aufgeben, aber sie war eine gute Mutter. Wie man sieht, hat auch der alte Strong gute Arbeit geleistet – kaum zu glauben, dass Edward Tazer wirklich erzog. Der grimmige Mann war doch schon alt, als ich in meinen Zwanzigern war. Automatisch starre ich das Bild auf meinem Schreibtisch an, es zeigt Lucy, Edward und mich vor diesem Gebäude – wir alle sehen so fröhlich aus.

„Aber du warst schon ein bisschen hart zu den Kindern", tadelt sie mich.

„Sie müssen ihre eigenen Erfahrungen machen, niemand sollte ihnen dabei helfen. Allerdings hat er ein paar nette Leutchen um sich herum."

In Gedanken gehe ich ihre Gesichter noch einmal durch, dieser Wild wurde aus seinem Dorf verbannt, als er noch fast ein Kind war. Neena und Natalie hatten auch keine schöne Kindheit, sie mussten zusehen, wie die Haifische ihren Vater verhafteten, obwohl es ihre Schuld war.

„Ein hübscher Junge", lenkt Lavinia mich ab.

„Sag jetzt bitte nicht, dass dir dieser rotäugige Möchtegern-Bösewicht gefällt."

„Natürlich nicht."

„Na, wird gut sein, denn ich verliere dich nur ungern an so ein Bürschchen."

„Du verlierst mich sowieso nie, immerhin haben wir zusammen ein Kind", scherzt sie.

„Ich wusste es, du hast mich nur wegen Riley geheiratet", seufze ich theatralisch.

„Ach was. Ich habe dich geheiratet, weil ich dich liebe."

„Und ich liebe dich, mein Schatz."

Sie klettert von meinem Schoß, ich schalte das Licht aus und gemeinsam gehen wir ins Schlafzimmer. Weil wir ja ein altes Ehepaar sind, ziehen wir uns nur noch unsere Pyjamas an und sie kuschelt sich an mich. Wie sehr ich diese Frau doch liebe!

„Sag mal, Liebling …", beginnt sie, irgendetwas scheint sie zu irritieren.

„Ja?"

„Hat er es gar nicht bemerkt?"

„Wer? Was?"

„Stell dich nicht dumm! Tazer!"

„Nein, der hat nichts geschnallt."

„Aber wenn meine Pflanzen mich nicht anlügen, hast du in deinem Büro kurz die Zeit angehalten. Und du weißt, dass meine Pflanzen niemals lügen", versucht sie zu scherzen, aber ich spüre ihre Nervosität.

Es ist bestimmt nicht leicht für sie, aber wir beide wussten, dass dieser Tag kommen würde. Ich hatte ihn mir irgendwie spektakulär vorgestellt, ein kleiner Tagträumer bin ich doch noch.

„Das Mädchen mit den blauen Haaren, Natalie, hat es irgendwie herausgefunden und mich gefragt, wann ich es ihm sagen werde. Da wurde ich nervös und hielt die Zeit einen Moment an …"

„Mach dir keine Gedanken darüber! Du hast getan, was du für richtig hieltst, und ich hätte an deiner Stelle wohl das Gleiche gemacht", heitert sie mich ein wenig auf.

„Wenn er mich nicht erkennt, kann es genauso gut ein Geheimnis bleiben … aber da gibt es ein Problem …", murmele ich.

„Und das wäre?"

„Es wird ihm keine Ruhe lassen, bis er mit einer Antwort zufrieden ist – darauf verwette ich meinen Hut!"

In manchen Dingen scheint er mir ja doch ziemlich ähnlich zu sein, mein Sohn.

Die Autorin

Raven Vanis wurde im Mai 1993
in Neunkirchen, Niederösterreich,
geboren. Schon in der Schulzeit
interessierte sie sich für Bücher, und
während ihrer Ausbildung zur Büro-
kauffrau entwickelte sie die Idee zu
ihrem ersten eigenen Werk, „The
Strange Ones".
Die Autorin lebt mit ihrem Freund und ihren
zwei Katzen in einer kleinen Ortschaft nahe der
steirischen Grenze.

novum ▲ VERLAG FÜR NEUAUTOREN

Der Verlag

Wer aufhört
besser zu werden,
hat aufgehört
gut zu sein!

Basierend auf diesem Motto ist es dem novum Verlag
ein Anliegen neue Manuskripte aufzuspüren, zu ver-
öffentlichen und deren Autoren langfristig zu fördern.
Mittlerweile gilt der 1997 gegründete und mehrfach
prämierte Verlag als Spezialist für Neuautoren in
Deutschland, Österreich und der Schweiz.

Für jedes neue Manuskript wird innerhalb
weniger Wochen eine kostenfreie, unverbind-
liche Lektorats-Prüfung erstellt.

Weitere Informationen zum Verlag und
seinen Büchern finden Sie im Internet unter:

www.novumverlag.com